QUARTO DE GUERRA

CHRIS FABRY

QUARTO DE GUERRA
A ORAÇÃO É UMA ARMA PODEROSA NA BATALHA ESPIRITUAL

Baseado no filme de
ALEX KENDRICK E STEPHEN KENDRICK

Tradução de
Idiomas & Cia, por Maria Lucia Godde

Rio de Janeiro, 2025

Título original: *War Room*
Copyright © 2015 por Kendrick Bros., LLC.
Edição original por Tyndale House Publishers, Inc. Todos os direitos reservados.
Copyright de tradução © Vida Melhor Editora LTDA., 2015.

As citações bíblicas são da *Nova Versão Internacional* (NVI), da Bíblica, Inc., a menos que seja especificada outra versão da Bíblia Sagrada.

As posições doutrinárias e teológicas desta obra são de responsabilidade de seus autores e colaboradores diretos, não refletindo necessariamente a posição da Thomas Nelson Brasil, da HarperCollins Christian Publishing ou de sua equipe editorial.

PUBLISHER	Omar de Souza
EDITORES	Aldo Menezes e Samuel Coto
COORDENAÇÃO DE PRODUÇÃO	Thalita Ramalho
PRODUÇÃO EDITORIAL	Luiz Antonio Werneck Maia
REVISÃO DE TRADUÇÃO	Idiomas & Cia, por Ana Carla Lacerda
REVISÃO	Sérvulo Pimentel e Marcela Isensee
CAPA	Julio Moreira
DIAGRAMAÇÃO	Abreu's System

CIP-BRASIL. CATALOGAÇÃO NA PUBLICAÇÃO
SINDICATO NACIONAL DOS EDITORES DE LIVROS, RJ

F122q

Fabry, Chris
 Quarto de guerra : a oração é uma arma poderosa na batalha espiritual / Chris Fabry ; tradução Maria Lucia Godde. - 1. ed. - Rio de Janeiro : Thomas Nelson, 2015.
 336 p.

 Tradução de: War room
 ISBN 9788578608064

 1. Ficção americana. 2. Vida cristã. I.Godde, Maria Lucia. II. Título.

15-27621
CDD: 813
CDU: 821.111(73)-3

Thomas Nelson Brasil é uma marca licenciada à Vida Melhor Editora LTDA.
Todos os direitos reservados à Vida Melhor Editora LTDA.
Rua da Quitanda, 86, sala 601A – Centro – 20091-005
Rio de Janeiro – RJ – Brasil
Tel.: (21) 3175-1030
www.thomasnelson.com.br

Para Angela Yuan, guerreira de oração.
— CHRIS FABRY

Para Christina, minha preciosa esposa. Desejo e valorizo seu amor, seu apoio e suas orações. Que isso possa encorajá-la.
— ALEX KENDRICK

Para Jill, minha pessoa favorita na terra. Você é uma resposta ambulante às minhas orações. Eu a amo e sou grato por ter me casado com uma parceira de oração permanente para toda a vida.
— STEPHEN KENDRICK

Quarto de Guerra é uma obra de ficção. As pessoas, os eventos, os estabelecimentos, as organizações ou os lugares que aparecem no texto são usados de forma fictícia. Todos os demais elementos desta obra foram extraídos da imaginação do autor.

*Para levar as nações a se colocarem novamente de pé,
precisamos primeiro ficar de joelhos.*
Billy Graham

Dona Clara

✦ ✦ ✦

Era uma mulher idosa, de cabelos grisalhos e pele escura. Ela deu um suspiro de alívio ao parar no estacionamento do cemitério, como se o simples fato de apertar o freio fosse uma resposta à oração. Arrastou os pés entre as lápides resolutamente, meneando a cabeça em atitude de reconhecimento ao passar por nomes familiares. Estava se tornando difícil associar os rostos aos nomes. Seu ritmo era firme e cada passo a levava para mais perto do seu destino, uma lápide na qual se lia *Williams*. Quando chegou até ela, ficou de pé e deixou que o cheiro fresco da terra a envolvesse. A sensação era de chuva.

— Você sempre amou a chuva, não é, Leo? — ela fez a pergunta em voz alta. — Sim, é verdade. Você amava a chuva.

Nesses momentos sagrados da vida de Clara Williams, ela sabia que não podia realmente conversar com seu marido. Ela sabia onde a alma dele estava, e não era sob a terra verde abaixo dela. Ainda assim, aquela prática clareava sua mente e a conectava ao passado de uma maneira que nada mais conseguia fazer. Ela podia olhar os retratos de Leo vestido com seu uniforme militar, além de algumas fotografias desgastadas que ele trouxe consigo ao retornar do Vietnã e que a faziam sentir-se mais próxima, mas não havia nada como a sensação de passar sua mão pela pedra esculpida, sentir o nome gravado e ajustar a pequena bandeira sobre seu túmulo. Sempre tinha de haver uma bandeira ali.

Clara não tinha noção alguma de combates militares, a não ser por aquelas fotografias que seu marido guardava. Ela não conseguia assistir a filmes de guerra, principalmente os documentários com sequências trêmulas de homens em combate. O napalm caindo sobre as tropas e o ricochetear das M16 contra os ombros nus. Ela mudava o mais rápido possível de canal, saindo da estação que transmitia essas coisas. Era algo que a atingia até à alma.

Mas Clara conhecia outro conflito. Ele era travado todos os dias nos seis bilhões de campos de batalha que são os corações humanos. Ela conhecia o suficiente sobre guerra para entender que, escondido em algum lugar, protegido do ataque de tiros e bombas, alguém havia desenvolvido uma estratégia.

Ela imaginava seu marido olhando mapas e coordenadas. Suados, cansados e assustados, ele e seus homens analisavam as ações do inimigo e mobilizavam recursos para deter seu avanço. Nos anos após a morte dele, dona Clara ouvira histórias de sua bravura e sacrifício por seus homens.

— Precisamos de homens com uma coragem de aço hoje, Leo — ela dizia. — Homens como você, com uma coragem de aço e um coração de ouro.

Mas o coração de Leo havia parado de funcionar cedo e a havia deixado sozinha com um filho de dez anos. A morte dele havia sido repentina. Ela não estava preparada para isso. Na casa dos trinta anos, ela pensava que tinha muito tempo e que a vida duraria para sempre. Mas não foi assim. A vida tinha sua própria estratégia e o tempo havia feito um corte em seu coração, como um rio cortando a terra.

Clara ajoelhou-se cuidadosamente, junto ao túmulo, e arrancou algumas ervas daninhas, pensando em um dia, quarenta anos antes, quando ela estava de pé naquele mesmo lugar com seu único filho.

— Eu gostaria que você pudesse ver o Clyde — disse ela. — Ele está tão parecido com você, Leo. Ele fala como você. Tem o seu jeito em muitas coisas. A maneira como ele ri meio baixo e com facilidade. Gostaria que você pudesse ver o homem em que ele se tornou.

Quarenta anos antes ela estivera ali com Clyde, olhando para as lápides que cobriam a paisagem e os entes queridos. "Por que as pessoas têm de morrer, mamãe?", ele perguntara na ocasião.

E ela respondeu depressa demais. Disse a ele que a morte vem para todos, e citou uma passagem da Bíblia que diz que ao homem é dado morrer uma só vez, e depois disso vem o juízo. Então, de repente ela percebeu que ele não estava em busca de teologia, mas de outra coisa totalmente diferente. Ela ajoelhou-se naquele mesmo lugar e disse a ele a coisa mais verdadeira que sabia.

— Não sei por que as pessoas têm de morrer, filho. Não creio que a morte foi o que Deus queria. Mas sem dúvida ela fazia parte do plano de alguém. Creio que Deus é grande o bastante e poderoso o bastante para usá-la. Há mais coisas acontecendo aqui do que nossos olhos podem ver.

Clyde então olhou nos olhos dela com lágrimas nos olhos. Ela o abraçou e chorou com ele, e quanto mais perguntas ele fazia, mais forte ela o abraçava. As palavras subiram bem alto, acima das árvores, e foram levadas pelo vento. Ela ainda podia sentir o abraço dele junto ao túmulo.

— Nunca pensei que eu envelheceria — ela disse ao marido, e olhou para a pele enrugada de suas mãos envelhecidas. — Tentei seguir em frente e simplesmente viver a vida. E, agora, quatro décadas se passaram como um vento forte. Tentei aprender as lições que Deus me ensinou.

Ela se levantou e sacudiu a grama de seus joelhos.

— Sinto muito, Leo. Eu gostaria de voltar e tentar de novo. Gostaria de ter outra chance. Mas está tudo bem agora. Você pode descansar. Eu o verei em breve, espero.

Ela ficou ali por alguns instantes, com as lembranças inundando sua mente, depois fez a longa caminhada até o carro e ouviu vozes à distância. Um casal discutia a cerca de trinta metros de distância. Clara não conseguia ouvir as palavras, não sabia dizer sobre o que era a discussão, mas teve vontade de sacudi-los e apontar para os túmulos, e dizer-lhes que eles estavam lutando a batalha errada. Dizer que deveriam ver o verdadeiro inimigo. E que as vitórias não acontecem por acaso, elas acontecem com estratégia e mobilização de recursos.

O casal entrou no carro e partiu, e Clara se arrastou até o seu e entrou, de repente, sentindo-se sem fôlego.

— Se eu não soubesse que não é verdade, acreditaria que este cemitério está ficando maior cada vez que venho aqui — ela balbuciou consigo mesma.

Ela podia ouvir Leo rir, aquele eco doce e ao mesmo tempo amargo, ressoando através dos anos.

CAPÍTULO 1

✦ ✦ ✦

Elizabeth Jordan notou tudo que havia de errado na casa que estava à venda antes mesmo de bater na porta da frente. Viu falhas no paisagismo e rachaduras na entrada para os carros, além de um problema com o escoamento do telhado junto à garagem. Antes de bater três vezes, ela viu a tinta lascada no peitoril de uma janela. Esse era o seu trabalho. A apresentação é tudo, afinal, você só tem uma chance de deixar uma primeira impressão em um comprador em potencial.

Ela viu seu reflexo em uma janela e endireitou os ombros, puxando sua jaqueta escura. Estava com os cabelos presos para trás, o que acentuava mais seu rosto. Seu nariz era protuberante, sua testa alta e sua pele tom de chocolate. Elizabeth tinha uma linhagem que poderia rastrear até cento e cinquenta anos. Ela havia feito uma viagem com seu marido e sua filha pequena dez anos atrás até uma plantação no extremo sul do país, onde sua tataravó vivera. A pequena cabana havia sido reconstruída, juntamente com outros alojamentos para escravos dentro da propriedade, e os proprietários haviam procurado algum parente pelo país. Apenas entrar no local fez com que ela se sentisse como se estivesse tocando no coração de seus ancestrais, e ela lutou para conter as lágrimas ao imaginar a vida deles. Ela abraçou sua filha com força e agradeceu a Deus pela perseverança dessas pessoas, pelo legado deixado por elas e pelas oportunidades que tivera, as quais elas jamais poderiam imaginar.

Elizabeth esperou até que a porta se abriu, e depois sorriu para a mulher ligeiramente mais jovem que estava diante dela. Melissa Tabor segurava uma caixa com objetos domésticos e se esforçava para manter o telefone celular equilibrado sobre seu ombro. Ela fez um gesto indicando a Elizabeth para esperar um segundo.

— Mamãe, preciso desligar — ela disse ao telefone.

Elizabeth sorriu, esperando pacientemente.

Sobre o ombro, Melissa disse:

— Jason e David, livrem-se da bola e ajudem-me com estas caixas!

Elizabeth quis estender a mão e ajudar, mas teve de se encolher quando uma bola passou voando sobre sua cabeça. A bola quicou de forma inofensiva no quintal atrás dela e Elizabeth riu.

— Oh, sinto muito — disse Melissa. — Você deve ser Elizabeth Jordan.

— Sim, sou eu. E você é Melissa?

A caixa quase caiu quando Melissa apertou a mão de Elizabeth.

— Sim. Sinto muito. Acabamos de começar a preparar a mudança.

— Não há problemas. Posso ajudá-la com isso?

Um homem com uma maleta e uma pasta de documentos passou por elas.

— Querida, tenho de estar em Knoxville às duas. Mas terminei o armário.

Ele estava segurando um urso de pelúcia e soltou-o dentro da caixa.

— Isto estava na geladeira.

Ele passou por Elizabeth no degrau da frente e parou, apontando para ela.

— *Corretora de imóveis* — disse ele, parecendo orgulhoso de si mesmo. Não era um nome, mas um título que ele lhe deu. Ela era alguém para ser colocado em um arquivo em sua cabeça.

Elizabeth sorriu e apontou de volta.

— *Representante de software*.

— Como você soube disso? — ele perguntou, com os olhos arregalados.

— Está na pasta que você está segurando — ela era tão boa quanto ele em classificar e comentar. Ela teve de se esforçar para fazer conexão com as pessoas, principalmente com seu marido.

Ele olhou para a pasta e assentiu com uma risada como se estivesse impressionado com os poderes de observação dela.

— Eu adoraria ficar, mas tenho de sair. Minha esposa pode responder tudo sobre a casa. Entendemos que ela está um desastre e concordamos em colocar a culpa nos nossos filhos. — Ele olhou para Melissa.

— Então eu telefono hoje à noite.

— Amo você — disse Melissa, ainda segurando a caixa.

Após ouvir essas palavras, ele se foi, andando até o carro. Passou pela bola e não pareceu notá-la.

— Eu entendo — disse Elizabeth. — Meu marido faz a mesma coisa. Área farmacêutica.

— Oh — disse Melissa. — Ele fica cansado das viagens?

— Parece que não. Creio que ele prefere dirigir e descansar a cabeça, sabe? Em vez de ficar enjaulado em um escritório o dia inteiro.

— Enquanto você mostra casas e lida com pessoas em grandes transações.

Elizabeth entrou e observou doze coisas que teriam de mudar se eles quisessem efetuar uma venda. Mais primeiras impressões. Mas ela não queria enumerar todas naquele momento, porque também viu algo no rosto de Melissa que era próximo do pânico.

— Sabe, dizem que depois da morte e do divórcio a mudança é o momento mais estressante na nossa vida — ela colocou uma mão no ombro da mulher.

— E provavelmente esta não é a primeira vez que vocês se mudam nos últimos anos.

Melissa sacudiu a cabeça.

— Estas são as mesmas caixas que usamos na última vez.

Elizabeth assentiu e viu que faltava tinta na campainha da porta, mas tentou focar a atenção.

— Você vai conseguir passar por isso.

Naquele instante, um menino de cabelos louros espetados desceu correndo as escadas, seguido de perto por outro com uma raquete de tênis na mão. Ambos tinham mais ou menos a mesma idade da filha de Elizabeth e tinham energia suficiente para iluminar uma cidade pequena por um ano. Quem precisa de estações de força e de moinhos de vento quando se tem filhos adolescentes?

Melissa suspirou:

— Você tem certeza?

✦ ✦ ✦

Tony Jordan começara o dia em um hotel luxuoso em Raleigh. Ele levantou-se cedo e estava se exercitando sozinho na sala de musculação — ele amava o silêncio, e a maioria das pessoas que estava viajando não se exercitava às 5 da manhã. Então ele tomou um banho, se vestiu, comeu meia tigela de frutas e tomou um pouco de suco na área de café da manhã. Outros viajantes passavam apressados, comendo rosquinhas, *waffles* ou cereais açucarados. Ele precisava ficar em forma e manter a linha para poder continuar no jogo, e a sua saúde era uma parte importante disso. Ele sempre acreditara que se você tivesse saúde, tinha tudo.

Tony olhou no espelho enquanto se dirigia para a saída. Seu cabelo cortado baixinho estava exatamente no comprimento certo. A camisa e a gravata estavam firmes e envolviam seu pescoço de maneira forte e ampla. Seu bigode havia sido cortado rente ao lábio superior, com um cavanhaque no queixo. Ele tinha uma boa aparência. Parecia confiante. Para se preparar para a reunião mais tarde, ele deu um sorriso, estendeu uma mão e disse: "Olá, senhor Barnes".

Como afro-americano, ele sempre havia se sentido como se estivesse um passo atrás da maioria de seus colegas de trabalho e competidores brancos. Não porque lhe faltasse a habilidade, a capacidade ou a eloquência, mas simplesmente por causa da cor de sua pele. Se isso era real ou não, ele não sabia dizer. Como poderia se esgueirar para dentro da mente de alguém que o estava conhecendo pela primeira vez? Mas ele havia sentido os olhares de interrogação, o meio segundo de hesitação de alguém que apertava sua mão pela primeira vez. Ele já havia até mesmo sentido isso nos seus patrões na Brightwell, principalmente em Tom Benett, um dos vice-presidentes. Tony o via como parte de mais um grupo de amigos influentes que crescera junto na escola. Outro sujeito branco que conhecia alguém que conhecia outro alguém e que havia tido o acesso facilitado à administração, abrindo caminho um pouco rápido demais na subida da escada do sucesso. Tony havia tentado impressionar o homem com sua habilidade em vendas, sua aparência tranquila e uma atitude que dizia: "Eu tenho tudo sob controle. Confie em mim." Mas Tom era um comprador difícil, e Tony não podia evitar imaginar se a cor de sua pele tinha algo a ver com isso.

Aceitando a realidade que ele percebia, Tony jurou que simplesmente trabalharia mais duro, se esforçaria mais e atenderia a todas as expectativas. Mas no fundo de sua mente ele sentia que esse obstáculo invisível não era justo. Outras pessoas com a pele mais clara não tinham de lidar com isso, então por que ele deveria?

O obstáculo diante dele naquele dia era a Holcomb. Não havia como contornar a dificuldade da venda. Mas o que era uma venda fácil? Até as vendas rápidas levavam tempo, preparação, conhecimento e apreciação. Este era o seu segredo: os inatingíveis. Lembrar nomes. Lembrar detalhes sobre a vida do cliente. Coisas como o taco de golfe de marca que ele tinha na mala.

Calvin Barnes salivaria quando Tony lhe entregasse aquele taco, e deveria mesmo. Ele havia feito Tony perder algumas centenas de dólares, mas esse era um preço pequeno a pagar pelo olhar no rosto de seu patrão assim que ele ouvisse que Tony havia fechado o negócio.

A sala de reuniões de diretoria era decorada com muito bom gosto, com o cheiro de couro enchendo o saguão enquanto ele entrava e colocava sua maleta de amostras sobre a mesa de madeira. Calvin Barnes — que não gostava de ser chamado de Calvin — entraria pela porta e apertaria a mão de Tony, de modo que o taco precisaria estar encostado na cadeira à esquerda de Tony, fora do alcance da visão. Ele colocou-o ali, depois o passou para dentro da cadeira e deixou que o cabo ficasse aparecendo sobre as costas dela. Quando ouviu vozes no corredor, colocou o taco novamente no chão. Ele precisava ser mais sutil.

O senhor Barnes entrou com outro homem — um rosto familiar, mas por um instante Tony congelou, incapaz de lembrar o nome do homem. Ele tentou relaxar e lembrar seu nome usando estratégias de memorização. Ele imaginou o homem de pé em um enorme aterro sanitário com um chapéu John Deere. Dearing. Esse era o seu último nome. Mas ele não conseguia lembrar por que estava de pé em um aterro...

— Tony, você se lembra...

— Phil Dearing — disse Tony, estendendo a mão. — É bom vê--lo novamente.

O homem pareceu perplexo, depois sorriu ao apertar a mão de Tony.

O senhor Barnes jogou a cabeça para trás e riu.

— Você me deve vinte dólares. Eu lhe disse que ele se lembraria, Phil.

Seus olhos pousaram no taco de golfe.

— E o que temos aqui?

— Era disso que eu falava, senhor Barnes — Tony disse. — Ficarei chocado se ele não acrescentar pelo menos trinta metros a cada tacada. O seu trabalho é garantir que eles fiquem bem no meio.

O senhor Barnes pegou o taco e segurou-o. Ele era um jogador de golfe iniciante que jogava três vezes por semana e tinha planos de se aposentar e ir morar na Flórida. Trinta metros a mais nas suas tacadas indicavam que Barnes podia explorar o seu jogo curto, o que significava que setenta e duas tacadas para dezoito buracos poderiam se resumir a setenta. Talvez menos em um bom dia.

— O peso é perfeito, Tony. E o equilíbrio é fenomenal.

Tony o observou segurar o taco e tinha certeza de que havia feito a venda antes mesmo de abrir a maleta. Quando eles assinaram os papéis e cuidaram da parte legal da transação, Tony ficou de pé. Ele sabia que causava boa impressão com seu terno e gravata e seu porte atlético.

— Preciso fazer você voltar ao campo e trabalhar naquela sua tacada leve — disse o senhor Barnes.

— Talvez na próxima vez — disse Tony sorrindo.

— Você não se importa de vir até aqui mesmo tão cedo?

— Não, não me importo. Gosto do passeio.

— Bem, estamos satisfeitos por fazer negócio com você, Tony — disse o senhor Barnes. — Diga a Coleman que eu mandei um abraço.

— Farei isso.

— Ah, e obrigado pelo taco novo.

— Ei, aproveite-o, está bem? — Tony apertou a mão dos homens. — Senhores, manteremos contato.

Ele saiu da sala quase flutuando. Não havia sensação como a de fechar uma venda. Quando se aproximou dos elevadores, ele pôde ouvir Calvin Barnes se gabando do novo taco e do quanto ele queria tirar aquela tarde de folga e jogar os últimos nove buracos no clube de golfe mais próximo. Enquanto esperava, Tony verificou seu telefone para ver se havia perdido alguma coisa durante a reunião, pois ele decidira mantê-lo no bolso. Essa era outra coisa que ele sempre tentava fazer: valorizar os clientes o suficiente para fazer deles o foco principal. Nunca faça seus clientes sentirem que existe alguém no planeta mais importante do que eles. Eles são a sua prioridade. O tempo todo.

Uma jovem desceu a escadaria branca diante dele, carregando uma pasta de couro e sorrindo. Ele guardou o telefone e retribuiu o sorriso.

— Vejo que você conseguiu a venda — disse ela.

Ele assentiu confiante.

— É claro.

— Estou impressionada. A maioria dos caras sai correndo com o rabo entre as pernas.

Tony estendeu a mão.

— Sou Tony Jordan.

— Verônica Drake — disse ela, apertando a mão dele. A mão dela era quente e macia. — Trabalho para o senhor Barnes. Serei o seu contato para a compra.

Ela entregou-lhe seu cartão e roçou a mão dele levemente. Nada evidente, mas ele sentiu algo se acender com o toque dela. Verônica era jovial e magra, e Tony imaginou os dois juntos em algum restaurante conversando. Depois ele imaginou os dois à luz romântica de uma lareira, Verônica se inclinando para ele, com os lábios úmidos e suplicantes. Tudo isso aconteceu em um segundo enquanto ele olhava o cartão de visitas dela.

— Bem, Verônica Drake, suponho que a verei novamente quando voltar em duas semanas.

— Estarei na expectativa — ela disse —, e a maneira como sorriu fez com que ele pensasse que ela falava sério.

Ela se afastou e ele virou-se para observá-la com atenção um pouco exagerada.

Enquanto esperava o elevador, seu telefone tocou e ele olhou a tela.

Aviso Bancário: Transferência

— Elizabeth, você está me matando — ele sussurrou.

Ali estava ele com a maior venda em meses, algo no qual ele havia trabalhado e planejado detalhadamente, e, bem no ápice do seu entusiasmo, ele recebia outro nocaute de sua esposa.

Elizabeth estava sentada no pequeno pufe branco, aos pés de sua cama, esfregando os pés. O tempo com Melissa havia sido bom — ela pôde fazer uma lista de todos os reparos e decisões de preparações que tinham de ser feitos. Os dois meninos não haviam tornado as coisas mais fáceis, mas as crianças sempre tinham uma maneira de complicar as vendas de casas. Era algo que simplesmente precisava ser resolvido e que se esperava poder atravessar.

Havia sido um longo dia, com outra reunião à tarde, e depois tinha de estar em casa antes que Danielle chegasse do seu último dia de aula. Quando se sentou, Elizabeth estava exausta e pronta para se encolher e dormir, mas havia mais coisas a serem feitas. Sempre havia mais a ser feito.

— Mãe?

Elizabeth não conseguia se mexer.

— Estou aqui dentro, Danielle.

Sua filha de dez anos entrou carregando alguma coisa. Ela havia crescido vários centímetros no último ano, e seu corpo magro e longo se erguia como uma planta. Ela usava uma bonita faixa roxa na cabeça que iluminava seu rosto. Elizabeth podia ver seu pai ali — aquele sorriso claro, os olhos cheios de vida. Com a diferença que os olhos dela estavam um pouco abatidos.

— Aqui está o meu último boletim. Ainda tirei um "C".

Elizabeth pegou-o e deu uma olhada, enquanto Danielle se sentava e tirava sua mochila.

— Oh, querida. Você tirou um A em todas as outras matérias. Um C em matemática não é tão ruim assim. Mas você vai ter uma folga no verão, certo?

Danielle inclinou-se para frente e sua expressão entregou alguma coisa. Ela fungou e depois reagiu como se o quarto estivesse cheio de amônia.

— São os seus pés?

Elizabeth timidamente afastou os pés.

— Sinto muito, querida. Estou sem talco para os pés.

— Este cheiro é terrível.

— Eu sei, Danielle. Eu só preciso tirar os sapatos por um instante.

A filha olhou os pés de sua mãe, como se eles fossem lixo tóxico.

— Isso é... tipo... nojento — ela disse, com repugnância.

— Bem, não fique sentada aí olhando para eles. Por que você não me dá uma ajuda e dá uma esfregada neles bem ali?

— Ecaaaaaa, de jeito nenhum!

Elizabeth riu.

— Garota, vá pôr a mesa para o jantar. Quando seu pai chegar em casa, você poderá mostrar o seu boletim a ele, está bem?

Danielle levou seu boletim para a cozinha e Elizabeth estava sozinha outra vez. O odor não havia sido um problema até alguns anos atrás, e o talco antisséptico parecia cuidar disso. Mas talvez ela estivesse se enganando. Talvez o odor fosse sinal de um problema mais profundo.

Em que ela estava pensando? Alguma doença? Algum problema com o fígado que saía pelos poros dos pés? Ela tinha uma amiga, Missy, que estava constantemente procurando na internet por diversas dores e ligando-as aos seus próprios sintomas. Um dia ela estava preocupada com um problema de pele e concluía que tinha melanoma. No dia seguinte, uma dor de cabeça seria diagnosticada por ela mesma como um tumor. Elizabeth jurou que não se tornaria uma hipocondríaca. Ela apenas tinha pés malcheirosos.

Ela pegou uma de suas sandálias e cheirou. Havia um queijo que foi servido no hotel onde ela e Tony ficaram na lua de mel que tinha o mesmo cheiro. Ela soltou o chinelo. É engraçado como um cheiro podia acionar seu cérebro a pensar em algo que aconteceu há dezesseis anos.

Ela passou a mão sobre o edredom e pensou naquela primeira noite juntos. Toda a expectativa. Toda a excitação. Ela não dormia fazia dois dias e o casamento havia passado como um flash. Quando sua cabeça bateu no travesseiro, na suíte de lua de mel, ela apagou. Tony havia ficado chateado, e qual é o macho de sangue quente que não ficaria? Mas tudo o que aquela fêmea de sangue quente precisava era de um pouco de compreensão e um pouco de benevolência.

Ela compensou a sonolência da sua lua de mel no dia seguinte, mas foi algo sobre o qual eles tiveram de conversar. Tony havia falado bastante no ano em que eles namoraram e ficaram noivos, mas não muito depois que eles disseram "Eu aceito". Algo prendeu sua língua e o rio de palavras foi diminuindo até se tornar um gotejar. Ela gostaria de poder encontrar a válvula ou de saber onde colocar o desentupidor para desobstrui-lo.

Eles não tinham um casamento ruim. Não era como aquelas celebridades da TV que passavam de um relacionamento ao outro ou como o casal da rua deles que atirava coisas no gramado depois de cada discussão. Ela e Tony haviam gerado uma linda filha e tinham carreiras estáveis. Sim, ele era um pouco reservado e eles tinham se afastado, mas ela tinha certeza de que aquela distância não duraria para sempre. Não podia.

Elizabeth afastou os chinelos, colocando-os o mais distante possível dentro do armário, depois foi para a cozinha para começar a preparar o jantar. Ela encheu uma panela de água, colocou-a no fogo e despejou o espaguete. A água começou a ferver lentamente, e ela mexeu o molho de tomate em uma panela ao lado.

Elizabeth observou o espaguete, sentindo que algo estava acontecendo. Algo estava fervendo dentro dela. Uma agitação que não podia tocar. Podemos chamar isso de inquietação ou anseio. Vamos chamar de medo. Talvez isso fosse tudo o que ela poderia esperar. Talvez o casamento não passasse disso. Ou a vida, para falar a verdade. Talvez eles estivessem destinados a seguir caminhos separados e ocasionalmente se encontrassem no meio. Mas ela tinha a sensação incômoda de que estava deixando passar alguma coisa, de que o casamento deles poderia ser mais do que duas pessoas com uma bela casa e que raramente passavam tempo juntas.

Elizabeth estava ocupada com a salada e Danielle estava colocando guardanapos próximos a cada prato na mesa, quando a porta da garagem deu início ao seu som medonho — um estalido que ficara mais alto no último ano. Como Elizabeth estava tentando vender a própria casa, ela havia sugerido que eles mandassem a pessoa que conserta portas de garagens dar uma olhada. Mas Tony estava contente em deixar que ela estalasse e gritasse.

Como o casamento deles.

— Acabo de ouvi-lo estacionar, Danielle.

— Será que ele vai ficar zangado com o meu C? — Danielle perguntou.

Seu olhar fez Elizabeth ficar em dúvida. Ela queria andar até a garagem e dizer a Tony que desse apoio à filha, que lhe dissesse alguma coisa positiva; para olhar o quanto o copo estava cheio e não para ver a única coisa que estava imperfeita.

— Eu já lhe disse querida. Tirar um C não é tão mau assim. Está tudo bem.

Ela disse isso para convencer não apenas Danielle, mas também a si mesma. Porque ela sabia que seu marido não acharia o mesmo.

Dona Clara

✦ ✦ ✦

CLARA ESTAVA EM SEU *quarto de guerra*, como ela o chamava, quando teve a nítida impressão de que sua vida estava prestes a mudar. Era uma sensação de que ela estava prestes a fazer alguma coisa drástica, mas não fazia ideia do que era ou do motivo pelo qual ela deveria fazê-la. Saltar de paraquedas? Ela riu. Na sua idade o chão já era longe demais. Encontrar alguma mulher sem teto na esquina perto do mercado e dar-lhe um sanduíche? Ela havia feito isso no dia anterior.

Clara sabia que a oração podia se tornar facilmente uma lista de coisas para Deus fazer. Simplesmente percorrer uma lista de desejos, necessidades ou coisas de que se espera e colocar um *amém* no final, o que era egoísta, independentemente de como fosse encarado. No cerne de todo coração humano havia alguém que queria agradar a si mesmo, ela acreditava, e essa verdade lutava contra o poder da oração.

A oração, no seu nível mais básico, era entrega. Como Jesus no jardim, dizendo: "Não seja feita a minha vontade, mas a tua". O irônico era que quando uma pessoa rendia a sua vontade, ela recebia a vontade de Deus, e depois recebia aquilo que realmente buscava o tempo todo. Era nisso que ela acreditava.

Anteriormente em sua vida, ela havia considerado a oração como falar com Deus e contar as coisas a ele. Era como subir no colo de um pai e explicar suas dores e decepções. Mas depois de algum tempo, ela descobriu a parte da oração que ouve, o permitir que o Espírito Santo de Deus se mova e a ajude a lembrar de coisas, e a desejar coisas que ela não havia pedido.

No seu quarto de guerra, o pequeno *closet*, no segundo andar de sua casa, algo começou a se agitar. Não havia uma voz audível, nem letras misteriosas sobressaindo diante dela na confusão de palavras do jornal da manhã. Era simplesmente uma sensação de que Deus estava se movendo, empurrando-a para fora da sua zona de conforto. Ela não fazia ideia do que significava, e quanto mais orava e perguntava a Deus o que era aquela sensação, mais silencioso parecia que o Todo-poderoso ficava.

— Seja o que for que tu queiras fazer, Senhor, estou disposta a ir contigo. Apenas guia-me.

E então ela esperou.

CAPÍTULO 2

✦ ✦ ✦

Tony estacionou na garagem e desligou o motor. Ele pegou o controle remoto e viu a porta da garagem descer centímetro por centímetro atrás dele. Ele havia trocado as estações de rádio a caminho de casa tentando dominar a raiva com alguma canção em uma estação de músicas antigas, mas em vez disso ouviu uma conversa em um programa de comentários esportivos sobre outro jogador de futebol acusado de *doping*. O jogador também havia tido um conflito público com sua esposa. Em todo lugar para onde Tony olhasse, ele era trazido de volta para a situação com Elizabeth. Por que ela tinha de fazer aquilo com o dinheiro deles? Por que ela havia gastado...?

Ele desligou o rádio e fervilhava por dentro, enquanto dirigia pelas ruas familiares de Concord, na Carolina do Norte. Era engraçado como ele podia entrar nos canais de seus pensamentos e não se lembrar de virar em curvas ou de passar por lugares familiares. Assim era a vida na estrada.

Ele amava Elizabeth. Sempre a amara. Mas não gostava dela naquele instante e não conseguia se lembrar da última vez em que eles dois haviam passado uma noite juntos sem ter uma discussão. Talvez fosse nisso que a vida de casados se tornava. Talvez fosse essa a rotina que se instalava e na qual tinha de ficar pelo resto da vida. Mas ele não havia se candidatado a isso.

Enquanto a porta da garagem se fechava, Tony pegou sua mochila e o cartão de visitas que Verônica havia lhe dado caiu no chão. Ele o apanhou, pegou o seu telefone e acessou o aplicativo no qual mantinha os nomes e números importantes que ele precisava lembrar. Isso registraria a informação e qualquer anotação em seu telefone, mas ele também poderia acessá-la de qualquer aparelho. Ele segurou o cartão junto ao nariz e sentiu um leve vestígio do perfume de Verônica que permanecia nele. Ela era tão delicada — magra, vibrante e mais jovem. E interessada. Ela tinha lhe dado a impressão clara de que estava interessada. Fazia muito tempo que ele havia sentido isso vindo de alguém. Principalmente de Elizabeth.

Colocou o cartão na mochila e respirou fundo. Ele não ia gritar. Não ia perder o controle. Não ia ficar "distante", como Elizabeth costumava acusá-lo de ficar. Ele estaria ali para Danielle e sua esposa. Mas antes que pudesse estar ali, ele precisava resolver a questão do dinheiro. Se conseguisse tirar isso do caminho, ficaria bem. Tony poderia continuar com a sua vida e não se sentir tão... pressionado, tão limitado.

Ele entrou e foi saudado pelo aroma familiar do espaguete cozinhando. Havia passado a detestar espaguete, porque aquilo era um símbolo do casamento deles. Algo rápido e fácil de colocar na mesa. Será que Elizabeth não poderia aprender a fazer outra coisa?

Danielle cumprimentou-o com um olhar esperançoso. Ela estava segurando alguma coisa diante de si.

— Oi, papai.

— Oi, Danielle — ele queria parecer mais caloroso, porém havia muita informação em sua mente. Tony colocou a mochila no balcão e virou-se para Elizabeth.

— Recebi o meu último boletim. E eu tirei A em tudo, com exceção de um C.

— Eu acabo de receber um aviso de que você transferiu cinco mil dólares da nossa poupança para a sua conta corrente — disse Tony, ignorando Danielle.

Elizabeth parou de colocar a salada nas três tigelas sobre o balcão e olhou para ele como uma criança assustada. Danielle ficou em silêncio.

Ele olhou para Elizabeth, com a voz grave.

— É melhor que não seja para você ajudar sua irmã outra vez.

E com isso, as costas dela se endireitaram. Ele havia tentado se conter, mas cinco mil dólares — e a história com a irmã dela — o deixaram no limite.

— Você deu o mesmo valor para a sua família no mês passado — disse Elizabeth. — E minha irmã precisa mais do que seus pais.

— Meus pais são idosos — disse Tony, com o coração acelerando. — Sua irmã se casou com um vagabundo, e eu não vou sustentar alguém que é preguiçoso demais para trabalhar.

— Darren não é um vagabundo. Ele apenas está com dificuldade de encontrar emprego.

— Liz, ele é um vagabundo! Nem me lembro da última vez que ele teve um emprego.

A expressão de Elizabeth endureceu quando ela olhou para Danielle. Ele percebeu sua filha se afastando deles, e o pedaço de papel sobre o balcão. O que ela havia dito? Um boletim?

O efeito sobre Elizabeth foi instantâneo. Ela reduziu a intensidade depressa, lançando um olhar de vergonha para ele.

— Podemos falar sobre isso mais tarde?

Tony permaneceu firme.

— Não, vamos falar sobre isso agora. Porque, se você quiser dar a eles o que você ganha, tudo bem, mas não vai dar a eles o meu dinheiro.

— Seu dinheiro? — Isso realmente conseguiu irritar Elizabeth. — Na última vez que verifiquei, ambos colocávamos dinheiro naquela conta.

— E na última vez que *eu* verifiquei, eu ganhava cerca de quatro vezes mais que você. Então você não tira um centavo daquela conta sem me pedir primeiro.

Chega de manter a calma. Chega de "estar sempre disponível". Tony estava irritado consigo mesmo por explodir, mas eles já tinham ido longe demais agora para voltar atrás. E ela tinha de ouvir a verdade, de uma vez por todas, sobre suas finanças.

Elizabeth olhou para o outro lado por um instante, e ele sentiu a velha ferida se abrindo novamente. Ele ouvira falar no começo do casamento que quando viessem os filhos a esposa voltaria seu coração para as crianças e o marido para o trabalho. Ele havia dito a si mesmo que isso não aconteceria com eles. Ele não deixaria isso acontecer. Ela não deixaria isso acontecer. Mas ali estavam eles.

— Será que podemos simplesmente jantar? — Elizabeth perguntou em um tom calculado, como se estivesse tentando acalmar o comprador de uma casa nervoso depois de ele ter visto os juros de um financiamento de trinta anos.

Tony olhou para a mesa, os pratos e guardanapos, a salada e o espaguete, e não suportou. Havia algo em seu interior que não permitia que ele simplesmente se sentasse e mordesse a língua, perguntando a Danielle sobre suas notas ou sobre qualquer outra coisa, por causa daqueles cinco mil dólares. Pelo amor de Deus, eram cinco mil dólares!

— Sabe de uma coisa? Vá em frente — disse ele, pegando seu casaco e sua mochila. — Vou treinar.

Elizabeth viu Tony dar as costas para ela e andar em direção ao quarto. Ela queria gritar com ele. Queria correr para fora e entrar em seu carro, e também correr para a academia. Por que ela não podia ser a pessoa capaz de fugir? Mas fugir do problema deles não ajudava em nada. Ela queria ficar frente a frente e discutir até que ele a ouvisse, finalmente *ouvisse* o que ela estava dizendo em vez de acusá-la e ir embora. Isso era o que ele sempre fazia, e a deixava furiosa. Ele apenas colocava um fim à conversa como se estivesse batendo a porta no rosto de um vendedor de panelas.

O que a havia impedido de explodir era a visão de Danielle. Ela havia ficado de pé ali olhando para o boletim. Todos aqueles As, e tudo que ela conseguia fazer era olhar para o C. Não é de admirar. Danielle havia ficado nervosa com a reação de seu pai, mas ele não percebera. Ele mal se dera conta da presença dela, muito menos de sua preocupação. Por que ele não conseguia notar o que estava fazendo a ela? Qualquer pessoa com um pouco de coração podia ver isso.

Elizabeth sentiu o cheiro de alguma coisa ácida, algum problema na área da cozinha, e olhou para o forno. Fumaça saía pela ventilação e seu coração parou por um instante. Ela abriu a porta do forno e retirou os pãezinhos que deveriam estar todos amanteigados e dourados em cima, mas estavam pretos como carvão. Ela pegou um com um utensílio e inspecionou um deles.

— Bem, queimei os pães — ela disse, mais para si mesma do que para qualquer outra pessoa. Ela jogou aquele pão no lixo e depois jogou todos eles fora.

— Tudo bem, mãe.

— Sim, eu sei — disse ela.

Elizabeth serviu o espaguete com molho para Danielle, colocou uma tigela de salada ao lado para a menina e foi para o quarto falar com Tony.

— Olhe, se você apenas vier e comer conosco...

— Não posso — ele retrucou rispidamente. — Isso está na minha cabeça o dia inteiro. Desde que recebi o aviso... Não posso acreditar que estamos passando por isso outra vez! Justo hoje!

— Justo hoje? — ela indagou.

— Fiz uma venda hoje. Uma venda grande. Aquela pela qual tenho esperado. Quer dizer, foi uma sensação incrível fechar esse negócio e apertar a mão daquele sujeito. E então eu recebo a notícia de que você...

— Tony, por favor... Danielle precisa ouvir você dizer que está tudo bem. Que está tudo bem com ela.

— Falo com ela mais tarde — disse ele. — Digo isso a ela mais tarde. — E não preciso que você me diga o que devo fazer. Eu tenho um relacionamento com minha filha, entendeu? Você não precisa ficar entre nós assim.

— Não estou ficando entre vocês. Estou tentando ajudar você a entender!

Ele agarrou sua bolsa esportiva e saiu do quarto feito um furacão. A porta da garagem bateu como um trovão. E então ela ouviu o estalido familiar e o som do carro de Tony se afastando.

Tony dirigiu depressa para o ginásio e se alongou enquanto esperava o jogo de basquete começar — e então lá estava ele, driblando e movimentando a bola pela quadra o mais rápido possível. Ele estava jogando de modo agressivo, avançando para a cesta todas as vezes que tocava na bola, esforçando-se para encontrar uma passagem aberta. Quando uma se fechava, ele recuava e procurava outra. Na defesa, ele corria para roubar as bolas, fazia entradas duras e conseguiu fazer seus oponentes suarem muito por sua causa, a maioria deles uns caras brancos mais lentos. Era agradável estar na quadra, estar em um jogo que ele podia controlar em vez de alguma coisa que ele não podia.

Eles estavam no momento decisivo, nos últimos pontos do jogo, quando seu amigo de toda a vida, Michael, pediu que ele jogasse a bola no canto. A defesa se moveu e Tony sacudiu a cabeça. Finalmente Michael passou a bola para ele, avançou para perto do garrafão e sinalizou. Tony balançou a cabeça concordando e seguiu Michael pela quadra.

Era como poesia em movimento. Tudo desacelerou enquanto Michael levantou e fez a bola bater na tabela de vidro. Tony saltou, pegou a bola, e enfiou-a na rede.

— Cesta! — Michael gritou.

Todos os jogadores na quadra e os que estavam esperando gritaram e berraram diante da jogada. Tony foi cercado pelos colegas de time que batiam nas suas costas e o cumprimentavam com um "toca aqui" para comemorar. Até seus oponentes o cumprimentaram.

— Isso foi demais! — disse um deles.

— Vamos fazer de novo — disse alguém atrás dele.

— Não... — disse Tony — Tenho de ir, cara.

— Vamos lá, mais uma partida.

— Nós já vencemos vocês três vezes — Tony olhou para as arquibancadas e viu dois jogadores novos esperando. — Deixe aqueles caras jogarem.

— Tudo bem. Entrem aí, rapazes.

Tony sentou-se nas arquibancadas e enxugou o rosto com uma toalha. Seus músculos estavam relaxados agora e grande parte do estresse que trouxera de casa havia desaparecido. Os cinco mil dólares ainda estavam pairando sobre ele e eram como um nó em seu estômago, mas ele havia se acalmado um pouco com relação a isso.

Michael sentou-se ao lado dele e lhe deu um olhar de surpresa.

— Você está bem, cara?

— Sim — disse Tony. — Por quê?

— Parecia que você estava jogando meio louco esta noite.

Michael era um bom jogador, rápido e capaz de ter uma visão geral da quadra. Mas ele não tinha o instinto de um matador.

— E daí? Isso significa apenas que eu joguei melhor — disse Tony.

— Melhor significa fominha de bola? Cara, você não me passou a bola nenhum vez... Seria mais fácil dar um banho completo num gato assustado do que receber uma bola sua.

— Eu só precisava gastar um pouco de energia, está bem?

— Bem, espero que você tenha conseguido.

Tony sorriu. Michael estava certo, mas ele também estava com inveja. Alguns tinham tudo e outros não. Na quadra e na vida.

— De qualquer forma, foi legal, cara — disse Michael. — Todos nós temos de fazer isso em algum momento.

Tony podia ver que Michael estava tentando introduzir uma conversa sobre por que ele precisava gastar um pouco de energia, e parte dele queria entrar nessa conversa. Mas ele pensou melhor nisso, principalmente por Michael ser alguém da igreja. As coisas sobre sua família, seu casamento — era melhor guardar tudo isso para si mesmo. E havia outras coisas em diferentes áreas de sua vida que estavam se agitando, sentimentos que ele não podia deixar escapar. Não com alguém como Michael. Nem com ninguém, na verdade.

— Bem, vejo você na igreja, certo? — Michael perguntou.
— Talvez.
— "Talvez" quer dizer "não".

E isso era verdade. Em vendas, um "talvez" queria dizer "não". Você ficava insistindo até conseguir um "sim". Mas Tony não tinha muito interesse pela igreja. Ele a via como um mal necessário. Algo que interrompia as suas manhãs de domingo, mas que era bom para a família, bom para o seu casamento, e supostamente bom para a sua alma. Também era uma rede de contatos. Ele fazia contatos ali e mantinha sua imagem intacta.

O problema é que a igreja havia se tornado algo que despertava nele sentimentos de culpa. Ele se sentia mal quando estava lá, como se algo estivesse fora do lugar em seu coração. Além disso, sentar-se em um banco vendo todas as pessoas com suas vidas resolvidas — filhos perfeitos e casamentos perfeitos — apontava para tudo quanto ele não tinha. Mas quando ele não ia aos cultos, recebia aquele olhar de Elizabeth.

— Ei, Tony, você me deve uma — disse um jogador do outro time quando ele estava saindo.

— Que nada, cara, tenho de ir — disse Tony sorrindo.

O sujeito esticou o polegar acima do ombro para indicar os jogadores que estavam atrás dele.

— Cara, eu acabei de falar para eles. Só uma.

Ele sabia sobre o que o sujeito estava falando e não tinha nada a ver com basquete. Queria dizer a eles que estava cansado e que só queria ir embora. Mas todos haviam se voltado agora. Ele estava no palco.

Tony jogou a bolsa de ginástica e a toalha no chão e olhou para os jogadores como se dissesse: *Olhem com atenção. Só vou fazer uma vez.* Ele firmou os joelhos, enrijeceu os músculos das pernas e deixou a memória funcionar. De repente ele saltou, girou o corpo todo no ar e aterrissou perfeitamente sobre a superfície, com os braços junto ao corpo.

Os caras novos ficaram de boca aberta. Os que haviam visto isso antes batiam palmas e torciam.

— Eu falei! — gritou o jogador.

Michael sacudiu a cabeça e Tony pegou suas coisas.

Quando Tony chegou à porta, Ernie Timms entrou no ginásio folheando um monte de páginas. Era um homem magro com poucos tufos de cabelo que ele tentava pentear, mas isso não estava funcionando. Ele havia sido o diretor do centro comunitário por alguns anos e as coisas não estavam indo bem. Parecia que sempre havia alguma crise que eles tentavam evitar com levantamento de fundos ou programas.

— E aí, Ernie? — Tony cumprimentou, observando que o homem parecia um pouco perturbado.

— Oi, Tony. Você sabe por quanto tempo vocês reservaram o ginásio esta noite?

— Creio que foi até às nove e meia — disse Tony. — Por quê?

Ernie franziu a testa.

— Puxa vida! Acho que reservamos o mesmo horário juntos. Tudo bem, então... Está bem. Obrigado.

Sem noção. O sujeito estava sempre metido em algum tipo de confusão. Tony estava decidido a não ser como Ernie.

Dona Clara

✦ ✦ ✦

Clara estava na seção de legumes do supermercado, tentando escolher o tomate do tamanho certo, quando Clyde soltou a bomba. Seu filho a levava para fazer compras todas as semanas e passava um tempo com ela enquanto cumpria essa obrigação monótona. Ela não tinha problema algum em dirigir até o mercado, é claro, mas isso parecia fazer com que Clyde sentisse que estava fazendo alguma coisa por ela, além disso, ela podia passar um tempo com ele.

Depois que Clara passou dos setenta, as visitas ao médico aumentaram — eles queriam que ela os procurasse a cada pequeno detalhe. Os que trabalhavam com investimentos queriam vender-lhe todas as apólices que surgiam, e o pessoal dos asilos para idosos praticamente acampavam nos degraus da frente de sua casa. Mas ela não esperava que a última oferta partisse de seu filho.

— O que você acha de vir morar conosco, mamãe? — Clyde perguntou.

Clara encontrou uma parte mole demais que não lhe agradou no tomate e devolveu-o.

— Ora, por que cargas d'água eu iria querer fazer algo assim?

— Bem, imagino que você não vá querer fazer isso imediatamente. Mas Sarah e eu temos falado sobre isso. Temos orado sobre isso.

Ela olhou para ele. Ainda conseguia se lembrar de tê-lo segurado no colo, de ler uma história, de se ajoelhar ao lado dele. Então vieram os anos em que ela passou de joelhos, porque estava preocupada com o que seria do futuro do rapaz. Aqueles anos se foram há muito.

— Com tudo o que vocês têm para se preocupar, estão orando para que eu vá morar com vocês?

Agora era Clyde que examinava o tomate.

— Talvez este não seja o lugar certo para falar sobre isso.

— O que pode acontecer comigo que tanto o preocupa? — Clara indagou. — Você mora apenas a quatro quadras de distância.

— Mamãe, aquela casa velha e todas aquelas escadas... Isso nos preocupa. E se acontecesse alguma coisa? E se você caísse? Você não quer carregar aquele telefone celular como lhe pedimos.

— Você quer me ver plantar bananeira? É isso? Olhe, segure o meu vestido para baixo enquanto eu...

— Mamãe, pare com isso.

— O que é necessário para que eu prove a você que posso morar sozinha?

— Sei que você ama sua casa. Sei que os seus tesouros estão ali.

— O meu tesouro está no céu, e se eu pudesse ir para lá e não ser um fardo para ninguém, eu pegaria o trem agora mesmo.

— E se fosse isso que Deus quisesse, Ele a teria levado há muito tempo. Aparentemente, Deus tem coisas para você realizar aqui em baixo.

Clara olhou para Clyde de frente, com um leve tremor nos próprios olhos.

— Você não acha que eu vivi por tempo suficiente para ter o direito de viver onde quero? Eu não fiz o suficiente para merecer isso?

— Fez sim, mamãe. E você merece muito mais. Estou apenas lhe pedindo que considere essa possibilidade para o seu bem. Não queremos que nada aconteça...

— Nada vai me acontecer — disse ela, franzindo o rosto. Eu não sou como uma velha rabugenta que não pode se virar sozinha. Parem de se preocupar comigo.

Ele empurrou o carrinho para longe dela até a seção de pães. Por algum motivo todos os supermercados em que já levara a mãe para fazer compras colocavam o pão e o leite em extremidades opostas do universo. Os legumes e a carne também ficavam separados.

Ela o seguiu, andando com o passo incerto até alcançá-lo e colocou o tomate no carro. Ela sabia que aquela conversa o estava preocupando.

— Você quer aquele pão de passas que sempre compra? — Clyde perguntou.

— Esqueça o pão de passas e vire-se para mim e fale comigo — disse Clara, pegando um pão e verificando a data de vencimento. — Ora, o que está se passando nessa sua cabeça?

— Você sabe que fizemos uma obra na garagem e construímos um pequeno apartamento nos fundos.

— Você disse que iria alugar aquilo para ter uma renda extra. Talvez receber alguém que precisasse de ajuda.

Ele inclinou a cabeça.

— Bem, isso é verdade, em parte. Sarah e eu estávamos meio que esperando poder convencer você a se mudar para lá.

— Era nisso que vocês estavam pensando o tempo todo? — ela questionou. — Esta é a coisa mais maluca que já ouvi em toda a minha vida. O que devo fazer com a minha casa?

— Venda-a, mamãe. Os preços das casas estão bons agora. Você teria um pé de meia.

— Pé de meia — disse ela, como se as palavras deixassem um gosto ruim em sua boca. — Minha previdência social, o seguro de vida e a pensão de seu pai são tudo de que eu preciso.

— Tudo que é preciso é uma queda naquelas escadas...

— Lá vem você de novo — disse ela, interrompendo-o. — Você acha que eu não sei usar o corrimão?

— Com licença — disse uma mulher mais jovem. Ela estava com um bebê inquieto na cadeirinha, sentado bem no meio do carrinho. — Eu só preciso de um pacote de pão integral.

— Pegue um fresco para ela ali em cima, Clyde, e verifique a validade — disse Clara. — Este é meu filho. Ele acha que eu devo ir morar com ele porque estou ficando velha e fraca.

Clyde sacudiu a cabeça enquanto pegava o pão.

— Eu não disse isso.

— Eu pareço velha e fraca para você? — Clara perguntou à jovem mulher.

— Mamãe, esta senhora não quer se envolver nos nossos problemas.

A jovem mulher sorriu e agradeceu a Clyde pelo pão.

— Não, senhora. A senhora me parece bastante saudável.

— Está vendo? Uma mãe sabe — Clara balançou a mão confirmando. Ela deu uma olhada sobre a extremidade do assento do carrinho. — Ora, veja este lindo bebê.

A jovem disse a Clara o nome da criança, e a visão da velha mulher pareceu acalmar a criança.

— Vou acrescentar este pequenino à minha lista de oração, se você não se importar — disse ela.

— Não me importo de modo algum. A senhora pode orar pelo meu marido também. — A mulher disse aquilo com certa tristeza em sua voz.

— Bem, eu posso muito bem orar por todos vocês. Qual é o seu nome?

Clara passou os minutos seguintes informando-se sobre o nome da mulher e onde ela morava. Ela falou com a senhora sobre sua igreja e puxou Clyde para a conversa. Quando a jovem mãe partiu, ela parecia andar com um passo mais leve.

— Mamãe, você já conheceu algum estranho? — Clyde implicou.

— Eu acho que sim, em algum momento — disse Clara. Ela conduziu Clyde à seção de laticínios para pegar um queijo cottage de baixa caloria. Quando chegou lá, ela se virou para ele. — Sei que você se importa comigo, filho. E eu não sabia que vocês estavam passando por todos aqueles problemas com aquele apartamento por mim, então me sinto lisonjeada. Quando o Senhor me disser que é hora de me mudar... — Ela parou, pensando no sentimento que tivera quando estava em seu quarto de guerra. — Posso manter o celular comigo, se isso faz com que você se sinta melhor.

Clyde olhou para o chão e examinou o piso. Quando olhou para cima, havia uma névoa em seus olhos, e Clara podia jurar que viu um vislumbre de Leo em seu rosto, a mesma bondade e mansidão saindo deles.

— Trata-se da sua neta. Hallie está passando por um momento difícil.

— Eu oro por aquela menina todos os dias.

— Eu sei disso.

— Eu a chamei para vir conversar comigo. Estou logo ali, na mesma rua.

— E eu gostaria que ela fosse, mas ela fica no quarto a maior parte do tempo. Já tentamos de tudo. Sarah e eu estávamos pensando que se você morasse conosco, talvez estando mais perto... não sei.

Ela colocou a mão em seu braço.

— Todas essas coisas importantes que você faz para a cidade, todas aquelas decisões... e uma adolescente está deixando você esgotado.

Clyde concordou.

— Prefiro lidar com o contrato de um motorista de caminhão a tentar entender minha filha.

— O que o faz pensar que ela passaria a me ver se eu me mudasse para lá?

— Ela ama você, mamãe. Sempre a amou. Acho que se você estivesse lá, poderia ser diferente. Tudo de que precisamos é de uma fresta na porta, apenas de um pouco de luz. Sabe?

O lado desconfiado de Clara pensou que aquilo poderia ser uma artimanha para mexer com as suas emoções. Mas quando ela viu a dor no rosto do filho, soube que não era.

— E vocês têm orado para que eu vá morar com vocês por causa de Hallie?

— Eu estaria mentindo se dissesse que é apenas por isso. Queremos que você esteja em segurança, e não sozinha. E não queremos obrigá-la ou coagi-la. Mas tive essa impressão outro dia... e Sarah concordou. Nós dois queremos isto.

Clara sondou os olhos dele e viu o que procurava. Estava ali, debaixo das camadas. O amor. Era por isso que ele estava trazendo tudo isso à tona. Ela tinha de se concentrar nisso e não na sensação ruim de que ela tinha de estar sendo transportada para a lateral da estrada da vida. Mesmo que não fosse isso que ele queria dizer, era assim que ela se sentia.

Quando eles foram pagar a conta, ela viu a jovem mãe à frente deles e acenou para ela e seu bebê.

— Você teria a sua privacidade — disse Clyde, pegando uma revista e folheando-a. — Nós não a incomodaríamos em nada.

Clara olhou para ele.

— De onde vem essa sua tendência teimosa? Deve ser do lado da família do seu pai.

Clyde riu e sacudiu a cabeça.

Depois de Clyde deixar as compras dela em sua casa e partir, Clara subiu as escadas e, ao chegar ao topo, parou e oscilou, sentindo as paredes girarem. Ela esticou a mão bem a tempo de segurar o corrimão para se firmar. E se ela tivesse caído? Ela podia ver Clyde a olhando em algum quarto de hospital e um médico sugerindo uma prótese de quadril.

Quando chegou ao seu quarto de guerra, ela se ajoelhou e abriu seu coração.

— Senhor, se tu quiseres que eu me mude, eu obedecerei. Tu sabes disso. Mas tu não podes querer que eu deixe todas estas lembranças. Há muitas respostas de oração neste quarto. Fazemos um bom trabalho aqui. Por que eu iria querer...?

As perguntas se acumularam, uma sobre a outra, até que tudo o que ela podia ouvir era a sua própria voz clamando. E depois uma onda de paz a envolveu, dizendo-lhe que não era onde ela vivia que importava, mas o fato de que ela estava andando com Ele.

Ela começou a cantar suavemente, uma velha canção: "Todo dia com Jesus é mais doce que o dia anterior". As lágrimas vieram aos seus olhos e ela assentiu e juntou as mãos.

— Pai, eu queria envelhecer nesta casa. Queria viver aqui até o fim. Tu sabes o quanto do meu coração está presente na vida que vivi aqui.

Então ela voltou a perguntar por que, em uma verdadeira luta diante daquela decisão. Mas, no fim, soube que estava lutando contra sua própria vontade. Ela tinha um filho e uma nora amorosos. Tinha uma neta que a amava. Mas mudar era difícil, principalmente para alguém que havia definido como "lar" um determinado lugar no planeta por tantas décadas.

— Senhor, se tu fores comigo, nada mais irá importar. Quero andar contigo por onde me conduzires. Então, se este é o teu plano, deves ter alguma missão para mim. Talvez seja Hallie. Talvez seja outra pessoa. Vou confiar em ti. Vou seguir-te. É isso que vou fazer, apenas seguir-te, e se isto for um erro, peço que me impeças.

Ela ficou de joelhos, esperando ouvir uma voz de trovão que não veio.

— Tudo bem, então — disse Clara, levantando-se.

Ela desceu as escadas cuidadosamente até à cozinha, onde ainda tinha as páginas amarelas enfiadas em uma gaveta perto da prataria. Podia-se encontrar qualquer coisa que se quisesse na Internet, mas ela gostava das anotações que havia rabiscado ao lado dos eletricistas e bombeiros que a haviam ajudado ao longo dos anos. Ela havia copiado anotações de agendas telefônicas antigas nas novas que chegaram, mas nunca teve de procurar a seção de imobiliárias. Como é que se escolhe algo assim?

— Bem, já que vou trabalhar com alguém, Senhor — ela disse em voz alta — posso trabalhar com alguém que o siga, para que eu possa abençoá-lo com a comissão.

Sua mente zunia e girava como um disco de computador. Talvez Deus quisesse usá-la na vida de alguém que não conhecia Jesus. Talvez Deus quisesse que ela trabalhasse com alguém que não tinha nenhuma religião ou que estivesse aprisionado em algum tipo de mentira a respeito dele.

Clara olhou as páginas, as frases atrativas que as companhias imobiliárias usavam para atrair as pessoas, e pensou na oração. É claro. Tudo a levava de volta àquele tema. *A maioria das pessoas faz da oração algo mais complicado do que ela realmente é*, ela pensou. Elas procuravam uma fórmula ou uma equação matemática. E acreditavam que se você não seguisse cada passo corretamente, não recebia aquilo pelo qual estava orando. Ela sabia que nada poderia estar mais longe da verdade porque a oração tinha a ver com relacionamento. Orar era falar e ouvir, e ficar entusiasmado em passar tempo com alguém que o ama.

Ela virou a página e sentiu vontade de colocar o dedo em um lugar e permitir que aquele fosse o fator determinante — onde seu dedo pousasse. Então a campainha tocou. Talvez fosse Deus levando um corretor até ela sem mesmo precisar que ela o chamasse!

Ela abriu a porta e viu o jovem diante dela, e percebeu que havia esquecido o compromisso que havia marcado. Ela procurou em sua mente o nome dele até que ele veio.

— É Justin, certo?

— Sim, senhora. Minha mãe disse que a senhora precisava de ajuda com o trabalho no quintal.

— É verdade — disse ela. — Agora entre aqui e deixe-me dar-lhe um copo de limonada e vamos conversar sobre os termos e condições.

O adolescente pareceu não entender, mas entrou mesmo assim.

— Sim, senhora.

— Gosto da sua maneira de falar. Você demonstra respeito, e isso é bom. — Ela colocou limonada no copo e o pôs diante dele, pensando na conversa que havia tido com a mãe do menino no dia anterior, sobre a preocupação que ela tinha como mãe solteira. Que não podia passar tanto tempo com ele quanto gostaria, em todas as escolhas ruins que um jovem podia fazer naqueles dias.

— Tenho duas regras — disse ela. — Orgulhe-se de si mesmo e do trabalho que você faz.

— Senhora?

— Quero que você faça um bom trabalho, completo, no meu quintal. Nada de trabalho imperfeito nem de passar por cima. Não tenta correr para andar depressa e terminar tudo para poder fazer outra coisa. Dedique tempo e orgulhe-se da aparência deste quintal quando você sair daqui.

— Sim, senhora — Justin disse. — Posso fazer isso.

— A Bíblia diz que tudo o que você fizer, faça-o para a glória de Deus. Onde quer que você coloque a sua mão para fazer, faça-o de todo o coração.

— Sim, senhora. Mas o que a senhora quer dizer com me orgulhar de mim mesmo?

— Com a sua maneira de se vestir. Com a maneira como se coloca de pé e olha as pessoas nos olhos. Posso ver que sua mãe fez um bom trabalho. Quero que você mantenha isso de pé — assim como essas calças. Um homem usa as calças na cintura, e não penduradas até os joelhos.

Justin não conseguiu reprimir um sorriso, e Clara sabia que era assim que se transformava o mundo. Primeiro você deixa Deus mudar você, e em seguida ele traz alguém, e se prestar bastante atenção para ouvir e se tiver fome suficiente, ele poderá trazer outros que queiram não apenas ver uma mudança, mas vivê-la.

Clara mostrou o quintal a Justin e os lugares difíceis de alcançar com o cortador de grama. Quando terminou, ela perguntou:

— Você não conhece nenhum bom corretor, conhece?

— Não, senhora. Mas os vizinhos ao lado acabaram de vender a casa deles e parece que gostaram do corretor.

— Qual foi a imobiliária?

— O cartaz tinha um número e depois a palavra *rochas*, acho. Não, pedras. Era isso que dizia. Doze Pedras.

Clara assentiu, agradeceu e lhe disse para voltar no dia seguinte para começar o trabalho. Ela encontrou a empresa Doze Pedra Imóveis na lista, telefonou, e finalmente falou com uma mulher chamada Elizabeth Jordan. Ela parecia jovem e agradável. Alguém com quem parecia fácil trabalhar.

— Não estou certa de quando quero vender, mas preciso de alguém que me ajude com isso.

— Eu ficaria muito feliz em ajudá-la, senhora Williams — disse Elizabeth. — Eu lhe darei o número do meu celular para que a senhora possa entrar em contato a qualquer momento.

CAPÍTULO 3

✦ ✦ ✦

ELIZABETH LEVANTOU-SE CEDO no domingo de manhã e foi dar um passeio para aclarar a mente e o coração. A explosão com Tony alguns dias antes ainda estava pairando sobre ela. A desconfiança que ele sentia acerca de sua irmã e seu cunhado era como uma faca cravada em seu coração. Mas a tensão no relacionamento deles não parecia incomodar Tony em nada. Ele estava exatamente impassível e obstinado como sempre. O fato de ele fugir para o ginásio e comer qualquer coisa em vez de comer com elas dizia muito sobre o seu comportamento. Ele era como um garotinho que não conseguia lidar com os problemas. As coisas simplesmente tinham de ser do seu jeito ou ele pegava os seus brinquedos e ia brincar em outro lugar.

Elizabeth tinha a inquietante sensação de que poderia haver algo mais acontecendo com ele, maior que os problemas financeiros ou as brigas constantes entre eles. Maior que os problemas de comunicação e a maneira como ele ficava impaciente e explosivo com elas. Mas o que poderia ser?

Ela passou pelo gramado muito bem cortado de um senhor que frequentava a igreja deles. Carl estava sempre consertando o cortador de grama ou a máquina de arrancar ervas daninhas, borrifando água nas plantas ou cavando um novo canteiro para sua esposa. A casa de tijolos do casal parecia o quadro do pintor Thomas Kinkade, com tudo aparado e no lugar. Havia uma lanterna pendurada sobre a caixa de correio. Até a calçada na frente da casa deles parecia melhor de algum modo. Será que as pessoas tinham um casamento perfeito? Será que sua família era a única que passava por esse tipo de dor?

Ela acordou Danielle quando voltou, mas decidiu não incomodar Tony. Não ia implicar com ele, não ia lembrá-lo de que dia era aquele e que eles precisavam sair por volta das 8:45 para chegar a tempo para o culto. Mas, para sua surpresa, ele já estava de pé e no chuveiro.

Eles não conversaram enquanto ele dirigia, principalmente porque Tony ligou o rádio em uma estação de esportes que falava do grande jogo daquela tarde. Ele não falou com Danielle sobre seu boletim. Apenas dirigia e reagia às notícias esportivas.

Na igreja, Elizabeth sentou-se com um braço ao redor de Danielle e ouviu o pastor falar sobre uma passagem do Evangelho de Mateus. Ela estava tendo dificuldades em se concentrar na mensagem, porque tudo em que conseguia pensar era em Tony. Ele absolutamente não tinha compaixão, nem compreensão com ela ou com Danielle. Estava irritado com o dinheiro e não havia sequer perguntado por sua irmã. Cynthia estava passando por um momento muito difícil e Elizabeth queria ajudá-la, mas Tony estava entre elas. Ele estava obcecado em ser promovido e em ter dinheiro suficiente no banco, quando sabia muito bem que nunca haveria o "suficiente". Quanto mais ele ganhava, mais precisava ganhar. E qualquer retirada, por mais necessária ou compassiva que fosse, era vista como uma afronta pessoal a ele.

— Jesus nos dá a cura para a ansiedade nesta passagem — disse o pastor. — Ele nos diz para olharmos para os pássaros do céu e para a maneira como eles levam a vida. Não sei quanto a vocês, mas eu nunca vi um pássaro estressado, exceto os dos desenhos animados.

A congregação riu, e o pastor passou a contar uma história de sua infância sobre o quanto sua mãe ficava estressada quando eles saíam de férias. Seu pai planejava o percurso da viagem com uma precisão detalhada, e se alguma coisa saísse errada, ele ficava frustrado e irado. Os dois juntos eram uma mistura instável e geravam tudo, menos relaxamento.

— Em nossa casa, precisávamos tirar férias das férias.

Elizabeth deu uma olhada em Danielle e sorriu. Sua filha só tinha dez anos, mas ela já tinha o coração aberto para as coisas de Deus. Ela prestava muita atenção enquanto o pastor falava sobre o fato de Deus conhecer todo coração humano e ter um plano para cada um de nós.

— Deus não pode ser persuadido a fazer o que nós queremos que Ele faça. O favor de Deus não pode ser comprado, trocado ou manipulado — continuou o pregador. — Então se você pensa que colocar a sua melhor roupa de domingo e um sorriso indiferente no rosto o impressiona, você está enganando a si mesmo. E todos nós sabemos que podemos enganar a nós mesmos, mas você e eu não podemos manipular a mão de Deus. Ele procura por aqueles que o buscam de todo o coração, e faz coisas incríveis em suas vidas. Então tudo se resume a isto: ou o buscamos verdadeiramente, ou não.

Elizabeth ouviu a porta se abrir atrás deles e viu uma jovem mulher passar por eles em direção a um lugar vago próximo. Ela não se incomodou pela mulher ter chegado tarde ou porque ela a distraiu da mensagem. Era apenas uma adolescente e o comprimento de sua saia e o tamanho do seu decote eram um pouco reveladores demais para o gosto de Elizabeth, mas também não foi isso que a incomodou. O que irritou Elizabeth foi o fato de Tony ter observado a jovem passar com a concentração de um arqueólogo estudando um artefato recém-encontrado. Ela ficou esperando que ele desviasse o olhar, mas ele não o fez. Seus olhos seguiram cada movimento até ela se sentar. E depois ele olhou um pouco mais. Elizabeth não conseguia dissipar a sensação de que Tony estava à caça. Mas isso era ridículo. Tony jamais...

Quando o culto terminou ela foi até o banheiro e se recompôs, depois andou em direção ao carro. Uma mulher se aproximou e a fez parar, apresentando-se como a mãe de uma das colegas de Danielle na escola. Ela pediu desculpas por tomar seu tempo.

— Não tem problema — disse Elizabeth. — Pode falar.
— Tenho procurado a oportunidade de lhe fazer uma pergunta.
— Sobre o quê?
— Sei que você é corretora e sempre fui fascinada por corretagem de imóveis. Gostaria de tirar a minha licença, mas não conheço o processo muito bem.

Elizabeth respondeu às perguntas dela e sugeriu um livro que ela havia lido antes de entrar para o mundo dos imóveis. Uma de suas colegas também estava dando aulas na biblioteca local. Ela entregou um cartão à mulher e lhe disse para entrar em contato caso precisasse saber de qualquer outra coisa.

— Será que poderíamos tomar um café em algum momento? — a mulher perguntou.
— Isso seria ótimo — disse Elizabeth, sabendo que um tempo para um "café" era impossível em sua agenda agitada. Ela sorriu educadamente e deu um abraço na mulher.
— E então, quem era aquela mulher com quem você estava falando no estacionamento? — Tony perguntou enquanto eles dirigiam para casa.

Elizabeth manteve os olhos fixos na estrada à frente.
— Ela está interessada em ser uma corretora de imóveis. Por quê?
— Percebi que você estava usando a sua voz profissional — ele disse.

Ela olhou para ele e ele deu um sorriso forçado.
— Você está dizendo que eu faço algo que você não faz?
— Quando eu venho à igreja, estou simplesmente sendo eu mesmo — disse ele.

A fumaça não saiu pelos ouvidos dela, mas ela pôde sentir o coração acelerar e seu rosto ficar vermelho.
— Imagino que você estava simplesmente sendo você mesmo quando estava observando aquela jovem que passou por nós.

Ela lamentou ter dito isso logo que saiu de sua boca. Ela lamentou dizê-lo na frente de Danielle e não em particular. Ela lamentou colocá-la no meio de uma das brigas deles outra vez. Mas ela não lamentou fazer com que ele soubesse o que ela havia visto claramente.

— É melhor você tomar cuidado com esse tom, Liz — disse Tony, com uma voz mais serena que o normal e sem emoção demais.

Antes que ela pudesse responder, seu telefone tocou. Ela olhou para ele por um instante e com sua visão periférica viu Danielle se mexer desconfortavelmente.

— Elizabeth Jordan — disse ela, atendendo com a sua voz "profissional". Tony ergueu uma sobrancelha.

— Elizabeth, aqui é Clara Williams. Falei com você sobre a minha casa.

— Sim, senhora Williams, como vai?

— Estou bem, obrigada por perguntar. Tomei a minha decisão de seguir em frente com a venda. E estou ligando para ver se você poderia vir pela manhã e dar uma olhada no lugar.

Elizabeth checou sua agenda telefônica.

— Sim, posso ver a casa amanhã às 10 horas da manhã.

— Perfeito. Isso me dará a chance de arrumar um pouco o lugar.

— Que bom. Será um prazer.

— Vejo você amanhã.

— *Bravo* — disse Tony sarcasticamente quando a ligação terminou.

Elizabeth adotou um ar de determinação e decidiu não responder. Ela se voltou e viu Danielle colocando seus fones de ouvido. Era melhor ouvir música a ouvir seus pais brigarem outra vez.

Tony ligou o rádio para ouvir as notícias esportivas.

Tony colocou os pés para cima naquela tarde e assistiu ao jogo. Ele não podia acreditar que Elizabeth o vira olhando a jovem na igreja. Ele nem sequer percebera que estava olhando para ela — isso era algo natural para os homens, ele tinha certeza. Ele estava apenas verificando a beleza da criação.

Danielle disse que o almoço estava servido, e ele foi para a mesa para pegar um pouco de comida. Uma olhada para Elizabeth lhe disse que ela estava contrariada. Ele sacudiu a cabeça, desligou a TV com o controle remoto e sentou-se, pegando seu telefone para ver o placar. Havia duas mensagens de texto que ele não havia visto, uma de Calvin Barnes, da Holcomb.

Eu nunca lancei uma bola tão longe na minha vida. Obrigado, Tony!

Tony sorriu, imaginando aquele sujeito idoso balançando aquele taco grande.
Elizabeth quebrou o silêncio entre eles.
— Danielle, tenho de encontrar uma cliente pela manhã, então vou deixar você cedo no centro comunitário, tudo bem?
— Certo. Podemos apanhar a Jennifer no caminho?
— É claro, se a mãe dela estiver de acordo — disse Elizabeth.
Tony costumava se sentir de fora olhando para a vida de sua filha, e este era um bom exemplo.
— Quem é Jennifer?
— Ela está no meu grupo de saltadoras de corda dupla— disse Danielle mansamente, olhando para a sua comida.
Ele afastou o telefone por um instante e inclinou a cabeça.
— Pensei que você estivesse jogando basquete.
— Eu quis pular corda novamente.
Pular corda? Ele pensou. Não foi isso que eles haviam concordado que ela faria.
— Tony, você deveria ir vê-la treinar amanhã — disse Elizabeth depressa, entrando no espaço incerto entre eles. — Ela é muito boa.
Ele sacudiu a cabeça, tentando processar a nova informação juntamente com a sua agenda.
— Estarei fora da cidade esta semana.
Elizabeth segurou o garfo apontado para baixo, com o rosto perplexo.
— Quando você ia me dizer?

— Acabei de fazer isso — disse Tony sem rodeios. Era assim que sempre começava. Ela queria saber tudo que estava se passando na cabeça dele. Cada pequenina coisa. Como se ele pudesse se lembrar de dizer tudo a ela.

A frustração estava estampada no rosto de Elizabeth. Ela abaixou o garfo e encostou-se na cadeira.

— Tony, sei que você é o vendedor número um da empresa, mas para que esta família funcione, precisamos nos comunicar. Eu pensei que você fosse estar aqui esta semana.

Lenta e calculadamente, ele preparou sua resposta, como um jogador de tênis rebatendo a bola em direção ao lado fraco da rede.

— Bem, se você quer continuar a morar nesta casa, eu preciso realizar vendas. E isso significa ser flexível.

Ele esperou a resposta dela. Mas ela deixou a bola bater e quicar na cerca, sem dizer nada. Isto o irritou.

Ele deu um gole no seu chá e virou-se para Danielle.

— Você não está um pouquinho grande para pular corda?

A intenção dele com a pergunta era boa. Ele estava tentando encorajá-la a se destacar em uma coisa em vez de passar de uma para outra, e, com a altura e a coordenação dela, o basquete, sem dúvida, era um esporte que ela podia tentar.

Danielle ficou abatida. Ela olhou para o prato e depois para sua mãe. Os lábios de Elizabeth estavam apertados e ela sacudiu levemente a cabeça, um sinal que uma colega de time daria. Apenas outra indicação de que ele estava de um lado da rede e elas estavam do outro.

— Podem me dar licença, por favor?

— Sim — disse Elizabeth. — Vou colocar isto na geladeira para você comer mais tarde.

Danielle saiu e Tony observou Elizabeth esvaziar a mesa. Finalmente ele não suportou mais e levantou as mãos.

— Ei, tudo o que eu estava fazendo era descobrir o que está acontecendo com a nossa filha. Por que ela deixou o basquete?

— Ela quer pular corda, Tony — disse Elizabeth. — É um bom exercício. Ela fez uma boa amiga, Jennifer, com quem você obviamente não se importa o bastante para conhecer.

— Do que você está falando? Você tem ideia de quantas coisas eu tenho de manter em mente, quantos pratos eu tenho de equilibrar para manter as coisas funcionando por aqui? Então eu não sei sobre uma das amigas dela. Isso é uma ofensa federal agora?

Ela virou as costas para ele. Ele levou o prato até a pia e ela lhe disse para deixá-lo.

— Eu faço isso.

Era uma exigência, não uma oferta. Ela queria que ele saísse. E assim o fez. Ele voltou para a televisão e assistiu ao jogo.

Elizabeth colocou a roupa para lavar e organizou seu *closet* — qualquer coisa para permanecer ocupada e fora do caminho de Tony. Quando ela se sentia assim, não queria nem olhar para ele. Ela estava irritada com a maneira como ele havia tratado Danielle e com o olhar que ele lançara à garota na igreja, como se ela fosse um pedaço de carne. Além disso, todas as outras coisas que aconteceram nos últimos meses se acumulavam como toalhas molhadas e caíam pesadamente no seu coração.

Ela sentou-se na cama de frente para sua estante de livros e viu um livro sobre casamento. Ela havia comprado tantos desses, pensando que eles fossem um bom investimento. Ela aprendeu novas técnicas de comunicação e formas de demonstrar respeito. Havia até mesmo lido livros sobre intimidade escritos por pastores e conselheiros que prometiam o melhor sexo, mas seja qual fosse a forma como eles abordavam o assunto, as páginas sempre faziam com que ela se sentisse inadequada, como se ela fosse o problema. Ela se propôs a descobrir qual era a linguagem do amor de Tony, mas descobriu que a linguagem dele era um idioma desconhecido e que não havia um tradutor disponível.

Elizabeth levantou-se e foi para o seu escritório, o quarto extra no andar de cima. Reunindo as informações sobre a casa dos Williams que ela veria no dia seguinte, observou as casas da área que haviam sido vendidas recentemente. Isso era parte do trabalho antecipado que ela fazia para garantir que eles pudessem pedir um bom preço, nem alto demais nem baixo demais. A casa ficava em um bom bairro e a média de preço de venda do período era favorável, diante da situação na qual o mercado se encontrara nos últimos meses.

Esse era um dos motivos pelos quais ela amava seu trabalho: ela não estava no negócio de venda de casas, mas estava combinando pessoas e casas. Você poderia mexer com números o dia inteiro, calcular metros quadrados e quartos e variar taxas de financiamentos, mas essas não eram as equações da vida. O que ela amava era combinar uma pessoa, uma família, com uma habitação onde a vida funcionaria, onde eles se encaixariam, floresceriam, se instalariam e acreditariam que finalmente estavam *em casa*. Em contrapartida, ela amava poder dar liberdade ao vendedor, a capacidade de voar, quer ele estivesse se mudando por causa de uma mudança de emprego ou por corte de gastos ou mesmo devido a uma morte ou a um divórcio.

Ela reuniu a lista de documentos em um pacote para entregar a Clara Williams. Não pretendia ter o contrato assinado na primeira reunião. Ela faria uma boa caminhada pela propriedade e estudaria os detalhes do contrato. Se a senhora Williams fosse tão idosa quanto parecia ao telefone, ela provavelmente teria muitas perguntas sobre o que esperar. E a partir das informações que ela encontrou na internet, a senhora Williams estava na mesma casa havia décadas. Por que ela queria se mudar? Uma queda? A morte de seu marido? Talvez por pressão de seus familiares?

Cada casa era uma história, um mistério a ser solucionado. Cada casa tinha peculiaridades e idiossincrasias, e se você olhasse bem de perto, podia entender coisas sobre as pessoas que viviam nela. Elizabeth aprendera muito vendendo casas. Às vezes ela aprendia um pouco demais.

Elizabeth viu uma casa na internet para a qual um cliente havia feito uma oferta um ano antes — um pequeno chalé de três quartos que ainda estava no mercado a preço reduzido. A negociação havia fracassado no último minuto porque o comprador desistiu. Quantas vezes isso havia acontecido no último ano? Todo aquele trabalho, as diversas visitas, o tempo, os deslocamentos, o contrato assinado — tudo perdido porque o comprador decidiu que não era o momento certo, ou que o quintal não tinha espaço suficiente, ou que o sol bateria nos olhos deles enquanto eles tomassem café de manhã — falando sério, um comprador desistiu do negócio porque a cozinha era ensolarada demais durante três meses no ano. Mas a frustração era parte da atração. Ela nunca sabia onde um cliente poderia levá-la, o que ele poderia fazê-la passar, ou se ela sequer seria paga pelo trabalho que fazia. Era uma questão de fé, uma questão de abrir mão de direitos. Elizabeth resistia ao ímpeto de ficar irritada com algum cliente que desistisse. Quantas vezes ela havia sentido o mesmo? Sim, era difícil não ser paga pelas pesquisas e pelo tempo e energia dispendidos, mas ela dizia a si mesma que nunca lamentaria por tratar as pessoas com gentileza e respeito enquanto elas tentavam tomar a maior decisão financeira de suas vidas.

Ela não acreditava em sobrecarregar os vendedores com folhetos sofisticados e impressos que seriam simplesmente jogados fora. Outros corretores acreditavam que inundar os vendedores com informações era a melhor maneira — mais era melhor. Mas Elizabeth acreditava na simplicidade. Uma pessoa que estava vendendo uma casa queria saber duas coisas: o quanto sua casa valia e o quanto custaria para vendê-la. Em outras palavras, quando tudo terminasse, com quanto dinheiro ela ficaria? Essas pareciam perguntas bastante justas que mereciam respostas diretas, de modo que ela sempre falava com seus clientes de forma direta.

Ela olhou o relógio, colocou a roupa limpa na secadora e passou pela cozinha, vendo Tony assistindo a um jogo e simultaneamente falando ao telefone. Ele olhou para ela e ela tentou não franzir a testa nem reagir negativamente.

— Oi — disse ela.

Ele pegou o controle remoto e tirou o som da TV.

— Oi.

— Eu não pretendia brigar por causa da sua viagem. Ela apenas me surpreendeu.

— Eu deveria ter dito algo mais cedo — ele balbuciou. Consigo entender o seu lado. Mas não quero me sentir culpado por trabalhar. Não quero que você me ataque porque estou tentando sustentar a nossa família.

— Não sou contra você cuidar de nós, Tony. — Ela queria recuar, mas algo lhe disse para seguir em frente. Continuar. Deixar que as perguntas sumissem e focar em outra coisa.

— Então, para onde você vai? — ela perguntou.

— Asheville. Há um médico em uma clínica que está interessado em um dos nossos produtos. Não é tão empolgante quanto vender casas, é claro, mas paga as contas.

O que ele quis dizer com "não é tão empolgante quanto vender casas?" Ele estava menosprezando a profissão que ela escolhera? Elizabeth não conseguia olhar para ele sem ficar desconfiada ou magoada, e havia um nó crescendo em sua garganta que lhe dizia que Tony estava certo sobre o que dissera anteriormente. Se ela quisesse ficar ali, na casa que amava, teria de se submeter, simplesmente concordar com ele.

Quanto mais ela ficava ali, vendo-o olhar para a tela para assistir à jogada seguinte, mais esse nó crescia.

CAPÍTULO 4

✦ ✦ ✦

Elizabeth observou Tony vestir as roupas e dirigir-se para a garagem na segunda-feira de manhã. Esse era o seu padrão de comportamento quando ele estava atrasado — sem café da manhã, nem mesmo um café para começar o dia. Ele jamais permitia que Danielle saísse em jejum, pelo menos quando estava em casa. Mas ele mesmo fazia isso o tempo todo.

— Você não vai comer? — Elizabeth perguntou.

— Não tenho tempo. Vou comer alguma coisa no caminho para Asheville. Vejo você mais tarde.

Elizabeth acordou Danielle e levou-a com sua amiga Jennifer ao centro comunitário mais tarde naquela manhã. Ela lembrou a Danielle sobre sua reunião de trabalho e disse que ela e Jennifer podiam esperar no centro até Elizabeth voltar ao meio-dia. As meninas pareciam entusiasmadas em esperar ali depois de treinarem juntas.

Elizabeth estacionou na frente da casa da senhora Williams e viu um adolescente com tesouras de jardim e um carrinho de mão de pé no gramado na frente da casa. Ele tinha a sua altura, era magro, estava suado do trabalho e tinha luvas de jardinagem no bolso de trás. Uma mulher idosa contou o dinheiro para pagá-lo e ele se foi.

A primeira coisa que Elizabeth pensou quando viu a casa foi que ela seria vendida depressa. Ficava em uma ótima parte da cidade. Tinha árvores frondosas e um gramado cortado e bem cuidado. A bandeira norte-americana pendurada nas escadas dianteiras dava um toque suntuoso. As casas do bairro eram mais antigas em sua maioria. Elizabeth escolheu o local do gramado onde ficaria melhor para colocar a placa da Imóveis Doze Pedras.

Quando Elizabeth desceu do carro, ouviu a senhora Williams dizer:

— Diga à sua mãe que eu mandei um abraço, e vejo você na semana que vem.

— Sim, senhora. Obrigado!

O garoto saiu com um sorriso do tamanho da rua, segurando o dinheiro e os cabos do carrinho de mão.

— Senhora Williams?

— Sou eu — disse a mulher. — Você deve ser Elizabeth.

Ela tinha um sotaque marcante e, ao falar, parecia que havia bolas de gude em sua boca. Elizabeth apertou sua mão e tentou ser gentil, caso a mulher sofresse de artrite, mas a senhora Williams apertou a mão dela como se estivesse espremendo um limão. Ela pediu a Elizabeth que a chamasse de Clara, depois a convidou para entrar a fim de mostrar-lhe a casa.

Ela andava de forma muito vigorosa, jogando os ombros enquanto subia energicamente os degraus de concreto. Usava um suéter verde-azulado sobre uma camisa rosa e calças pretas. Seus cabelos haviam ficado grisalhos há muito tempo, mas ainda era possível perceber sinais da cor original neles.

Assim que entraram, Elizabeth sentiu o aconchego do ambiente. Ela parou na entrada, olhando a sala de visitas à sua esquerda e o escritório à sua direita. Ela podia ver o próprio reflexo no piso em madeira de lei. Tudo estava limpo e arrumado, embora os móveis estivessem um pouco envelhecidos e, nos trechos em que havia carpete, ele parecia um pouco gasto. Aquela casa havia sido bastante habitada — isso era certo — mas não havia sinais de negligência e a sua primeira impressão foi a de que a casa refletia uma sensação de classe, um ar de realeza.

— Tenho de ligar a cafeteira. Posso lhe oferecer alguma coisa?

— Ah, não, obrigada. Tomei o meu café em casa. Esta é uma bela casa.

— Também acho — disse Clara da cozinha. — Foi construída em 1905. E moro aqui há quase cinquenta anos. Leo construiu aquela varanda de vidro nos fundos sozinho.

Elizabeth examinou os cômodos da frente, depois encontrou uma fotografia na parede mostrando uma Clara muito mais nova de pé ao lado de um homem de uniforme militar. Pela idade da foto ela presumiu que devia ser por volta de fins dos anos 1960 ou princípios dos anos 1970. Havia outras fotos dele sozinho e duas águias de tamanhos diferentes presas na parede.

— Ah, este deve ser o Leo — disse Elizabeth.

Clara caminhou ao redor da coluna e olhou a foto.

— Este é Leo. Fomos casados por quatorze anos. Ele havia acabado de ser promovido a capitão antes de esta foto ser tirada. Ele ficava tão bonito com esse uniforme. Ele está bem aqui, não está?

Clara riu e Elizabeth se sentiu aquecida pela voz daquela mulher idosa. Algumas palavras soavam diferente por causa de seu sotaque.

— Queríamos ter cinco ou seis filhos, mas o Senhor só nos deu Clyde — Clara olhou para ela arregalando os olhos — porque eu não daria conta de outro além dele!

Elizabeth sorriu. Ela já gostava daquela velha mulher. E essa era a metade da batalha de uma negociação imobiliária. Gostar das pessoas com quem você trabalha era uma enorme vantagem. Ela teria muita satisfação em conseguir o preço pedido por aquele lugar.

Clara voltou-se para a sala de estar e apontou para o teto.

— Você está vendo aquela grande rachadura ali na parede? Aquilo foi obra do Clyde.

Ela levou Elizabeth até a sala, que estava inundada de luz. Um sofá e uma cadeira estavam ladeados por velhas luminárias que davam uma sensação de antiguidade.

— Este é o meu terceiro lugar favorito. É a minha sala de estar.
— O que a senhora faz aqui? — Elizabeth perguntou.
— Fico principalmente sentada — disse Clara um pouco triste, inclinando a cabeça para o lado.

Elizabeth reprimiu um sorriso. Se ela estava tentando ser engraçada tinha conseguido, pois suas inserções eram perfeitas, mas Elizabeth não tinha certeza e não queria ofendê-la rindo.

— Bem, venha até aqui — disse Clara, saindo como em um trem matutino. — Deixe-me mostrar-lhe a sala de jantar.

Elizabeth seguiu-a até uma sala ainda mais iluminada com paredes verde-claro e uma grande mesa de madeira com cadeiras. Havia castiçais no parapeito da lareira e um delicado centro de mesa sobre o móvel.

— Este é o meu segundo lugar favorito — disse Clara, olhando em volta. — Eu amo esta sala.

— Ela é linda. E eu adoro esta lareira.

Clara passou as mãos por sobre o topo das cadeiras de madeira como se estivesse rememorando o passado, como se tocasse um piano.

— Tenho muitas boas lembranças aqui. Sim, eu tenho. Muitos risos. E algumas lágrimas também — ela olhou para Elizabeth como se estivesse tentando dizer mais.

Elizabeth se perguntou quais eram essas lembranças, se eram de seu marido, de seu filho... ou mais. Era difícil dizer. Ela observava a velha mulher com uma sensação de reverência diante de sua maneira tranquila. Havia algumas pessoas no mundo que, quando você as conhecia pela primeira vez, faziam você se sentir bem-vindo, como se as conhecesse a vida inteira. Clara parecia ser uma dessas pessoas.

Elizabeth seguiu a mulher enquanto ela subia lentamente as escadas até o segundo andar. A escada parecia apertada, como em muitas das casas mais antigas que ela havia vendido nos últimos anos.

— A cozinha precisa de uma pintura nova, mas ainda está em muito bom estado — ela diminuiu o ritmo no degrau do meio e segurou um dos grandes remates do corrimão. Sua respiração ficou um pouco mais acelerada à medida que ela subia. — É por isso que estou me mudando para morar com Clyde a algumas quadras daqui. Uuuuhh! Está ficando mais difícil negociar com estas escadas.

Elizabeth fazia anotações sobre a casa em seu celular enquanto elas passavam de um quarto para o próximo. Ela percebeu duas perucas na penteadeira de Clara, mas não perguntou sobre elas. Também havia uma grande quantidade de cruzes e outros símbolos cristãos espalhados pela casa, não do tipo cafona, mas usados com bom gosto.

— Tudo bem, então temos três quartos e dois banheiros completos. A senhora se importa se eu tirar algumas fotos?

— Vá em frente, tudo bem — Clara estava de pé com as mãos para trás como uma sentinela. Então ela se inclinou para frente. — Oh, você tem um daqueles smartphones! Tenho pensando em comprar um desses. Não posso fazer nada com o meu a não ser telefonar para as pessoas. Deve ser um *burrophone*.

Ela encostou-se ao corrimão e esperou que Elizabeth terminasse.

Clara ofereceu-se para puxar as escadas do teto do corredor para ter acesso ao sótão, mas Elizabeth disse que isso não seria necessário. Quando elas terminaram a parte de cima, as duas desceram novamente para a cozinha.

Elizabeth virou-se e ofereceu uma mão para a mulher quando ela chegou aos últimos degraus.

— Tudo bem?

— Tudo — disse Clara. — Dizem que se morar em uma casa com escadas, você vive mais. Então eu devo chegar aos 180.

Elizabeth parou diante de uma grande moldura no corredor. Acima da moldura havia as palavras *Orações respondidas*. Dentro havia vários pequenos retratos de pessoas com datas e legendas rabiscadas em comemoração a diferentes eventos ocorridos ao longo dos anos. Ela estudou as fotos e os rostos. Martin Luther King Jr. estava ali. Fotografias desbotadas de famílias.

— Isto é fascinante, dona Clara.

A velha mulher ficou ombro a ombro com ela.

— Esta é a minha Parede Memorial. E quando as coisas não estão indo muito bem, olho para ela e me lembro de que Deus ainda está no controle — ela disse *Deus* como se fosse uma palavra de duas sílabas, alongando o *e* como uma forma de reverência. Em seguida cruzou os braços. — Isso me encoraja.

Elizabeth examinou mais as fotos.

— Eu gostaria de ter algo assim — ela sussurrou.

Assim que as palavras saíram de sua boca, Elizabeth lamentou tê-las pronunciado. Ela tentava se esforçar para não permitir que sua vida pessoal se misturasse com os relacionamentos profissionais que tinha com os clientes. Tratava-se deles, e não dela. Mas alguma coisa na casa, nas fotos e no comportamento daquela senhora fazia com que ela quisesse se abrir.

Dona Clara virou-se para ela e olhou-a.

— Oh, sinto muito — disse Elizabeth. — Então, tenho algumas perguntas sobre o fornecimento de serviços e depois provavelmente devemos falar sobre o preço que a senhora está pedindo.

— Tudo bem — disse Clara.

Levou algum tempo para Clara encontrar suas contas de serviços públicos e algumas outras informações. Elizabeth anotou os números e pensou em mostrar a ela as comparações naquela região, depois olhou para o telefone. Ela precisava voltar para o escritório antes de pegar Danielle e Jennifer. Parecia que ela estava com dona Clara apenas há uma hora, mas havia passado mais tempo.

— A senhora tem um número em mente que gostaria de receber pela casa?

— Isso não faz parte do seu trabalho?

— Sim, faz, mas às vezes o proprietário tem uma boa ideia do que pedir. Não quero lançar um valor que esteja muito abaixo do que a senhora acha que a propriedade vale.

A mulher mordeu o lábio por um instante.

— Estou certa de que você me dará um preço justo.

Elizabeth sorriu.

— Deixe-me dar uma olhada na média de preços da região novamente antes de decidirmos. Tudo bem?

Clara baixou a cabeça.

— Tudo bem. Estou neste lugar há muito tempo e quitei o financiamento há anos.

Elas caminharam até a porta da frente.

— Tudo bem, então creio que tenho tudo o que preciso por ora. Foi muito bom conhecê-la, dona Clara. Se a senhora estiver disponível amanhã, eu gostaria de vir e lhe mostrar algumas comparações de preços da área.

— Bem, por que você não vem para o café amanhã de manhã e falamos sobre isso então? Digamos, às 10 horas?

Elizabeth verificou seu telefone e considerou sua agenda. Tony veio à sua mente. Ele estaria fora da cidade. E quanto a Danielle?

— Tudo bem, sim, posso fazer isso. Vejo a senhora às 10.

Ela começou a andar até o carro, mas algo a incomodou. Em toda a conversa ela havia deixado passar uma informação importante. Do último degrau, ela se virou.

— E por falar nisso, qual é o seu cômodo preferido?

Clara sorriu e Elizabeth podia jurar que os olhos da mulher brilharam.

— Eu lhe digo amanhã.

Elizabeth sorriu de volta para ela.

— E eu ficarei na expectativa até amanhã.

Tony chegou a Asheville a tempo de parar para tomar um café e comer uma rosquinha como café da manhã. Ele comeu dentro do carro no estacionamento, ouvindo um programa matutino sobre vida animal para preencher o silêncio. Algo que o pastor havia dito no dia anterior em sua mensagem o deixara desconfortável. *"Deus está procurando por aqueles que o buscam de todo o coração".* Isso ficou preso em sua garganta. E também a parte em que o pastor falou sobre as pessoas que estavam enganando a si mesmas. Havia muitas pessoas que provavelmente estavam fazendo isso, mas ele não era uma delas.

Ele aumentou o rádio um pouco mais e terminou seu café da manhã, depois dirigiu até o Centro Médico de Asheville por volta da hora em que ele abriria para o horário comercial. Levantou a tampa da mala de sua caminhonete SUV e retirou a maleta de amostras médicas que estava guardada. Abriu a caixa de corticoides, pegou duas caixas do pacote de oito e separou-as, depois reorganizou as caixas restantes. Deu uma olhada em volta para se certificar de que ninguém o havia visto, depois colocou as duas caixas em sua mala de couro. Guardou a caixa de corticoides, fechou a tampa, e andou em direção ao prédio, pegando seu telefone.

— Começa com L — ele disse consigo mesmo. — Lorna... não. Leslie? — Ele buscou a listagem de clientes de Asheville, encontrou a lista de contatos e sorriu quando viu que havia se lembrado da letra certa.

A recepcionista era bonita e jovem e tinha um sorriso de matar.

— Lindsay Thomas, como vai? — Tony cumprimentou a jovem, usando seu charme.

— Vou bem — Lindsay gaguejou. — Senhor...

— Tony Jordan. Nós nos conhecemos há alguns meses. Vim ver o dr. Morris.

— Está certo — disse ela, ficando ruborizada. — Não posso acreditar que você lembrou o meu nome.

— Gosto do nome Lindsay, então foi fácil.

Mais dentes brancos à mostra. Ela pegou o telefone.

— Vejamos se posso conseguir que ele o atenda.

Tony sorriu e se inclinou um pouco mais, perto o suficiente para sentir o perfume de Lindsay.

Elizabeth chegou à Doze Pedras Imóveis e terminou o processo de registro da casa de Clara no serviço de catalogação múltipla. Ela se encontrou com Mandy e Lisa, que estavam falando sobre a última fofoca da cidade — o prefeito assumira a custódia de algumas casas velhas e dilapidadas e de algumas áreas deterioradas da cidade, e estava transformando a região.

— Precisamos de mais líderes como C. W. Williams — disse Mandy. — Eu votaria nesse homem para presidente.

Elizabeth mencionou a propriedade de dona Clara, mostrou a elas as comparações de preço referentes à área e o preço de venda no qual estava trabalhando, mas a conversa rapidamente passou para assuntos mais pessoais. Era isso o que geralmente acontecia no trabalho. Uma das garotas começava a falar sobre assuntos pessoais e elas entravam por esse caminho, até que um telefonema interrompia uma delas.

Mandy era sócia-diretora da empresa. Ela estava sempre bem vestida e tinha orgulho de fazer da Doze Pedras uma das principais empresas da região. Nenhum detalhe escapava dela nos contratos, e ela só contratava aqueles que passassem em sua avaliação.

Lisa era uma das que foram aprovadas — ela já trabalhava na empresa há dois anos antes de Elizabeth se candidatar. Ela era mais jovem que Mandy, mas cuidava de todos os detalhes que Mandy não tinha tempo para tratar. As três trabalhavam como uma equipe, embora tivessem seus momentos de desentendimento.

Mandy examinou algumas listagens em seu laptop enquanto Elizabeth chamou a atenção delas novamente para a propriedade da senhora Williams. Lisa fez boas perguntas e considerações.

— Ela está motivada com a venda? — Lisa perguntou.

— Creio que ela ficará satisfeita com a oferta certa — disse Elizabeth. — Ela é a única proprietária da casa.

— Para onde ela irá se mudar? — Mandy perguntou.

— Irá morar com o filho. Ele evidentemente mora bem perto dela.

Mandy olhou para Lisa e elas trocaram algum tipo de mensagem entre si. As duas pareciam sentir que havia alguma coisa errada com Elizabeth. Será que era o olhar em seu rosto? Elas perguntaram o que acontecera quando Elizabeth chegou e ela disse que aquele havia sido um fim de semana difícil em casa, mas que tentou deixar aquilo de lado.

— Você quer, por favor, nos dizer o que está acontecendo em casa? — disse Mandy. — Seu rosto diz que você passou por uma tragédia.

Elizabeth suspirou e contou a história sobre Tony e suas conversas nada agradáveis. Lisa sentou-se um pouco mais perto da beira de sua cadeira e mencionou a verdade de que o motivo principal da briga fora o dinheiro que Elizabeth queria dar à sua irmã.

— Eu sabia — disse Lisa. — Tudo sempre tem a ver com dinheiro.

— Ah, mas é mais profundo que isso — disse Mandy. — O dinheiro é apenas o problema que está na superfície.

— Já discutimos isso milhares de vezes — disse Elizabeth. — Minha irmã e seu marido têm passado por um momento difícil e acho que eles merecem essa ajuda.

— E o que o Tony diz? — Mandy perguntou.

— Ele diz que Cynthia se casou com um vagabundo.

— Ele é um vagabundo? — Lisa perguntou. — Porque realmente existem vagabundos por aí.

— Não vamos misturar a sua vida pessoal com isso — disse Mandy para Lisa, sorrindo com a alfinetada.

Lisa revirou os olhos e olhou para Elizabeth.

— E então, o que você fez? Transferiu o dinheiro para a conta da sua irmã, certo?

— Não, eu o transferi da poupança para a conta corrente. Eu ia fazer um cheque para ela, mas, pela maneira como Tony reagiu, acho que preciso transferi-lo de volta.

— E o que você vai fazer a respeito da sua irmã? — Mandy perguntou.

Elizabeth suspirou.

— Não sei o que fazer. Darren está tendo dificuldades em conseguir emprego. Mas Tony diz que ele é um incompetente. E acha que a culpa é da minha irmã. Vocês acreditam nisso?

— Bem, se o meu homem me dissesse isso, eu ficaria zangada também — disse Mandy. — Nós já não brigamos muito. Depois de trinta e um anos de impasses, simplesmente não vale a pena.

— Ah, eu não toleraria isso — disse Lisa. — O dinheiro dele passou a ser o seu dinheiro no instante em que ele disse "Aceito". Então eu o daria à minha irmã de qualquer forma. — Ela fez uma pausa. — E eu nem gosto da minha irmã.

Mandy levantou os olhos de seu laptop.

— Tome cuidado, Elizabeth. Você não quer que a Terceira Guerra Mundial estoure na sua casa.

— Não, não quero. Mas há dias, Mandy. Há dias...

Mandy lhe deu um olhar compreensivo.

Elizabeth não teve coragem de contar a elas o que havia acontecido na igreja e a sensação nauseante que ela tinha a respeito de Tony ter olhado de maneira provocativa aquela jovem que passou por eles. Ela afastou aquela lembrança e disse a si mesma que havia sido apenas uma vez. Um pequeno escorregão. Não era um padrão. Ela tinha simplesmente de seguir em frente. Parar de pensar naquilo.

— É difícil se submeter a um homem assim — disse Elizabeth.

— Você sabe o que a minha mãe costumava me dizer? — Mandy perguntou. — Ela costumava dizer que submissão às vezes é aprender a se abaixar e sair da frente para Deus poder acertar o seu marido.

Elizabeth riu, mas a dor ainda estava ali.

— É duro ser mulher.

— Você entendeu o que eu quis dizer — disse Mandy.

Elizabeth olhou para o relógio.

— Preciso pegar Danielle e sua amiga no centro comunitário. Vocês vão ficar bem sem mim?

— Nós damos um jeito — disse Mandy. — A questão é: o que vai acontecer entre você e Tony quando ele chegar em casa?

Lindsay conduziu Tony até a porta que leva ao escritório do dr. Morris. Ele lhe agradeceu e a observou afastar-se. Antes ela havia ligado para uma enfermeira que o recebeu e o levou ao armário de amostras.

— Você pode usar da terceira prateleira para baixo para colocar suas amostras — disse ela quando destrancou a porta. — Deixe a porta aberta e eu voltarei mais tarde para levá-lo.

Ele encontrou o armário de amostras cheio, mas havia um espaço na frente onde o material escrito e seu cartão de visitas podiam se encaixar. Ele tirou as caixas de medicamento da maleta e colocou-as na prateleira. Se ele as tivesse deixado no estojo grande, teria sido fácil ver que havia vidros faltando, mas assim ninguém poderia perceber. E que médico iria checar se recebeu seis vidros ou oito?

— Você deve ser o senhor Jordan — disse o dr. Morris quando Tony entrou.

Tony sorriu e apertou a mão do homem mais velho. Ele tinha cabelos grisalhos e estava ficando careca.

— Dr. Morris, sim, sou Tony Jordan, da Farmacêutica Brightwell. Nós nos conhecemos em março passado.

— Eu me lembro. Como vai?

— Estou bem. Vi o seu artigo sobre novos estimulantes e o senhor mostrou interesse em nosso medicamento, então deixei uma caixa no armário de amostras.

O dr. Morris sorriu.

— Ah, fantástico. Eu agradeço.

— É um prazer. O senhor irá encontrá-los com facilidade. Estão na terceira prateleira e têm tampas azuis. Tudo que o senhor precisa fazer é apenas assinar este recibo para confirmar que eu os deixei com o senhor.

Ele estendeu seu aparelho digital e o médico assinou a tela com um dedo.

— Agora, dr. Morris, se o senhor precisar de mais algumas caixas, apenas entre em contato e ficarei feliz em lhe trazer mais.

— Obrigado, Tony. Vamos experimentá-lo.

Tony apertou a mão do homem e sorriu.

— Que ótimo, nós nos veremos novamente.

Ele virou-se para sair e disse por cima do ombro:

— E vou ficar na expectativa para ler o seu próximo artigo.

O homem riu e agradeceu-lhe, e Tony caminhou apressadamente para o carro.

Tony estacionou próximo a uma paisagem e tirou uma foto com seu telefone. A vista era impressionante, com as montanhas onduladas e as árvores que se misturavam em perfeita simetria com as nuvens baixas. Parecia um cartão postal. Ele passava tanto tempo dirigindo de um lado para o outro que raramente parava para de fato apreciar a beleza da natureza. Resumindo, ele raramente desacelerava.

A vista o fez sentir-se pequeno, como você se sente quando se compara com alguma coisa grandiosa como o oceano. Talvez fosse por isso que os artistas iam a lugares como aquele, para registrar a si mesmos em comparação com aquilo que não pode ser realmente capturado na tela ou através de uma lente.

O pastor havia falado sobre a vida das pessoas ser como uma névoa: elas hoje estão aqui e amanhã se foram. E embora Tony ainda fosse jovem, havia uma sensação de que os anos estavam passando depressa demais. Parecia que Danielle ainda era um bebê na semana passada. Agora ela tinha dez anos. Amanhã estaria se casando.

Quando ele e Elizabeth se casaram, eles foram felizes, iniciando uma jornada juntos e caminhando na mesma direção. Mas, de algum modo, a jornada os levara a um lugar onde nenhum dos dois estava feliz e ele sentia como se eles estivessem andando em direções totalmente opostas. A vida não tem a ver com felicidade? Não era curta demais para discutir o tempo todo? Estava claro que eles divergiam em muitas coisas, não apenas na situação com a irmã de Elizabeth. Ela implicava com ele por coisas tão pequenas, coisas que não a incomodavam antigamente, mas agora pareciam grandes demais para ela.

Ele olhou para o telefone, depois pegou o cartão de visitas que Verônica Drake havia lhe dado. Ver Lindsay no centro médico havia lembrado a ele "quantos peixes ainda havia no mar". E embora ele não tivesse a intenção de trair sua esposa, apenas mergulhar o dedo na água era uma sensação agradável e excitante.

Tony olhou para a ampla vista diante dele. Havia beleza no mundo e ele estava perdendo isso. Se não aproveitasse agora, sua janela de oportunidade se fecharia. Ele discou o número dela e ouviu-o tocar, depois o correio de voz respondeu: "Aqui é Verônica Drake. Por favor, deixe sua mensagem".

Ele colocou um sorriso na voz enquanto falava: "Verônica, aqui é Tony Jordan. Nós nos conhecemos há alguns dias, depois que eu me encontrei com o senhor Barnes. Estarei indo à cidade na próxima semana e estava imaginando se você poderia recomendar alguns bons restaurantes. Você pode retornar a minha ligação para este número. Cuide-se".

Tony encerrou a ligação e afastou-se do local, olhando para a beleza da vista. À distância, avançando sobre as cadeias de montanhas, havia nuvens negras ameaçadoras.

Dona Clara

✦ ✦ ✦

No instante em que Clara conheceu Elizabeth Jordan, soube que aquela era a pessoa que Deus havia trazido. Elizabeth era bonita, vaidosa e respeitável, bem-vestida, competente e segura. Parecia ter saído das páginas da *Gazeta do sucesso*, se existisse algo assim.

Contudo, Clara podia sentir que Elizabeth estava usando uma máscara. Não era nada que as pessoas pudessem ver na superfície, mas algo mais profundo.

Deus não falava com Clara sobre as pessoas que ela conhecia pela primeira vez. Na verdade, as pessoas que costumavam usar a expressão "Deus me disse" a irritavam. Ela acreditava que as pessoas se metiam em problemas quando transformavam Deus em guru pessoal, tentando fazer com que tudo na vida saísse da maneira que *elas* queriam e afirmando que ele falava com elas a cada minuto do dia. Ela acreditava, porém, desde o minuto em que Elizabeth colocou os pés em sua casa, que Deus a havia trazido por uma razão. Clara não sabia por que ou o que estava acontecendo no coração dela, em sua família ou em seu casamento. Mas ela tinha fé suficiente para não precisar saber de nada disso.

Clara acrescentou o nome de Elizabeth em uma lista na parede de seu *closet* e pediu a Deus para ajudá-la a ver do que Elizabeth mais precisava.

— Senhor, ajuda-me a dizer as coisas certas. Nada mais, nada menos. Atrai-a a ti por meio de mim, se essa for a tua vontade. E faz de mim uma testemunha fiel de ti, porque, Senhor, tu tens sido fiel para comigo.

E, no final da oração, Clara pediu a Deus que a ajudasse a vender a casa. Ela quase havia se esquecido dessa parte. Mas descobrira que era isso que Deus faria com a sua alma — ele tiraria as coisas que pareciam tão grandes e mostraria o que realmente era importante.

— Oh, Senhor, tu sabes que eu tenho uma boca grande. Mas podes usar qualquer coisa que estiver rendida a ti.

Quando se chega ao ponto da entrega, de abrir mão de tudo, a vida torna-se muito mais fácil. Era nesse ponto que ela via Deus fazer a sua obra especial. E era esse tipo de entrega que Clara esperava ver em Elizabeth.

Naquela noite, ela telefonou para Clyde e eles conversaram sobre o tempo e sobre o trabalho de Clyde em favor da cidade, também sobre algumas grandes decisões que ele tinha de tomar e sobre o que Sarah estava fazendo. No fim da conversa, ela disse:

— Agora, de que cor é o carpete que você colocou naquele apartamento que construiu na garagem?

— Carpete? — Clyde perguntou. — Por que cargas d'água você iria querer saber de que cor...?

— Porque quero saber se minhas cortinas vão combinar com as cores.

Clyde fez uma pausa por um instante.

— Mamãe, você está dizendo o que eu acho que está dizendo?

— Não sei o que você acha que eu estou dizendo, mas uma corretora foi à minha casa esta manhã e eu preciso assinar alguns papéis amanhã.

Clyde deu uma gargalhada e chamou Sarah para vir ao telefone.

— Você precisa dizer a ela o que acaba de me dizer. Ela não vai acreditar se não ouvir de você.

Fazia muito tempo que Clara não ouvia um Clyde tão feliz. E isso a envolveu e aqueceu totalmente o seu coração.

CAPÍTULO 5

✦ ✦ ✦

De certa forma, para Elizabeth, entrar na casa de Clara era como a sensação de voltar para casa. As duas se sentaram na sala de jantar enquanto Clara esperava que seu café terminasse de coar. O aroma da bebida fresca espalhava-se pela casa. A velha mulher sem dúvida amava seu café.

Elizabeth colocou uma pasta diante de Clara.

— Fiz um relatório de vendas desta área e anotei a sugestão de um preço de venda para a casa.

Ela empurrou a página para o outro lado da mesa.

Clara pegou o papel, ajustou a cabeça para ver claramente as anotações e fez um "Hummm.. Hummm". Elizabeth deixou que ela lesse e aguardou. Era importante não apressar as pessoas que estavam refletindo sobre contratos e documentos legais, e principalmente sobre o preço de venda. Tudo era padronizado, mas as pessoas mais idosas sobretudo tinham mais dificuldade com mudanças e com a sensação de que alguém estava tentando enganá-las.

— Bem, o que a senhora acha? — Elizabeth perguntou depois de alguns instantes.

Mais alguns sons saíram da garganta da mulher, mas nenhuma palavra. Estudando a página como um cirurgião examinando um ferimento no peito, Clara disse:

— O que você disse que seu marido faz para ganhar a vida?

A pergunta surpreendeu Elizabeth. Ela pensou que a mulher perguntaria alguma coisa sobre a casa, como quão rapidamente achava que elas poderiam receber uma oferta, ou como ela havia chegado àquele preço.

Elizabeth se recompôs rapidamente e respondeu:

— Bem, na verdade, nós não conversamos sobre isso, mas ele é representante de vendas da Farmacêutica Brightwell.

— Hmmhum — disse Clara, ainda presa às páginas. — E qual é a igreja que você disse que frequentam?

— Frequentamos ocasionalmente a Comunidade Riverdale.

— Hmmhum — Clara grunhiu positivamente, como se estivesse satisfeita em ouvir isso. Ela olhou para cima. — Então você diria que conhece o Senhor?

Elizabeth sentiu-se confusa. Aquela era uma sessão de aconselhamento ou elas estavam tentando vender a casa da mulher? Mas ela sorriu e fez uma cara agradável. — Sim, eu diria que conheço o Senhor.

Como Clara não respondeu, Elizabeth inclinou-se para frente.

— A senhora acha que o Senhor está satisfeito com o preço que estamos pedindo?

Clara ignorou a pergunta e quase pareceu que ela estava cantarolando alguma espécie de hino consigo mesma.

— E vocês têm filhos?

Elizabeth estava tanto incomodada quanto se divertindo com as perguntas. Ela havia tido muitas dessas reuniões, mas essa era a primeira vez que era interrogada por alguém sobre sua vida espiritual e pessoal antes de assinar o acordo relativo ao preço de venda.

— Dona Clara, meu marido Tony e eu estamos casados há dezesseis anos. Temos uma filha, seu nome é Danielle e ela tem dez anos. Ela gosta de música pop e sorvete e também de pular corda.

O rosto da mulher acendeu-se com o brilho das novas informações.

— Bem, é bom saber disso — disse Clara, assentindo com a cabeça e sorrindo. Em vez de ficar satisfeita com as informações e de voltar ao contrato, ela redobrou as perguntas sobre a vida espiritual de Elizabeth. — Bem, você diz que frequenta a igreja ocasionalmente. Isso é porque o seu pastor só prega ocasionalmente?

O que havia sido divertido e engraçadinho vindo de uma mulher mais velha agora estava se tornando ofensivo. Elizabeth respirou fundo e tentou escolher as palavras com cuidado. Ela não queria que a venda desse errado, mas precisava estabelecer um limite. Ela tinha de ser clara.

— Dona Clara, eu realmente gostaria de ajudá-la a vender sua casa. É por isso que estou aqui. No que se refere à minha fé, eu creio em Deus, como a maioria das pessoas. Ele é muito importante para mim.

A mulher inclinou a cabeça e com as mãos cruzadas deu um pequeno gemido de dor.

— Hummm — ela levantou-se da sua cadeira, dizendo — deixe-me pegar o nosso café.

Elizabeth observou-a mover-se lentamente e se perguntou se aquele seria o fim do interrogatório espiritual.

Da cozinha, Clara elevou o tom de voz para atravessar três cômodos.

— Então se eu lhe perguntasse como é a sua vida de oração, você diria que ela é quente ou fria?

Por que cargas d'água a mulher iria querer saber sobre a vida de oração de Elizabeth? Clara continuou pisando sobre a linha divisória que Elizabeth havia delimitado. Mas ela tinha certeza de que a idosa não tinha intenção de ofender. Ela era amistosa e gentil. Com certeza era mais fácil trabalhar com ela do que com alguns dos outros clientes que eram enérgicos e pediam a Elizabeth que cortasse sua comissão para fazer a venda. Em vez de tentar acabar com as perguntas, Elizabeth decidiu responder sinceramente, simplesmente seguir o fluxo.

Elizabeth falou alto para que a mulher idosa pudesse ouvir, embora ela não parecesse ter problema algum de audição.

— Não sei se eu diria que ela é quente. Quer dizer, somos como a maioria das pessoas. Temos agendas cheias. Trabalhamos. Mas eu me consideraria uma pessoa espiritual. Não sou quente, mas também não sou fria. Estou em algum lugar no meio.

Ela sentiu-se orgulhosa de sua resposta. Foi sincera e direta. Ela havia deixado claro que levava a espiritualidade a sério — mas não a ponto de ser fanática. Elizabeth esperava que aquilo levasse a conversa para a direção certa.

Clara voltou à mesa com duas xícaras.

— Tenho creme e açúcar se você precisar.

— Ah, não, obrigada. Eu gosto de café puro.

Elizabeth pegou a xícara enquanto Clara se sentava. Ela deu um gole e colocou a xícara no pires novamente.

— Dona Clara, a senhora gosta do seu café à temperatura ambiente?

A mulher pegou a caneca que estava diante de si.

— Não, querida, o meu está quente. — Ela soprou o líquido e deu um gole com satisfação.

Elizabeth olhou para dona Clara como se ela fosse louca, e depois entendeu o que a mulher havia feito.

Clara inclinou-se para mais perto e olhou direto nos olhos de Elizabeth.

— Elizabeth, as pessoas tomam o café quente ou frio, mas ninguém gosta dele morno. Nem mesmo o Senhor.

Elizabeth sentiu algo se mover em seu interior — uma mistura de constrangimento e humilhação, ela supôs. Ela se lembrou de alguma coisa sobre um versículo que dizia que o Senhor vomitaria da sua boca quem não fosse quente ou frio. Aquilo foi um bom exemplo, mas ainda assim um pouco desconcertante.

— Entendido, dona Clara. Mas por que a senhora sente necessidade de examinar a minha vida pessoal?

— Porque já passei pelo que você está passando. — Ela disse essas palavras vigorosamente, porém gentilmente, como se soubesse que o que estava dizendo era difícil, embora fosse algo bom. — E você não precisa pisar nas mesmas minas terrestres que eu pisei. Seria uma perda de tempo.

Elizabeth sentiu o ar sair da sala. Em que minas terrestres Clara havia pisado? O que ela sabia sobre a vida de Elizabeth?

Clara apontou para o papel.

— E este preço de venda... está ótimo.

Ela levantou-se e foi em direção à cozinha novamente.

— Deixe-me trazer-lhe uma xícara de café quente. — Ela gargalhou enquanto andava. — Eu fui um pouco má da última vez.

Elizabeth sentiu-se como se tivesse levado uma chicotada. Clara havia passado do tema de sua vida pessoal de volta para a casa sem nenhum aviso. Com a mulher fora da sala, Elizabeth teve a chance de pensar. Agora mais curiosa do que magoada, ela falou alto.

— Em que minas terrestres a senhora acha que eu posso estar pisando?

— Diga-me você — disse Clara. — Se houvesse uma área em sua vida que você pudesse melhorar, qual seria?

Era uma ótima pergunta. Como uma daquelas coisas que um líder de seminário poderia lançar para a um pequeno grupo para fazê-los começar a falar e saírem das questões superficiais para algo real.

— Só uma? — Elizabeth perguntou sorrindo. — Eu provavelmente teria de dizer que é o meu casamento. Se existe uma coisa que fazemos bem é brigar.

Clara voltou à sala, colocou a caneca de café quente na mesa e sentou-se.

— Não. Não creio que vocês façam isso bem.

— Como?

— Só porque vocês discutem muito isso não significa que vocês brigam bem. Todo casal tem um atrito aqui e ali, mas aposto que você nunca sente que venceu depois de uma discussão com seu marido.

Clara tinha toda razão. Por mais certa que Elizabeth estivesse sobre algum problema que surgisse, por mais comentários mordazes que ela fizesse à custa de Tony, mesmo se ela sentisse que estava totalmente certa e ele totalmente errado, ela nunca se sentia bem depois da discussão. Havia sempre uma sensação de perda depois de um confronto. Ela encostou-se na cadeira e pensou na discussão sobre Cynthia e o dinheiro que havia transferido para a conta corrente.

— Posso lhe perguntar o quanto você ora por seu esposo? — Clara perguntou.

Orar por Tony? Ela deu uma olhada nervosa para a mulher. Naquele instante Elizabeth foi apanhada de surpresa e se sentiu exposta, como se toda a sua vida estivesse sendo colocada sob uma espécie de microscópio Clara Williams.

— Bem, muito pouco — Elizabeth disse finalmente.

Clara olhou para ela com ternura, com os olhos cheios de alguma coisa próxima à empatia. Ela colocou uma mão sobre a mão de Elizabeth e inclinou-se para frente.

— Elizabeth, creio que é hora de lhe mostrar o meu lugar favorito desta casa.

Elizabeth a seguiu, subindo as escadas até o quarto que ficava no andar de cima. Clara sacudiu os braços para lhe dar impulso quando chegou ao alto e sua respiração ficou um pouco mais ofegante. O quarto era pequeno, com duas camas de solteiro perfeitamente entalhadas e o retrato de um jovem na mesa de cabeceira. Os passos de dona Clara faziam a madeira dura afundar. Ela entrou no quarto, abriu a porta do pequeno *closet* e acendeu a luz. Elizabeth deu uma espiada dentro do que parecia ser um *closet* vazio, a não ser pela pequena cadeira no canto. Não havia roupas ou itens guardados ali, nem tábua de passar ou guarda-chuvas. Apenas um travesseiro, a cadeira, uma Bíblia e pedaços de papel presos nas paredes.

— É neste lugar que eu luto as minhas guerras.

— Um *closet* — disse Elizabeth.

— Eu o chamo de meu quarto de guerra.

Elizabeth entrou e sentiu uma sensação de paz envolvê-la. Ela olhou para os pedaços de papel presos às paredes, para os nomes e frases escritos com uma letra bonita. Algumas páginas continham versículos bíblicos escritos nelas. Outras tinham fotografias em fichas. Algumas das anotações pareciam estar ali há anos.

— Então, você escreveu orações para cada área da sua vida?

— Sim, é uma estratégia de oração. Eu costumava fazer o que você e seu marido estão fazendo, mas isso não me levou a lugar algum. Então comecei a realmente estudar o que as Escrituras dizem, e Deus me mostrou que não cabia a mim lidar com essas cargas tão pesadas. Não. Isso era algo que só ele podia fazer. Meu trabalho era buscá-lo, confiar nele e me firmar na sua Palavra.

Era como entrar em um lugar santo, uma espécie de santuário, e abrir a cortina que separava o comum do sagrado.

Elizabeth saiu do *closet*, com os braços cruzados, e virou-se.

— Dona Clara, eu nunca vi algo assim. E admiro isso, realmente, mas simplesmente não tenho tempo para orar tanto assim todos os dias.

— Mas aparentemente você tem tempo para lutar batalhas perdidas com o seu marido.

Aquela mulher sabia ser cruel, mas ela estava certa. Eles haviam desgastado seu relacionamento com palavras de ira que levaram à amargura e ao distanciamento. Elizabeth olhou para baixo, sem saber como responder, com o coração partido diante da sabedoria daquela velha mulher.

Clara falou novamente, com a voz cheia de paixão.

— Elizabeth, se você me der uma hora por semana, posso lhe ensinar como lutar da maneira certa, com as armas certas.

Elizabeth não respondeu. Ela apenas ficou de pé ali pensando, olhando para Clara. Então seguiu na frente rumo às escadas, segurando-se no corrimão para se firmar. Ela pegou sua bolsa e os documentos e saiu pela porta da frente, agradecendo a Clara pelo café.

Na varanda, ela virou-se.

— Já que a senhora está de acordo com o preço, vou seguir em frente e colocar a casa à venda — disse Elizabeth. — E eu gostaria de pensar sobre o outro assunto.

O rosto da velha senhora ficou marcado pela preocupação.

— Elizabeth, por favor, perdoe-me por ser tão direta. Vejo em você uma guerreira que precisa ser despertada. Mas vou respeitar a decisão que você tomar.

— Obrigada, dona Clara. Espero que a senhora tenha um bom dia.

— Você também.

Elizabeth entrou em seu carro e partiu, mas não pôde evitar olhar para trás, para a mulher na varanda, com a bandeira tremulando acima dela. Ela parecia uma espécie de soldado a serviço, vigiando as muralhas do forte. Elizabeth não conseguia esquecer a imagem do seu quarto de guerra, como ela o havia chamado. E o fato de que ela havia visto o seu próprio nome em um dos bilhetes presos à parede.

Elizabeth foi para o escritório e deu alguns telefonemas, depois foi ver uma casa do outro lado da cidade. Quando chegou em casa, estava exausta, não apenas fisicamente. Aquele tempo na casa de Clara havia tirado alguma coisa dela. Ela sentou-se nos pés da cama, incapaz de trocar as roupas e colocar algo mais confortável, absorta em pensamentos profundos. Seu telefone tocou e ela verificou a mensagem. Era a mãe de Jennifer confirmando se Elizabeth estava em casa. Ela retornou a mensagem de texto: Estou aqui.

Elizabeth esfregou os pés e olhou para a parede, sentindo uma espécie de paralisia espiritual e emocional se instalar. É engraçado como algumas palavras de uma mulher idosa podiam pressionar tão profundamente o coração de uma pessoa, invadindo sua alma. Ela olhou para a sua Bíblia na estante, uma Bíblia de estudos que raramente havia sido estudada. Tanta informação ali, tanto conteúdo que havia sido negligenciado.

Ela ouviu a porta da frente se abrir e Danielle e Jennifer entraram. A mãe de Jennifer havia prometido deixá-las lá para que elas pudessem treinar pular corda dupla.

— Se elas pularem daquele jeito na competição, elas vão vencer — disse Danielle.

— Ei, por que você não pede ao seu pai para nos ajudar a conseguir uniformes?

— Ele não está aqui. De qualquer jeito, acho que ele não se importaria.

— Você pode pedir à sua mãe? Minha mãe já deu parte do dinheiro.

— Ela não está aqui. Ela está fora vendendo casas. Vamos, podemos ir para o meu quarto.

Elizabeth foi cumprimentá-las, mas as duas já haviam subido e estavam conversando sobre alguma coisa.

— Então eu disse ao meu pai que ele podia pular corda conosco, e ele começou a rir — disse Jennifer. — Ele disse que só faria isso se a mamãe também pulasse com ele, o que é claro que ela nunca faria.

Elizabeth subiu as escadas, atraída pela inocência da voz das meninas.

— Então elas começaram a falar sobre fazer a pior série de corda dupla de todas — Jennifer continuou — usando uma voz engraçada, e ela começa a rir tanto que o seu rosto fica totalmente vermelho, depois simplesmente começa a grunhir porque não consegue respirar... foi hilário!

As duas meninas riram. Quando Elizabeth abriu a porta do quarto de Danielle, ela parou. Sua filha estava deitada de barriga para baixo, abraçando um urso panda de pelúcia. Jennifer estava sentada na cama ao lado dela.

— Gostaria de morar na sua casa — disse Danielle. — Sempre que meus pais estão juntos, eles só brigam.

Aquelas palavras a atingiram como uma ferroada. Não, elas foram uma punhalada no coração. A dor foi imediata, e Elizabeth quis esbravejar com Danielle por ter dito algo assim. Por expor sua família daquele jeito. E então ela percebeu que sua filha estava simplesmente dizendo a verdade. Ela estava compartilhando com uma amiga sentimentos que não podia compartilhar com os próprios pais.

Elizabeth quis descer novamente as escadas, mas Danielle a viu e Jennifer também olhou para ela. Houve um momento estranho de silêncio, e então, como qualquer boa mãe faria, Elizabeth preencheu-o mudando de assunto.

— Olá, Jennifer, como vai sua família?

O rosto da menina ficou vermelho.

— Bem.

O que ela devia dizer? *Estamos todos felizes, rindo e tendo um relacionamento muito bom comparado ao seu, senhora Jordan?*

— Você gostaria de ficar para o jantar? Seria ótimo se você jantasse conosco.

— Tudo bem — disse Jennifer hesitante. As duas pareciam ter sido apanhadas pisando em lençóis de seda com sapatos enlameados.

— Ótimo, vou trocar de roupa — disse Elizabeth. — Eu chamo vocês duas daqui a alguns minutos.

Ela fez sanduíches e colocou um pouco de salada de batatas no prato delas. As meninas chegaram mais quietas do que o normal. Só se ouvia o barulho de talheres e suspiros ao redor da mesa. As meninas não falaram e Elizabeth não via necessidade de tagarelar. Daria para espalhar o constrangimento em uma fatia de pão e ainda sobraria um pouco para o café da manhã do dia seguinte.

Elizabeth não conseguia tirar a voz de Clara de sua cabeça. E a revelação sobre como Danielle se sentia quanto à sua família só pressionava ainda mais o seu coração.

Depois que a mãe de Jennifer foi apanhá-la e Danielle se preparou para ir dormir, Elizabeth entrou no quarto de sua filha e sentou-se na cama, fazendo lentamente a pergunta que ela tinha medo de fazer.

— Danielle, você sabe que nós a amamos, não sabe?

A resposta não foi muito tranquilizadora, apenas uma indicação silenciosa com a cabeça.

— Isso não foi muito convincente.

— Bem, eu acho que vocês me amam um pouquinho.

— Um pouquinho? — Elizabeth questionou. — Danielle, você é minha filha. Você é a coisa mais importante do mundo para mim. Você precisa acreditar nisso.

Danielle olhou de volta para ela e dessa vez foi a menina que fez uma pergunta.

— Qual é o nome do meu time de corda dupla?

As perguntas de Clara haviam sido o suficiente para um dia. Agora ali estava outra pergunta que apertava seu coração, porque ela não estava certa da resposta.

— Humm... As Explosivas.

— Isso foi no ano passado — disse Danielle. Sua voz começou a ficar embargada pela emoção enquanto ela continuava. — Quais são as nossas cores?

Elizabeth pensou por um instante, esforçando-se para se lembrar de algo que ela não sabia, que não havia percebido. Ela sentiu-se como uma corça acuada pela lanterna do caçador.

— Qual é o truque de corda dupla que eu acabei de aprender a fazer? Quem é o meu novo treinador?

A perplexidade se transformou em constrangimento enquanto os olhos de Danielle se enchiam de lágrimas. Ela fungou e seu rosto se enrugou.

— Qual foi o prêmio que eu ganhei na semana passada com a minha equipe?

Elizabeth olhava através de olhos embaçados agora, perplexa.

— Você ganhou um prêmio na semana passada? — Ela segurou o queixo de sua filha com uma mão. — Danielle, sinto muito. Eu sinto muito. — Então ela a segurou com as duas mãos. — Eu sinto muito mesmo.

Danielle inclinou-se para frente e Elizabeth abraçou-a, e esfregou suas costas, pedindo desculpas repetidas vezes. De alguma forma, sua emoção ajudou a acalmar sua filha.

Mais tarde, ela pensou no que havia acontecido naquele momento de vulnerabilidade para as duas. Ela havia visto as lágrimas de sua filha e não as havia rejeitado nem tentado se explicar. Ela havia simplesmente entrado no mundo de Danielle e dado valor aos seus sentimentos em vez de empurrá-los de lado. Não era aquilo que ela estava buscando ter com Tony? Ela queria que ele mudasse, queria que eles se mudassem para a mesma página na vida, mas o primeiro passo era *ver*. O primeiro passo era olhar para a situação pelo que ela era, não pelo que ela queria que fosse.

Quando Elizabeth terminou de arrumar a casa, o telefone tocou e ela olhou para o identificador de chamadas. Era Tony. Ela respirou fundo e imediatamente pensou no *closet* de Clara. — Oh, Senhor, ajuda-me a não atacá-lo.

Ele perguntou como ela estava e Elizabeth não conseguiu conter a emoção do que havia acabado de saber, do quanto ela não estava tão ligada a Danielle quanto queria estar.

— Você acha que só porque eu não sei qual é a cor do uniforme dela eu sou um mau pai?

Elizabeth foi para a varanda dos fundos e fechou a porta.

— Tony, *eu* não sabia qual era a cor do uniforme dela. Isso não tem a ver com você.

— Estou me matando aqui tentando ganhar dinheiro para nós, Elizabeth.

— Eu sei disso, e aprecio o fato de você cuidar...

— Não preciso que você me derrube toda vez que eu apareço.

— Eu não estou tentando derrubar você.

— Sim, você está. Por que está me contando isso sobre Danielle? É porque você acha que eu preciso melhorar, certo? Eu preciso fazer as coisas exatamente como você está fazendo.

— Não, você não percebe? Eu negligenciei Danielle também. Não tenho demonstrado a ela o amor que eu queria. — Ela contou-lhe sobre a conversa que ouvira entre Danielle e Jennifer. — E se você acha que eu estou tentando fazer você se sentir culpado isso demonstra o quanto estamos distantes.

— Certo. O que você está dizendo é que se eu me importasse mais com Danielle, e se eu me importasse mais com a sua irmã...

— Isso não tem a ver com a Cynthia, não transforme isso naquilo. Ouça-me. Sua filha se sente deixada de lado em nossas vidas. Ela precisa da nossa atenção. Ela precisa saber que é amada.

— Tudo sempre volta ao ponto de que eu sou um mau pai, não é? Eu não preciso disso.

— Não estou dizendo que você é um mau pai. Este é um alerta para nós dois.

Silêncio do outro lado da linha.

— Tony?

Elizabeth olhou para o telefone e viu uma tela em branco. Ele havia desligado enquanto ela ainda falava. Ela queria socar alguma coisa. Queria jogar o telefone até Charlotte. Queria que a dor desaparecesse, e, ao voltar para dentro, bateu a porta atrás dela.

Era inútil. Não havia esperança para o seu casamento. Não havia esperança para Tony. E ela não tinha o poder para mudar nada.

✦ ✦ ✦

Tony desligou o telefone e praguejou. Ele não precisava de um drama constante. Cada conversa o arrastava para baixo. Cada dia era mais culpa acumulada sobre ele como o lixo em um depósito. Um homem só podia suportar até certo ponto. Somente determinada quantidade de culpa podia ser acumulada antes que alguma coisa desmoronasse.

Ele foi para o bar do hotel, pediu um drink e assistiu a um jogo. Ele queria ingerir álcool suficiente para embotar os seus sentidos e ajudá-lo a dormir. Apenas o suficiente para silenciar as vozes na sua cabeça. Ele não era viciado em nada. Não havia deixado a coisa ir tão longe assim.

Ele pensou em Danielle. Aquela menina tinha um verdadeiro talento para o atletismo. Se alguém tinha motivos para reclamar, era ele. Elizabeth deveria ter insistido para ela continuar no basquete. Ela sabia atacar bem com a bola e, assim como ele, tinha uma ótima visão da quadra. Ela poderia conseguir uma bolsa de estudos quando se formasse, sem dúvida alguma. Existia alguma faculdade no país que oferecesse bolsa de estudos por pular corda dupla?

Ele sacudiu a cabeça. Elizabeth não pensava de forma prática ou lógica. Ela queria que Danielle se sentisse apoiada. Queria que ela fosse emocionalmente saudável. Bem, quando você entrava no mundo real, recebia apoio por fazer um bom trabalho. O dinheiro e os bônus vêm quando você fecha um negócio, e não quando você se *sente bem*. Ele devia ter batido o pé. Devia ter feito Danielle permanecer no basquete.

Quanto mais ele pensava, mais irritado ficava, então pediu outra bebida. Tony pegou o telefone e apertou o botão de rediscagem, depois pensou melhor a respeito. Ele sabia o que aconteceria. Elizabeth gritaria com ele. Ele gritaria com ela. E o drama só aumentaria.

Ele não queria mais dramas. Trabalhara duro para *não* tê-los mais atrapalhando sua vida. Então ele tirou o som do seu telefone e voltou sua atenção para o jogo.

Dona Clara

✦ ✦ ✦

Clara observou Elizabeth sair e orou para que ela não tivesse sido dura demais. A expressão no rosto de Elizabeth dizia tudo. A máscara ainda estava ali, bem no lugar, mas havia rachaduras e fissuras aparecendo. Clara pediu que Deus simplesmente usasse as conversas delas e o café morno para derreter o coração daquela jovem mulher.

Clara acreditava com todo o coração que Deus fazia com que todas as coisas cooperassem para o bem daqueles que o amam e foram chamados segundo o seu propósito. Mas ela não acreditava que tudo que acontecia era bom. O mundo estava caído e o pecado existia em todos os corações. Mas a graça de Deus era maior.

A outra verdade em que ela acreditava, com base em toda uma vida de experiências, era que para uma mudança de verdade acontecer no fundo da alma, Deus geralmente tornava as pessoas infelizes, e não felizes. Ele as levava ao fim de suas forças e lhes mostrava o quanto eram impotentes, a fim de lhes mostrar o quanto ele é poderoso. Os filhos de Israel não fizeram recuar o Mar Vermelho. Eles não derrubaram as muralhas de Jericó. Foi somente quando estavam no fim da linha e tiveram de depender de alguém maior que eles então viram Deus operar poderosamente. O mesmo acontecia com cada seguidor de Jesus.

Ela quis orar para que Deus restaurasse o casamento de Elizabeth e transformasse o coração de seu marido, e para que tudo se consertasse da noite para o dia. Era mais fácil orar por cura imediata do que por um transplante, porque um transplante leva tempo e outra pessoa precisa morrer. Mas quanto mais Clara falava com o Senhor sobre a situação, mais entendia que a vida de Elizabeth provavelmente iria piorar antes de melhorar. E o problema não era apenas o marido de Elizabeth. Era a própria Elizabeth.

Esta não era uma oração fácil: pedir a Deus para partir o coração de alguém, pedir a Deus para levar pessoas com quem você se importa ao fim das suas forças. Mas, antes de orar, Clara agradeceu a Deus por ele ser grande o suficiente para fazer tudo isso e grande o bastante para glorificar a si mesmo nesse processo. Ela estava certa de que Deus iria fazer isso de algum modo, embora ela não soubesse ao certo como.

Enquanto ela orava, as lágrimas desciam — lágrimas por uma filha com pais que passavam mais tempo brigando que amando. Lágrimas por Elizabeth, que queria amar a família que Deus havia lhe dado. Lágrimas por seu marido, que parecia ter se perdido.

Clara terminou sua oração agradecendo a Deus por seu poder de transformar e seu poder de dar esperança.

— Há esperança para todos, Senhor, por mais que eles tenham se distanciado. Sei disso melhor do que ninguém.

CAPÍTULO 6

✦ ✦ ✦

Elizabeth estava diante da porta de Clara e bateu, vislumbrando seu rosto em uma das vidraças da porta. Ela ouviu pés se arrastando na sala da frente, e então a porta se abriu. Clara estava ali, de pé, sorrindo, com os olhos demonstrando mais do que as palavras podiam dizer.

— Bem, bom dia — disse ela.

A mulher abraçou Elizabeth quando ela entrou, e Elizabeth sentiu o calor se espalhar através dela. Clara serviu-lhes uma xícara de café. Como ela amava aquele café.

— Vou tomar o meu um pouco mais quente hoje — disse Elizabeth.

Clara riu.

— Você sabe por que eu fiz aquilo ontem, certo?

— Eu captei a referência bíblica. E a procurei antes de me deitar ontem à noite. Está no Livro de Apocalipse, certo?

Clara assentiu.

— Frequentei a igreja com mais assiduidade do que a senhora pensa.

Clara sentou-se e olhou Elizabeth nos olhos.

— Você quer falar sobre a casa primeiro ou sobre o que está realmente em seu coração?

Elizabeth sentiu uma dor profunda por dentro, sentada ali com aquela mulher mais velha.

— Estou me esforçando para ser profissional, tendo a senhora como minha cliente. Não quero ser um fardo para a senhora com a minha vida pessoal, mas...

— Mas o seu coração está se partindo e você não sabe em que direção seguir. Vá em frente. Eu posso lidar com um pouco de conversa não profissional.

A velha mulher sorriu e bateu na mão dela.

— Bem, é o Tony — disse Elizabeth, e então iniciou um longo discurso sobre como ela havia agido, as coisas que ele havia dito e como ele não era o pai que deveria ser para Danielle.

— Posso ver no rosto de Danielle quando ele entra em casa, e quando ele está ao telefone ou assistindo à TV. Ela tem fome da atenção dele e o seu coração está se partindo, mas eu não percebia isso. Tony, ele *absolutamente* não se dá conta. O tempo daquele homem está se esgotando, dona Clara. Ele está envolvido com o próprio mundo sendo o melhor vendedor em algum lugar enquanto sua filha está ficando cada dia mais distante. Ele não demonstra interesse em ninguém a não ser em si mesmo. E vou lhe dizer mais uma coisa. Não tenho provas, mas se ele não ouvir isso de mim, vai ouvir de alguém. Ele faz comentários galanteadores para outras mulheres jovens que simplesmente...

Clara ergueu uma mão e Elizabeth parou no meio da frase.

— Elizabeth, apenas para que eu saiba... quanto desta uma hora que temos juntas hoje você vai passar reclamando do seu marido, e quanto dela você vai passar concentrando-se no que o Senhor pode fazer sobre isso?

Elizabeth sentiu seu rosto ficar quente.

— Sinto muito, dona Clara. Quanto mais penso nisso simplesmente fico mais tensa.

— Suas ideias acerca do seu marido são quase que totalmente negativas, não é mesmo?

Elizabeth digeriu a pergunta e percebeu que ela estava certa. Mas havia um motivo pelo qual ela era negativa. Tony realmente agia assim com ela e com Danielle.

— Ele age comigo como um inimigo — disse ela.

Clara inclinou-se para a frente.

— Veja, você está lutando contra o inimigo errado. Seu marido sem dúvida tem problemas, mas ele não é o seu inimigo.

Elizabeth procurou os olhos da mulher em busca de alguma pista, algum entendimento do que ela estava dizendo.

— Quando eu lutava contra o meu marido — Clara continuou — estava lutando contra o meu próprio casamento e contra a minha família. Tentei durante anos consertar o Leo, mas não consegui fazer isso.

— Bem, eu não cheguei a lugar algum com Tony.

— Porque isso não é trabalho seu! Quem disse que é sua responsabilidade consertar o Tony? A sua função é amá-lo, respeitá-lo e orar por ele. Deus sabe que ele precisa disso. Ela elevou a voz como se estivesse cantando.

— E os homens não gostam quando suas mulheres estão sempre tentando consertá-los.

Elizabeth ruminou aquele pensamento. Se não era função dela, quem ia fazer esse conserto? Alguém com certeza precisava entrar em cena...

— Elizabeth, você precisa apelar para Deus para que ele possa fazer o que só ele é capaz de realizar, depois você precisa sair do caminho e *deixar que ele faça isso*.

A mente de Elizabeth dava voltas. Era uma sensação de impotência não tentar mudar Tony. Ela havia feito isso por anos e, de fato, os problemas só haviam piorado. Agora ela percebia que estava sendo levada a respostas que nasceram de uma vida inteira testada pelo tempo e as circunstâncias. Ela sentiu a emoção subir e se engasgou com as palavras.

— Nem sei por onde começar.

Clara entregou a ela um diário com capa de couro.

— Você encontrará alguns dos meus versículos favoritos aqui. Eles foram o meu plano de batalha para orar pela minha família. Você pode começar com isto.

Elizabeth abriu o diário no começo e viu páginas cheias de palavras escritas.

— Você verá que há alguns versículos que escrevi e personalizei, acrescentando nomes em diferentes lugares. Eu derramei o meu coração nestas páginas. Você vai fazer o seu próprio diário e encontrar o seu próprio quarto de guerra.

Elizabeth apertou o diário contra o peito.

— A casa... preciso colocar o cartaz no jardim e... tantos detalhes.

Clara inclinou-se para a frente.

— Esta casa será vendida no tempo de Deus. Ele está preparando a pessoa certa para aparecer. Creio nisso de todo o coração. Mas isto é mais importante, Elizabeth. Concentre-se na batalha que está à sua frente. E eu estarei bem ali com você.

Quando Elizabeth chegou em casa, ela foi para o seu quarto e abriu a porta do *closet*. O espaço sem dúvida era isolado, mas era pequeno e claustrofóbico demais. Ela tinha muitas roupas e sapatos. Ela desistiu da ideia e sentou-se em sua escrivaninha para ler alguns dos versículos que Clara havia escrito. Ela não tinha certeza de qual era a versão da Bíblia que a mulher usara, mas as palavras pareciam saltar da página em sua direção. Ela rapidamente abriu o próprio diário e começou a copiar como um escriba.

Se confessarmos os nossos pecados, ele é fiel e justo para perdoar os nossos pecados e nos purificar de toda injustiça.
— 1João 1:9

O Senhor está perto de todos os que o invocam, de todos os que o invocam com sinceridade.
— Salmos 145:18

Alegrem-se sempre. Orem continuamente. Deem graças em todas as circunstâncias, pois esta é a vontade de Deus para vocês em Cristo Jesus.
— 1Tessalonicenses 5:16-18

Enquanto lia, Elizabeth podia ouvir a voz de Clara em sua mente, a maneira como ela dizia "Deus" com tanta reverência e com um sentimento de admiração. Ela teria enfatizado as palavras *purificar*, *sempre* e *continuamente*.

Elizabeth chegou até Jeremias 33:3, que quase a deixou sem fôlego.

Clame a mim e eu responderei e lhe direi coisas grandiosas e insondáveis que você não conhece.

Era exatamente isso que Elizabeth queria. Ela queria saber mais sobre Deus, como Clara. Queria ter uma experiência com ele; desejava falar com Deus e que ele falasse com ela. Sua principal preocupação era Tony, naturalmente — esse era o pedido número um, mas ela sentia que havia mais coisas acontecendo dentro dela do que apenas querer que Tony entrasse nos eixos. Deus a estava atraindo; isso agora estava claro para ela.

Quando chegou a Mateus 6:6, tudo pareceu se encaixar.

Mas quando você orar, vá para seu quarto, feche a porta e ore a seu Pai, que está em secreto. Então seu Pai, que vê em secreto, o recompensará.

Elizabeth olhou novamente para o seu *closet*. Havia algo naquele lugar sagrado que Clara reservara, um lugar onde ela ficava totalmente a sós, onde podia fechar a porta e silenciar o restante do mundo. E as paredes. Ela podia colocar lembretes ali. É claro que Deus poderia ouvi-la onde quer que Elizabeth orasse, mas se ela realmente se dedicasse a ter um espaço como aquele, se ela passasse pelo trabalho de tirar as coisas de dentro dele e de ficar de joelhos, talvez Deus visse isso e recompensasse um coração disposto.

Ela levantou-se da escrivaninha e entrou no *closet*, empurrando os cabides de roupas. Virou-se para a parede oposta e prendeu sua lista ali, depois ajoelhou-se e olhou para ela. Havia sapatos dentro de caixas empilhadas diante dela, de modo que ela fechou os olhos e começou.

— Querido Deus, não sei como fazer isto. Quero dizer, sei que tu queres que eu ore. Tu queres que eu passe tempo contigo. E vou trazer os meus pedidos a ti agora.

Seus joelhos já doíam. Ela sentou-se e cruzou as pernas na sua frente.

— Senhor, tu sabes que Tony não é o homem que eu quero que ele seja. Ele não é o homem que tu queres que ele seja. Então eu o estou colocando bem no topo aqui.

Suas pernas começaram a doer. Talvez ela encontrasse alguma coisa para se sentar. Ela encontrou uma caixa dura com uma tampa e sentou-se sobre ela, fechando os olhos e continuando.

— Tu sabes, ó Deus, que ele está zangado e não presta muita atenção em Danielle e em mim. Ele magoou muito o coraçãozinho dela.

Ela se inclinou para trás e quase bateu com a cabeça na penteadeira embutida atrás dela, então sentou-se para a frente e cruzou as pernas. Ela olhou novamente a lista de orações. Onde ela estava? Ainda em Tony.

Talvez se ela levasse a cadeira branca com braços, fosse mais fácil. Sim, isso a ajudaria. Algo com um encosto firme. Ela guardou a caixa, pegou a cadeira e colocou-a perto da lista de oração, e então sentou-se.

Ela não tinha certeza se precisava começar de novo ou não. Será que Deus queria que ela simplesmente interrompesse a oração ou reforçasse o que já havia orado? Clara havia dito alguma coisa sobre começar com louvor a Deus em vez de simplesmente começar a recitar uma lista.

— Senhor, obrigada por esta cadeira e pela casa que tu nos deste. Obrigada pela minha filha e pelo que me ensinaste através dela — Elizabeth fez uma pausa por um instante. — Obrigada por teres me unido ao Tony, Senhor. Creio que não tenho pensado sobre isso há algum tempo. Creio que tu nos uniste há tantos anos.

A simples ideia de agradecer a Deus por Tony lhe era estranha, mas ali estava ela. Isso escapou como um elogio que ela não pretendia fazer a alguém que não o merecia. Talvez passar tempo com Deus assim realmente ajudasse. Ela começou a ter um pouco de esperança, mas então suas costas começaram a ficar dormentes por causa do assento duro, então ela devolveu a cadeira branca e encontrou um pufe no *closet* de Danielle que ela não usava mais, jogou-o no chão de seu *closet* e sentou-se sobre ele.

— Senhor, obrigada por Jesus, pela salvação, pelo fato de eu poder ser perdoada por causa do seu sacrifício por mim...

Ela olhou para os sapatos diante dela. Ali estava o par que ela procurava para combinar com aquele vestido preto. Ela pegou o sapato e examinou-o. Os sapatos contavam tantas histórias. Ela se lembrava da loja onde os vira. Ela e sua amiga Missy faziam compras naquele dia e se depararam com aquela pequena lojinha. Aqueles sapatos haviam chamado Elizabeth, haviam sussurrado o seu nome até que ela desceu o corredor, os encontrou e os experimentou. Ela segurou os sapatos juntos ao nariz e os cheirou. Que cheiro terrível! Ela realmente precisava fazer alguma coisa com relação ao odor de seus pés. Talvez se ela fizesse uma pesquisa na internet, pudesse encontrar alguma espécie de remédio natural, como esfregar cascas de laranja em tudo. Ela ouvira falar de um remédio que também era usado quando um gambá esguichava sua secreção fétida em um cachorro, alguma coisa sobre molho de tomate e...

Elizabeth olhou novamente para a lista de oração. Para onde sua mente havia ido? Por que era tão difícil se manter firme na tarefa que estava diante dela? Ela devia colocar os seus pés ali na lista, mas curar seu mau odor parecia quase tão absurdo quanto curar o seu relacionamento com Tony.

Ela ficou impressionada com o quanto podia se distrair quando estava orando. Assim que ela iniciava sua conversa com Deus, outra coisa vinha à sua mente. Ela pensava em todas as coisas que estavam por fazer na casa e nas coisas no trabalho. Pensava nas contas que precisavam ser pagas e na lista do supermercado que precisava fazer. Quando conseguiu afugentar esses pensamentos, ficou com fome e não houve como repeli-la. Ela foi até à cozinha, ouvindo Danielle e Jennifer pulando corda no quintal da frente, e depois voltou com alguns petiscos.

A porta da frente se abriu. Ela ouviu Danielle e Jennifer na cozinha conversando.

Uma das desvantagens daquele *closet* em particular era que ela podia ouvir praticamente qualquer coisa que estivesse acontecendo na casa. E se ela colocasse um pouco de música? Não, ela não ia seguir nessa direção. Clara não precisava de música para orar. Será que ela precisava de uma trilha sonora para se aproximar de Deus?

— Meus pais disseram que você pode dormir lá em casa se a sua mãe não se importar. Podemos dar um mergulho na piscina também.

— Vou perguntar a ela — disse Danielle.

O estômago de Elizabeth se contraiu. Ela esperava manter seu quarto de guerra em segredo, mas, apenas alguns minutos depois de terminar de arrumá-lo, ouviu passos entrarem no quarto.

— Mãe?

Elizabeth fechou os olhos e falou como se estar fechada dentro do *closet* fosse algo natural.

— Estou aqui, Danielle.

A porta se abriu lentamente e ali estava Danielle olhando para ela e para a garrafa quase vazia de refrigerante além do saco aberto de nachos. A expressão no rosto de Danielle disse tudo.

— Mãe, você está bem? — a menina finalmente perguntou.

— Sim. Do que você precisa? — Ela mastigou mais um nacho, reclinando-se no pufe.

— Por que você está comendo nachos no *closet*?

O nacho ficou entalado em alguma parte de sua garganta e Elizabeth engoliu com força.

— Estou apenas tendo um tempo em particular, tudo bem?

O olhar no rosto da menina foi impagável, mas Elizabeth manteve a aparência de que aquilo era perfeitamente normal.

— Tudo bem — disse Danielle, parecendo insegura. — Jennifer queria saber se eu poderia dormir na casa dela. Eu já fiz as minhas tarefas, e os pais dela disseram que sim.

Essa última parte saiu como um choramingo, mas Elizabeth decidiu deixar para lá.

— Tudo bem, mas quero você em casa amanhã na hora do almoço.

— Sim, senhora.

Elizabeth mastigou outro nacho, falando com a boca cheia enquanto Danielle se virava para sair.

— E, Danielle, não diga a ninguém que eu estava comendo nachos aqui no *closet*.

A menina concordou, depois disse sobre o ombro:

— Não diga a ninguém que minha mãe estava comendo nachos no *closet*, ok?

Elizabeth endireitou-se, constrangida.

— Com quem você está falando?

— Com Jennifer — disse ela, impassível.

Elizabeth suspirou.

— Jennifer?

Jennifer estava ao lado de Danielle agora, com os braços cruzados diante dela e com um olhar encabulado no rosto.

— Que cheiro é esse?

— Isso são os meus sapatos, Jennifer — disse Elizabeth rapidamente, mas firme. — E se vocês, meninas, fizerem a gentileza de fechar a porta, não terão mais de sentir o cheiro deles.

Danielle fechou a porta lentamente, com as dobradiças rangendo. Esta era outra coisa que Elizabeth tinha de fazer. Colocar óleo naquelas dobradiças.

Elizabeth ouviu Jennifer sussurrar quando elas saíram:

— Ela não pode comer nachos?

— Eu posso comer todos que quiser — disse Elizabeth em voz alta. — Esta é a minha casa!

Elizabeth suspirou e examinou sua lista. Orar era muito mais difícil do que ela imaginava. E era um trabalho árduo manter o seu orgulho quando se está comendo um pacote de nachos no seu quarto de guerra.

Tony atravessou o saguão dos escritórios da Brightwell em Charlotte. Era um complexo elegante com os melhores móveis, os funcionários mais bem vestidos e um futuro brilhante. Ele avistou um escritório no canto e sorriu. Se as coisas continuassem do jeito que estavam, ele se estabeleceria ali algum dia, com uma vaga no estacionamento bem na frente.

A secretária de Coleman Young, Julia, deu-lhe as boas-vindas e o introduziu na sala. Era uma mulher mais velha com cabelos que estavam ficando grisalhos e óculos escuros que emolduravam um rosto gentil. Ela sempre parecia estar com um sorriso. Gentil, mas competente e zelosa pelo bem-estar de seu patrão.

— Coleman está esperando por você, e Tom também está aqui — disse ela.

— Obrigado pelo alerta — disse ele.

Ela riu.

— De nada.

Coleman estava com seus quarenta e tantos anos, Tony imaginava, com cabelos que estavam ficando ralos, em um tom que mesclava cores claras e escuras, e uma barba muito bem aparada. A área onde ficavam os assentos no seu escritório dava para a cidade, uma vista que se poderia esperar para o presidente de uma companhia tão bem-sucedida. Tony abotoou o primeiro botão quando Coleman levantou-se para encontrá-lo. Tom Bennett, um dos muitos de uma longa lista de vice-presidentes da Brightwell, foi mais lento em se levantar.

— Tony! Como vai meu representante favorito? — Coleman o cumprimentou com um sorriso.

— Estou muito bem. E você, como vai? — Tony continuou, apertando sua mão com firmeza.

Houve um brilho nos olhos do homem.

— Ouvi dizer que conseguimos a conta da Holcomb.

Foi agradável ouvir seu chefe dizer aquelas palavras. Ver seu rosto se iluminar foi melhor ainda.

— Sim, conseguimos.

— Isso é fantástico! Você conseguiu novamente.

— Eu fico feliz por isso, obrigado.

— Até Tom ficou impressionado, e você sabe que isso é difícil.

Tony não havia interagido muito com Tom Bennett. O comportamento do homem não era muito cordial e também era um pouco desconfiado. Era magro e musculoso e parecia sempre estar um pouco irritado. Ele era preconceituoso ou apenas um cara introvertido? Quem poderia saber? Francamente, Tony não se importava. Ele apenas tentava ficar longe de Tom o máximo possível e continuava vendendo, continuava subindo a escada do sucesso na Brightwell.

Tom apertou a mão dele e disse:

— Bom trabalho.

Foi indiferente, na melhor das hipóteses. O aperto de mão pareceu uma obrigação.

— Obrigado!

— Veja, sei que você está indo para casa, mas queríamos apenas dizer obrigado. E você tem um cheque para receber como bônus.

Tony não conseguiu conter o sorriso.

— Gosto disso.

— Sim, é claro! — disse Coleman, estendo a mão novamente. — Como vai Elizabeth?

— Ela vai bem.

— Diga a ela que mandei um abraço.

— Farei isso — disse Tony.

— Foi bom ver você — disse Coleman, voltando-se para Tom.

Foi um encontro breve, um dos poucos que ele havia tido com o presidente da companhia, mas Tony poderia ter flutuado até o carro. Era a melhor sensação fechar um negócio e depois as pessoas da empresa ouvirem falar sobre as suas façanhas. O percurso para casa deveria ter sido como uma volta da vitória. Aquele deveria ter sido o melhor dos seus dias. Mas a ideia de encontrar Elizabeth pesava sobre ele. Ele não queria enfrentar as brigas e implicâncias que tinha certeza que lhe aconteceriam quando passasse pela porta. E não queria contar a ela sobre a conta e o bônus. Ela apenas usaria isso como outra desculpa para dar dinheiro à sua irmã.

A única coisa pior do que as implicâncias de Elizabeth era o que ele *não estava* recebendo. No início do casamento deles, Tony e Elizabeth tinham o que ele chamaria de um desejo recíproco um pelo outro. Ela iniciava a noite romântica com a sugestão de um filme e um jantar, e tudo o que vinha depois disso. Ele não podia esperar para chegar em casa do trabalho para estar com ela, para explorar tudo nela. Ela era uma bela mulher, por dentro e por fora.

Mas algo mudou quando Danielle nasceu. Elizabeth se tornou mais comedida, e por causa dos horários de trabalho deles, passavam, então, mais tempo separados. Em vez dessa distância diária uni-los quando ele voltava, ela os mantinha isolados. Tony não conseguia se lembrar da última vez que eles haviam tido alguma intimidade. Será que havia sido há um mês? Dois meses?

Ele estacionou na garagem e mastigou a parte interna da bochecha devido à tensão que sentia. Não é de admirar que ele estivesse em busca de ação em outro lugar. Ele sabia que isso não estava certo. Sabia que havia feito um voto de ser fiel. Mas se isso acontecesse, era culpa dela. Ela o havia empurrado para longe de muitas maneiras. Ela havia dito que ele não estava à altura de suas expectativas. Junte isso com todas as brigas por causa de dinheiro e sobre como criar Danielle e era um milagre que os dois ainda estivessem vivendo na mesma casa.

Quanto mais ele pensava nisso enquanto dirigia para casa, mais seu estômago ficava embrulhado, e quando ele desligou a ignição e apertou o botão da porta da garagem, não tinha sequer vontade de entrar. Que nova reclamação ela teria? Qual seria a última coisa que ele havia feito para ferir sua filha? Ele tinha certeza de que ouviria sobre isso no jantar. Sobre isso e sobre quanto dinheiro a irmã dela necessitava.

Elizabeth havia entrado em seu *closet* decidida a orar, e saiu de lá decidida a cuidar do odor de seus pés. Este era o perigo de passar tempo com Deus — na maior parte do tempo você encontrava outra coisa para fazer. E se ela não podia ter êxito na oração, pelo menos podia fazer alguma coisa prática. Então enfileirou uma dúzia de pares de sapatos, encontrou seu spray para pés e começou a cuidar de cada um.

O telefone tocou e ela reconheceu o número de sua irmã. Não demorou até que Cynthia chegou ao ponto da questão: seu marido. Ela reclamou da situação deles, assim como Elizabeth havia reclamado com Clara de Tony. A pressão financeira sob a qual eles viviam constantemente era avassaladora. Cynthia havia tentado motivar Darren, mas nada estava acontecendo.

— Cynthia, não vai adiantar nada brigar por isso. Você não pode conseguir um emprego para ele.

— Você acha que eu não sei disso?

Elizabeth tentou se acalmar.

— Bem, ele está tentando? Ele está enviando currículos ou dando telefonemas? Qualquer coisa?

— Acho que sim. Ele sai de manhã e volta à noite, mas não sei onde ele esteve ou o que fez. É muito difícil, Elizabeth.

— Eu sei — disse ela com tanta compaixão quanto conseguiu reunir. Ela polvilhou mais um pouco de pó para os pés em um sapato e colocou-o no chão.

— Isto também não é fácil para ele — disse Cynthia.

As palavras atingiram um ponto sensível.

— Bem, sinto muito, mas ele está tornando isso difícil não apenas para você, mas para todos os que a cercam.

— Então você está dizendo que não vai nos ajudar. É isso?

— Não. Não estou dizendo que não vamos ajudar. Ainda estamos conversando sobre isso, está bem?

Elizabeth ouviu um barulho atrás dela e virou-se para ver Tony olhando a correspondência no balcão da cozinha. Vê-lo ali enquanto Cynthia estava na linha fez o humor dela explodir. Ele já achava que ela passava todos os minutos do dia ao telefone com a irmã, e ele tinha de entrar justo naquele momento?!

— Ouça, Tony acaba de chegar em casa. Preciso desligar. Ligo para você mais tarde.

— Tudo bem, mana. Obrigada por falar comigo. Amo você.

— Amo você também — disse Elizabeth.

Tony estudou cada letra como se fosse uma convocação de alistamento. Ela desligou, respirou fundo e tentou se conectar com ele por meio de algo seguro. Como o trabalho, talvez.

— Como foi a sua viagem?

De cabeça baixa, olhando a correspondência com a testa franzida.

— Foi bem. Imagino que era sua irmã.

— Sim, era.

— Darren conseguiu um emprego?

— Ainda não.

— "Ainda não" quer dizer que ele está tentando? Ou quer dizer que ele ainda está sentado no sofá jogando videogame?

Como a maré da conversa passou depressa para a praia do conflito...

— Tony, o que ele faz não é culpa da Cynthia. Ela só precisa de um mês de aluguel e uma prestação do carro. Acho que poderíamos pelo menos fazer isso.

O rosto de Tony endureceu.

— Cynthia casou-se com um perdedor, está bem? Essa foi a escolha dela quando todos lhe disseram para não fazer isso. Isso é culpa dela.

Elizabeth levantou-se e encarou-o. Ele aproximou-se, vindo da cozinha — a intensidade da voz dela finalmente o chamou a sair do seu canto. Como dois lutadores prontos a começar a luta, eles se mediram.

— Tony, ela não pode controlá-lo. Ela tem um emprego, mas isso não basta. Ouça, não estou pedindo mais cinco mil dólares. Estou pedindo um mês de aluguel e uma prestação do carro.

— E no mês que vem você estará pedindo a mesma coisa, Liz. Então a resposta ainda é não — Tony virou a cabeça, franzindo o rosto novamente. — E o que é esse cheiro aqui dentro?

Elizabeth olhou para o outro lado, meio frustrada e meio constrangida. Ela se sentiu como uma garotinha outra vez. Novamente em sua casa com seu pai criticando-a. Tony tinha o mesmo tom de voz que seu pai tinha quando ela precisava de roupas novas ou chegava em casa com alguma nota ruim.

— Estou colocando spray nos meus sapatos — ela disse.

Ele olhou a fileira de sapatos diante do sofá. Ela pensou que ele pudesse pedir desculpas ou consolá-la. Dizer a ela que estava tudo bem ou que não era culpa dela ou mesmo que ela não tinha de fazer isso por causa dele.

Tony apenas olhou para os sapatos como se fossem peixes mortos e disse:

— Bem, você não pode fazer isso lá fora?

Derrotada, diminuída e esmagada, ela disse:

— Sim — Então ela pensou em Cynthia. Pensou na voz dela ao telefone e no quanto ela parecia estar sozinha e triste. Ela tentaria mais uma vez com ele. — Tony, se você não quer fazer isso por ela, faça por mim.

Isso foi um convite aberto para ele expressar alguma coisa semelhante a amor. Ela estava sendo vulnerável — como uma corça correndo em uma campina com um grande alvo vermelho na lateral, pronta para ser morta.

O rosto de Tony ficou ainda mais duro.

— Não.

E com isso, ele se virou e entrou no quarto, deixando Elizabeth sozinha com seus pensamentos e seus sapatos. Ela sabia que ela e Tony estavam distantes. Fazia tanto tempo desde que ele a havia tocado amorosamente ou lhe dito qualquer coisa positiva. Naquele instante, com os olhos se enchendo de lágrimas e seu coração se partindo, ela percebeu que não havia nada que pudesse fazer para derrubar aquela muralha. Não adiantaria marchar ao redor da muralha e nenhum grito a derrubaria. Nem segurar um cajado dividiria as águas do mar de problemas em que o relacionamento se transformara.

Ela recolheu tantos sapatos quanto pôde, carregou-os para a porta dos fundos e jogou-os no quintal. Ela fez outra viagem para pegar o restante, bateu a porta atrás de si e ficou ali olhando para o horizonte, com os braços cruzados. Estava cansada da batalha, cansada da guerra. Estava cansada de ver Danielle vivendo sob o peso de tudo aquilo. Tinha de haver outra maneira. Tinha de haver algo melhor para todos os três.

Dona Clara

✦ ✦ ✦

Ao longo dos anos as pessoas descobriram que Clara era uma guerreira de oração. Entregavam a ela um pedaço de papel com o nome de alguém rabiscado nele ou sussurravam alguma coisa sobre um membro da família durante o ofertório. Clara sentia-se honrada quando isso acontecia. Mas a prática também a entristecia, pois sabia que alguns pensavam que ela tinha um poder de influência especial com Deus. Não havia nada que fizesse no seu quarto de oração que os outros não pudessem fazer. Clara não recebia mais respostas das mãos de Deus por algum motivo especial. O poder que ela tinha estava disponível a todos.

A questão havia surgido em uma das reuniões de sexta-feira com suas amigas. Elas estavam reduzidas a quatro membros regulares de um clube que nunca havia sido formado oficialmente. Cecília Jones, Eula Pennington e Tressa Gower eram mulheres que haviam cruzado o caminho de Clara anos antes e se mantiveram fiéis a ela — assim como Clara a elas — por várias décadas. Elas haviam passado pela morte de cônjuges, filhos e animais de estimação, assim como por um divórcio, vários abortos naturais e dois processos jurídicos. Todas as quatro mulheres eram cristãs, embora às vezes parecesse haver um pequeno antagonismo sobre o quanto Clara estava segura acerca de tudo em que acreditava.

— Vocês acham que há mais poder quando muitas pessoas oram por alguma coisa? — Cecília perguntou ao grupo. Ela olhou para Clara com o canto do olho como se estivesse dando a dica para ela ser a primeira a falar.

Era assim que uma das mulheres do grupo iniciava uma discussão — apenas lançava uma pergunta ou uma ideia e observava as outras responderem. Cecília era particularmente boa em instigar Clara, mas, nesse caso, Clara se conteve.

— Creio que quanto mais pessoas oram por alguma coisa, mais chance Deus tem de ouvir — disse Tressa. — Como se chamava aquele livro publicado há alguns anos, que tinha todos aqueles anjos guerreando nele? Vocês leram o que estava acontecendo com as pessoas e depois o que aconteceu com os anjos quando elas começaram a orar?

Tressa disse o título do livro e Cecília se lembrou do autor. Todas elas assentiram confirmando.

— Creio que é assim — Tressa continuou. — Quanto mais você ora, mais você leva outras pessoas a orar, isso simplesmente se acumula em uma escala em algum lugar no céu. E Deus ouve. A viúva perseverante continuou batendo na porta do juiz. Vocês se lembram dessa parábola?

Eula Pennington abaixou sua caneca de café.

— Eu não acho que Deus possa ser persuadido desse modo — ela disse a palavra *Deus* com um "s" prolongado, como se fosse mais reverente pronunciar assim o nome do Todo-poderoso. — Não se trata de quantas vezes você ora por alguma coisa ou quantas pessoas você leva a orar, mas se você está pedindo alguma coisa que é segundo a vontade de Deus ou não.

Clara concordou e as senhoras ao redor da mesa também pareceram concordar, mas Cecília não havia terminado.

— Então isso significa que não há motivo para uma corrente de oração? Se toda uma congregação ora por alguma coisa, não é diferente de uma pessoa orando?

— *A oração feita por um justo pode muito em seus efeitos* — disse Eula. Ela era uma adepta da Bíblia em sua versão mais tradicional, embora tolerasse outras versões.

— Então isso quer dizer que se você for santo o suficiente, Deus ouvirá as suas orações? É isso? — Cecília questionou.

— Ninguém é santo a não ser Deus — disse Eula. — O restante de nós somos pecadores necessitados de oração.

— Você entendeu corretamente — disse Tressa.

Cecília inclinou-se para frente.

— Clara, você está muito quieta.

Clara deu um gole no café.

— Ter muitas pessoas orando por alguma coisa não obriga Deus a ouvir ou agir. Deus sabe de tudo. Orar não é informar a Deus, porque ele já sabe do que precisamos e a razão pela qual estamos clamando.

— Então por que orar? — perguntou Cecília.

Clara levantou uma mão.

— Você me pediu para lhe responder e eu estou tentando fazer isso.

Cecília sorriu e encostou-se na cadeira, também levantando uma mão como se a vez fosse de Clara.

— Deus ouve o que oramos. Você não precisa de um megafone ou de um milhão de pessoas para chamar a sua atenção. Mas o ponto essencial da oração não é receber o que queremos. A oração muda a pessoa que ora. Veja por exemplo o pai ou a mãe que ora para que um filho entre no caminho reto e estreito. Vocês sabem que passei por isso com Clyde. Todas nós já estivemos infelizes por alguma coisa ou outra com relação aos nossos filhos. Mas o que descobri foi isto — sempre que eu estava preocupada com Clyde, Deus estava fazendo alguma coisa em mim. Ele queria mudar o meu coração tanto quanto o de meu filho, se não mais. Deus me ajudou a confiar nele de uma maneira maior do que jamais pensei ser possível por causa daquele garoto e do que ele me fez passar.

— E ele fez você passar por muita coisa — disse Tressa.

— Humhmm — Eula concordou.

— E então, e quanto à minha pergunta? — Cecília perguntou, insatisfeita com a resposta.

— Não existe mais poder em muitas pessoas orando porque o poder vem de Deus e não das pessoas. Mas o que acontece quando muitos oram pela mesma coisa é uma oportunidade para a glória de Deus. Tudo se resume à glória de Deus. Tudo na História, o propósito das nossas vidas, é a glória de Deus. Até cada respiração nossa.

— Mas não é egoísta Deus querer a glória? — Cecília perguntou. — Isso é o oposto da humildade.

Clara podia ver que sua amiga a estava cutucando agora, instigando-a a chegar a algo abaixo da superfície.

— Deixe-me dizer-lhe uma coisa. É errado a pessoa que merece receber o crédito? Deus criou tudo. Ele moldou o bebezinho no ventre de sua mãe e colocou as estrelas no lugar. Ele colocou em ação um plano para nos redimir, para demonstrar o seu amor e bondade e misericórdia na cruz para que toda a glória fosse para aquele a quem ela pertence. A glória que vai para qualquer outra pessoa ou para qualquer outra coisa é uma simulação. E isso é uma vergonha. É o que o mundo se tornou ao dar a glória a pessoas que podem pegar uma bola ou dançar em um palco.

Cecília sorriu e Clara sabia que aquela era a sua intenção, fazer com que ela se envolvesse o suficiente para surgir com o que o grupo chamava de um "Clara-ismo".

— Então, Clara, diga-nos o que acontece quando um grupo começa a orar pela mesma coisa — disse Cecília.

— Bem, em primeiro lugar, mais pessoas ficam sabendo sobre a necessidade. Mais pessoas se envolvem em levar uma pessoa ou uma situação diante de Deus. Ele não precisa ser lembrado porque ele sabe de tudo. Mas Deus quer que participemos da vida das pessoas e das coisas que acontecem ao nosso redor. Ele quer que sejamos parceiros dele no seu plano para atrair pessoas a si mesmo. Então o resultado final de muitas pessoas orando pela mesma coisa é o aumento da glória que é dada a Deus. É assim que funciona. Quando oramos, participamos do que Deus está fazendo. Ele recebe a glória, e nós temos o privilégio de andar com ele, e nesse processo somos transformados. E adivinhe o que acontece a partir dessa transformação? Ele recebe a glória.

— Como você chegou a essa conclusão? — Eula perguntou.

— Baseada em Filipenses 2. Paulo fala sobre ter a mesma mente que Jesus tinha. Jesus não tinha de vir aqui e abrir mão da sua vida. Não precisava ser obediente e morrer em uma cruz, mas ele se humilhou. E veja o que acontece no fim dessa passagem. Deus o levanta ao lugar de maior honra e lhe dá o nome que está acima de todo nome. Todo joelho vai se dobrar, toda língua declarará que Jesus Cristo é Senhor — agora vejam isto — *para a glória de Deus Pai*. Todo o propósito da obra de Jesus, toda a razão para a sua vida sem pecado, a razão para os milagres e para ressuscitá-lo dos mortos era para a *glória* de Deus.

— Glória a Jesus! — disse Tressa.

— Isso é bom — exclamou Eula.

— É isso mesmo! — declarou Cecília.

— Firmem o seu coração nisso na próxima vez que vocês passarem por uma dificuldade. — disse Clara. — O objetivo da oração não é mudar a mente de Deus para o que você quer. O objetivo da oração é mudar o seu próprio coração, a fim de descobrir o que ele quer, para a glória de Deus.

CAPÍTULO 7

✦ ✦ ✦

Tony ia para o ginásio de qualquer maneira, então aceitou o convite de Michael para encontrá-lo na sala de ginástica. Michael subiu na bicicleta ergométrica enquanto Tony se exercitava na barra fixa. Era bom se exercitar e suar na tentativa de esquecer o conflito em casa. Para construir músculos, ele sabia que precisava se esforçar, sentir a queimação e a dor. Pena que o seu casamento não estava sendo assim. Havia muita dor, porém pouca construção.

A conversa deles seguiu na direção do trabalho, e Tony revelou o que havia acontecido no dia anterior. Não para se gabar, mas para colocar Michael em dia com os acontecimentos.

— Você recebeu outro bônus? Cara, eu entrei para o ramo de trabalho errado.

Tony falou em meio às suas repetições.

— Eu não poderia ser um paramédico.

— Você entendeu, irmão.

— E você é calmo demais para ser um vendedor.

Michael riu.

— É, mas você pode imaginar se eu recebesse um bônus todas as vezes que salvasse a vida de alguém? Pense nisso. Desobstrução das vias com manobra de Heimlich, duzentos dólares. Reanimação cardiorrespiratória? Quatrocentos. E eu receberia mil se eles fossem feios.

Tony riu enquanto eles iam para a prateleira de halteres. Ele adorava o humor sério de Michael e as histórias sobre as pessoas que ele encontrava em seu trabalho como paramédico.

— Você se lembra daquela mulher que engoliu alho e se engasgou e eu tive de fazer ressuscitação boca a boca? Aquilo deveria ter me rendido férias no Havaí.

Tony começou a colocar anilhas na barra para levantar onze quilos.

— Eu não poderia ter feito isso.

— Sim, você poderia. Você não vai deixar alguém morrer na sua frente enquanto come a sua salada.

— Eu não faço ressuscitação, Mike. Só ligo para a emergência.

— Isso é muito frio. Você deixaria alguém morrer? E se fosse a sua esposa?

Tony colocou os pesos sobre as coxas e os manteve ali. E se Elizabeth estivesse se engasgando e precisasse de ajuda? E se ela precisasse de ressuscitação? *Ela provavelmente me diria que eu não estava empurrando o peito dela corretamente*, ele pensou.

Michael parou de pedalar e ficou com um olhar triste no rosto.

— Espere aí, irmão, o que é isso?

— O que é o quê? — disse Tony, continuando com seu exercício.

— O que está acontecendo com você e Liz?

Tony fez força em meio a outra série de repetições.

— Nada.

— Nada? Olhe para você ficando todo tenso. Tem veias extras saltando que não estavam aí antes. Cara, o que está acontecendo com o seu casamento?

Tony não gostava de compartilhar seus problemas com ninguém, principalmente com alguém como Michael, que era quase perfeito. Mas ele estava tão perto de uma ruptura com Elizabeth que sabia que teria de explicar aquilo mais cedo ou mais tarde, de modo que deixou a conversa fluir.

— Mike, eu apenas estou cansado dela, está bem? É isso aí, já falei. Eu não preciso dela implicando comigo o tempo todo. Apenas estou cansado dela e todas as suas exigências.

Michael estava totalmente focado agora. A bicicleta ergométrica havia parado.

— Cansado dela? Cara, você se casou com ela, com exigências e tudo. Isso não é uma espécie de *self-service* onde você pode escolher o que quer. Você leva ela inteira. — Ele fez uma pausa e deixou a próxima frase cair fundo — e é melhor você não ter outra pessoa do seu lado.

Tony deixou os pesos esticarem seus braços. De onde foi que Michael tirou aquilo? Será que ele o estava seguindo? Será que estava tão claro assim?

— Então você está tentando fazer uma ressuscitação na minha vida pessoal agora?

Ele estava na defensiva, mas Tony tinha de pelo menos se sair bem. O que ele devia dizer: "Estou procurando alguém"?

Michael terminou seus exercícios.

— É, sou um paramédico. Mas também sou um cristão. O que significa que eu ajudo pessoas... enquanto estou ajudando pessoas.

— Mike, somos amigos há muito tempo, mas algumas coisas não são da sua conta.

— É verdade, e como somos amigos há muito tempo, não vou ficar apenas assistindo ao seu casamento morrer. Então, se ele está sangrando, não vou continuar comendo a minha salada.

Tony largou os pesos e ficou de pé, pegando sua bolsa de ginástica. Ele olhou para Michael com um sorriso malicioso e com um pouco de sarcasmo e disse:

— Vejo você na igreja.

Michael chamou-o enquanto ele ia embora.

— Preciso ver a igreja em você, irmão.

Tony continuou andando, não querendo responder. Ele não precisava da culpa de Michael. Ele chegou à porta e passou pela entrada do centro comunitário, passando pela recepcionista. Ela era uma das amigas de Elizabeth. Qual era o seu nome? Ele acenou com a cabeça para ela e sentiu frieza de sua parte quando passou. Ele se perguntou o que Elizabeth havia dito a ela sobre ele, sobre o casamento deles.

Quando ele chegou ao carro e partiu, pensou em várias respostas para Michael. Perguntas que poderiam levá-lo ao limite na sua crença em Deus. O Todo-poderoso havia criado o casamento para ser feliz e vibrante. Não era isso que ele queria para os filhos dele? Bem, nem Tony e nem Elizabeth estavam felizes. Na verdade, Tony era um dos principais motivos de Elizabeth não estar feliz. E ela era o principal motivo de ele ouvir unhas arranhando o quadro-negro da vida quando entrava em casa. A coisa mais amorosa, o mais gentil, seria os dois seguirem caminhos separados. Seria difícil, mas, no fim, isso levaria à felicidade.

E quanto a Danielle? A voz de Michael dizia em sua cabeça.

Ela não entenderia. Era jovem demais para entender isso. Mas Tony estaria na vida dela, nos fins de semana, nas ocasiões especiais, aniversários e formaturas. Ele poderia até ser um pai melhor à distância do que era dormindo na mesma casa. E finalmente sairia debaixo de todo aquele peso de obrigação. Obrigação de ouvir as implicâncias e se sentir um idiota. Era assim que Elizabeth o tratava. Em vez de respeitá-lo e de ser grata pelo que ele lhes dava, pelo quanto ele trabalhava, ela apenas olhava para ele como um copo cheio pela metade. Ele estaria feliz vivendo longe dela e isso teria consequências para Danielle, de modo que ela ficaria melhor no fim das contas.

A coisa mais amorosa a fazer nessa situação era tomar uma decisão. Elizabeth queria que ele fosse o líder da casa, então era isso que ele iria fazer. Assim como na academia, a dor em curto prazo levava ao ganho em longo prazo. Eles suportariam as perguntas da família e dos amigos e seguiriam em frente no caminho para uma vida feliz.

Quanto Tony apertou o controle remoto da porta da garagem, pensou novamente em Verônica Drake, da Holcomb. Talvez ele devesse voltar lá mais cedo do que planejado para rever alguns detalhes do acordo. Talvez jantar com ela. Talvez ficar para passar a noite. Afinal, ele pensou, nunca era cedo demais para pensar na própria felicidade.

✦ ✦ ✦

Elizabeth nunca havia tentado vender a casa de ninguém que parecesse mais interessado em sua vida do que na venda. Clara quis saber mais sobre o seu relacionamento com Tony, sobre Danielle e sobre a situação da família deles. Quando Elizabeth teve uma tarde livre, disse a Danielle que elas iriam ao parque na cidade juntas e que ela poderia pular corda ou alimentar os pombos. Então ela teve a ideia de convidar Clara, que não pensou duas vezes para aceitar o convite.

— Isto seria ótimo — disse ela. — Estarei pronta quando você chegar aqui.

Danielle estava um pouco nervosa em conhecer uma das clientes de Elizabeth, mas assim que elas estacionaram junto à casa de Clara, a velha mulher mimou Danielle e falou com a menina como se ela fosse sua própria neta. Eles dirigiram até o parque no centro e comeram sanduíches em um banco. Danielle teve de mostrar a Clara o que ela podia fazer com a corda e a mulher parecia impressionada.

— Quando você disse que pulava corda, pensei que só pulasse corda. Mas olhe para você, garota! Você é mais rápida que o meu moedor de café! Isso é incrível!

Danielle se deliciou mais com a atenção do que com o sanduíche. Depois ela deu as migalhas e cascas para os esquilos e os pássaros que estavam por perto.

— Ela é realmente incrível — disse Clara. — Posso ver você nessa garotinha.

Elizabeth sorriu.

— Gostaria de ter a energia dela.

Clara sorriu.

— Você me contou muito sobre ela, mas vendo vocês duas juntas, bem, isso me ajuda a orar melhor, mais informada.

— O que a senhora quer dizer?

— Descobri que Deus honra os detalhes específicos. Você pode orar para ele abençoar alguém, e ser tão genérico ao fazer isso que faz Deus bocejar. Ou pode fazer orações que são como flechas que chegam ao coração do que a outra pessoa está passando. Você entende o que eu quero dizer?

Elizabeth assentiu.

— Tenho tentado ser tão especifica quanto possível com Deus. Às vezes perco a esperança de que ele esteja me ouvindo.

— Bem, ele ouviu o que alguém orou acerca daquela coisinha pequena — Clara disse, acenando para Danielle. — Isto foi um presente para mim, Elizabeth. Gosto de vir aqui. E sua filha é preciosa.

— É sim. Há dias em que eu gostaria que ela tivesse uma irmã ou um irmão. Estávamos ocupados demais correndo atrás das nossas carreiras, porém não sei se essa foi a coisa mais sábia a fazer.

— Você não gosta do seu trabalho?

— Há dias que sim. Vendi uma casa esta manhã, então isso foi bom. Eu apenas preferia ter um bom casamento a ter mais dinheiro.

Clara olhou ternamente para ela enquanto Danielle corria até elas.

— Mamãe, podemos comprar sorvete? Eles vendem bem ali — ela apontou para uma sorveteria próxima.

Elizabeth voltou-se para a mulher mais velha.

— Dona Clara, a senhora gostaria de tomar um sorvete?

— Vou lhe dizer uma coisa — disse Clara a Danielle. — Se você for comprar o sorvete e deixar sua mãe me levar até o carro, eu pago por ele.

— Oh, não, não, não. Eu pago — disse Elizabeth.

A velha mulher enfiou a mão na bolsa.

— E roubar de mim essa bênção? Estou pagando e todas nós vamos tomar. Eu quero duas bolas de baunilha com nozes. No copinho.

Ela entregou uma nota de vinte dólares a Danielle.

— Eu quero uma bola de creme com biscoito — disse Elizabeth. — E fique bem ali porque nós vamos dar a volta com o carro e pegar você na entrada.

— Tudo bem — disse Danielle, radiante. — Posso tomar de morangos com jujuba e calda de chocolate por cima?

A combinação revirou o estômago de Elizabeth, mas ela permitiu. Clara riu enquanto a menina se afastava e elas a observavam cuidadosamente enquanto atravessava a rua.

— Então, como é uma semana normal para a senhora? — Elizabeth perguntou enquanto elas caminhavam lentamente em direção ao carro.

— Bem, meu filho vai me visitar por uma hora ou duas durante a semana. Faço compras de mercado, uma visita ocasional ao médico. Vou ao culto da igreja e à reunião de oração no meio da semana. De vez em quando dirijo até o cemitério para cuidar do túmulo do Leo, e minhas amigas e eu nos reunimos na sexta à tarde para tomar café. Além disso, leio muito e passo tempo com Jesus.

Elas se aproximaram do fim da travessa onde Elizabeth havia estacionado o carro.

— Eu costumava passar muito tempo com minhas amigas antes do meu trabalho se tornar...

— Ei! — um jovem gritou, saltando diante delas e exibindo uma faca. Ele era branco, usava um boné de beisebol e tinha um olhar enlouquecido. — Me deem o dinheiro de vocês agora!

Por puro instinto, Elizabeth se aproximou de Clara para protegê-la. Ambas se assustaram com o homem e deram um passo para trás. Elizabeth quis segurar Clara e garantir que ela não caísse. Ela pensou em Danielle e ficou feliz pela menina não estar com elas. Sempre ouvira que em uma situação assim você deve entregar à pessoa que está lhe roubando o que ela quer para que ninguém se fira.

— Vocês ouviram? Vocês duas, entreguem tudo agora!

Elizabeth estendeu a mão para acalmá-lo.

— Tudo bem, tudo bem, vamos lhe dar o nosso dinheiro. Mas, por favor, abaixe essa faca.

— Façam isso, e façam agora — disse o ladrão, segurando a faca na altura dos olhos.

Elizabeth abriu a bolsa. Tudo havia acontecido tão depressa. Como ela podia não ter visto o homem escondido? Tremendo, ela orou para que o homem não as atacasse. Ela orou para que as duas apenas sobrevivessem.

Então ela ouviu uma voz, forte e determinada, ao lado dela.

— Não. Abaixe você essa faca agora mesmo. Em nome de Jesus! — nem um sinal de medo sequer. Nem uma pitada de nervosismo. Apenas uma voz forte que ecoava pela travessa.

O ladrão olhou para Clara, depois olhou para Elizabeth. Ele parecia confuso, mas ainda furioso. Ele olhou para a travessa e depois novamente para elas, finalmente abaixando a faca.

— Dona Clara, dê a ele o seu dinheiro. Não vale a pena.

Mas Clara não queria se mover. Ela permaneceu desafiadora enquanto o ladrão olhava para o outro lado, incapaz de suportar o olhar dela. Depois de um momento, sua face mudou e ele pareceu entrar em pânico. Ele deu dois passos para o lado e correu para a rua, passando por elas.

Elizabeth pegou seu celular e discou para a emergência.

Elas encontraram Danielle, com o sorvete derretendo enquanto ela andava ao encontro delas.

— O que aconteceu? — Danielle perguntou ao ver o medo no rosto de sua mãe.

— Acabamos de ter um problema com um jovem perturbado ali na travessa — disse Clara. — Você pegou o meu de baunilha com nozes?

Elizabeth sacudiu a cabeça sem acreditar na calma da amiga e elas esperaram até que chegou um carro da polícia. Dois policiais ouviram a história delas.

— E vocês acham que ele tinha vinte e poucos anos? — um policial perguntou.

— Sim, talvez vinte e cinco — afirmou Elizabeth.

Clara deu uma colherada no sorvete como se estivesse faminta.

— Então deixe-me entender isto — disse o segundo policial. — Ele estava apontando uma faca para você, e você lhe disse para abaixá-la em nome de Jesus.

Clara assentiu e estendeu a mão.

— Certo. Agora, quando o senhor for escrever isso, não deixe Jesus de fora. As pessoas estão sempre deixando Jesus de fora. Essa é uma das razões de estarmos no caos em que estamos — ela voltou ao seu sorvete e terminou o copinho.

Os policiais se entreolharam como se não soubessem como responder.

— Sabe, o que me preocupa é que vocês poderiam ter sido mortas facilmente.

— Bem, eu conheço muitas pessoas que provavelmente teriam entregado o dinheiro. Eu entendo, mas essa é a decisão delas.

Enquanto os policiais escreviam as informações para o relatório, Clara se aproximou de Elizabeth e Danielle no banco onde estavam sentadas.

— Você não está tomando o seu sorvete, Elizabeth?

— Não, perdi a fome.

— Deixe-me ajudá-la com isso — Clara pegou o copinho. — Não há motivo para desperdiçar um sorvete tão delicioso.

Os policiais olharam para Clara enquanto ela mergulhava no sorvete de creme com biscoito.

Após o relatório policial ter sido concluído, Elizabeth levou Clara para casa. A mulher convidou as duas para entrar, e Elizabeth telefonou para Tony para lhe avisar o que havia acontecido.

Quando ele atendeu, pareceu preocupado. Ela sabia que ele estava em outra viagem e que provavelmente estava indo para uma reunião. Ela contou-lhe tudo mesmo assim.

— Não quero incomodá-lo. Eu apenas pensei que você iria querer saber que fui assaltada hoje.

— Assaltada?

— Sim, mais para roubada. O sujeito tinha uma faca.

— Uau! Onde você está?

Elizabeth disse a ele. Ela andava pela varanda da frente da casa de Clara. Danielle estava sentada no balanço sozinha com um livro no colo.

— Sim, aquela não é a melhor parte da cidade. Ele levou tudo?
— Não.
— Que bom.

Isso era tudo? Isso era tudo que ele ia perguntar?

— O que há de errado? — Tony perguntou. — Você está bem, certo?

— Sim, estamos bem, mas você poderia demonstrar um pouco mais de preocupação, Tony.

— Ei, não há nada que eu possa fazer. Estou aqui em...

— Sei que não há nada que você possa fazer a respeito — ela o interrompeu. — Só estou dizendo que fiquei com medo. E pensar que Danielle poderia estar conosco...

— Tenho certeza de que foi assustador. Mas acalme-se. Vocês estão bem.

— Bem, eu só pensei que você iria querer saber.

— Eu quero saber. Mas agora acabou, Liz.

— Tudo bem. Está certo, nos falamos mais tarde. Até logo.

A insensibilidade, a sensação de indiferença. Ela podia sentir pela linha telefônica. Será que Tony se importava? Será que algum dia ele se importou?

Elizabeth encerrou a ligação, querendo jogar o telefone pela janela. Mas respirando fundo, ela se virou para sua filha.

— Danielle, você pode ler o seu livro enquanto eu vou falar com a dona Clara?

— Posso enviar uma mensagem de texto para Jennifer do seu telefone? — Danielle perguntou, com o rosto se iluminando de repente.

Elizabeth pensou por um instante.

— Tudo bem, mas não muito longa. Quero que você leia o livro, está bem?

— Sim, senhora.

Clara esperava na sala de visitas com papel e caneta.
Elizabeth sentou-se do outro lado.

— Sinto muito. Eu achei que devia ligar para o Tony.

— Eu entendo.

— A senhora poderia imaginar que ele ficaria mais alarmado, mas ficou dizendo que, já que estamos bem, eu deveria simplesmente me acalmar.

A mulher tinha uma expressão zangada, com os lábios se movendo e a cabeça balançando de um lado para o outro.

— E estou mesmo com dificuldade de me acalmar.

— É mesmo? A senhora parecia calma antes.

— É, mas o excesso de açúcar de todo aquele sorvete que tomei está fazendo efeito. Sinto-me como se pudesse dar a volta no quarteirão algumas vezes — Clara ergueu os ombros e fingiu correr como um atleta olímpico.

Elizabeth sorriu. A velha mulher era cheia de surpresas. Elizabeth aprendia algo novo sobre ela a cada encontro.

— Bem, já que estamos falando de Tony — disse Clara — tenho algo para você fazer. Ela entregou a Elizabeth um caderno e uma caneta.

— O que é isso?

— Quero que você anote tudo o que puder pensar que ele fez de errado.

Ela sacudiu a cabeça e franziu a testa.

— Dona Clara, se eu fizesse isso, ficaria escrevendo por muito tempo.

— Então anote apenas as coisas principais. Eu voltarei para ver você daqui a pouco.

Clara saiu e Elizabeth foi deixada ali com o papel e com seus pensamentos. Ela lutou contra o ressentimento, combatendo a sensação infantil de ser controlada e impelida a fazer algo que ela não queria fazer. Em vez disso, ela fez o que lhe foi pedido.

☐ Esqueceu o nosso aniversário de casamento no ano passado.

- ☐ Coloca o trabalho antes da sua família.
- ☐ Disse "não" para termos um animal de estimação.
- ☐ Interrompe-me quando tento compartilhar meus sentimentos.
- ☐ Vai embora durante as discussões.
- ☐ Olha para outras mulheres.
- ☐ Não conduz sua família espiritualmente.

A partir do momento em que Elizabeth começou a escrever, as frases vieram como uma inundação. Em vez de tentar relacionar as coisas em ordem cronológica, ela as escrevia como vinham — e às vezes vinham tão depressa que ela simplesmente anotava as palavras para não perder o pensamento. Ela preencheu toda a primeira página e passou para a segunda, e quanto mais escrevia, mais coisas lhe vinham à mente. Havia alguns problemas que ela não podia escrever, por serem íntimos demais, então ela colocava *não mencionável*. Ela estava apenas pegando o ritmo da lista quando Clara voltou e sentou-se.

— São quase três páginas.

— E eu poderia escrever mais, mas a senhora vai ter uma boa ideia quando ler.

— Na verdade, eu não vou ler.

Elizabeth inclinou a cabeça na direção de Clara, confusa. O propósito de fazer aquela lista era dizer a ela o que Tony fazia de errado, não era?

Clara inclinou-se para frente.

— Minha pergunta para você é esta: diante de todas estas coisas erradas, Deus ainda ama Tony?

Elizabeth pensou na pergunta. A resposta teológica era que Deus ama a todos. Com pesar na voz, ela disse:

— Nós duas sabemos que ele o ama.

— E você?

Elizabeth tentou não olhar para o outro lado, tentou ficar bem com dona Clara. Tentou não rir.

— Agora a senhora está bisbilhotando.

Clara sorriu e esperou. Elizabeth pensou que era isso que o amor costumava fazer: sorrir e esperar.

— Há amor em meu coração pelo Tony, mas ele está enterrado debaixo de muita frustração.

Enterrado. Essa era a palavra certa. O relacionamento deles havia sido enterrado há muito tempo, e embora não houvesse nenhuma pedra em cima, ela só conseguia imaginar os ossos se decompondo debaixo da terra fria.

Clara concordou com a cabeça.

— Então ele precisa de graça.

— Graça? Eu não sei se ele merece graça.

Outro olhar penetrante.

— Você merece graça?

De repente Elizabeth sentiu-se exposta. Aquela velha mulher sabia como se livrar de um ladrão adolescente com uma faca. Ela também sabia como partir o coração com uma pergunta.

— Dona Clara, a senhora tem o hábito de me encurralar e me fazer me contorcer.

— Eu me sentia do mesmo jeito. Mas a pergunta ainda permanece. Você merece graça?

Elizabeth olhou para as páginas cheias com todas as palavras que ela havia escrito sobre Tony. Ela se perguntou o que ele escreveria se tivesse a mesma chance.

— A Bíblia diz: "Não há um só justo, nem um sequer". Então, na verdade, nenhum de nós merece graça. Mas todos nós ainda queremos o perdão de Deus.

Isso era como todas as aulas de escola dominical que Elizabeth assistira resumidas em uma. Deus havia sido um tema importante para Elizabeth por toda a sua vida, mas a maneira como Clara falava dele fazia parecer que Deus não era um tema, ele era tudo. *Graça* havia sido uma palavra bonita em seu vocabulário, que ela usava para falar sobre Deus, mas Clara a estava usando pessoalmente, estabelecendo-a como uma verdade.

— Elizabeth, tudo se resume a isto: Jesus derramou o seu sangue na cruz. Ele morreu por você, mesmo quando você não merecia. E ele ressuscitou do túmulo e oferece perdão e salvação a quem o buscar. Mas a Bíblia também diz que não podemos pedir a ele que nos perdoe enquanto nos recusamos a perdoar os outros.

Elizabeth balançou a cabeça em concordância.

— Eu sei, dona Clara, mas isso é tão difícil de fazer.

— Sim, é! Sim, é! Mas é aí que entra a graça! Ele nos dá graça e nos ajuda a dá-la aos outros. Mesmo quando eles não merecem. Todos nós merecemos o julgamento, e isso é o que um Deus santo nos dá quando não nos arrependemos e não acreditamos no seu Filho. Eu tive de perdoar meu marido por algumas coisas, e não foi fácil. Mas isso me libertou.

Liberdade. Essa era uma palavra pela qual Elizabeth ansiava desesperadamente, e finalmente lhe pareceu que elas combinavam. *Graça* e *liberdade*. Sem dúvida havia mais boas palavras para vir após estas.

— Elizabeth, não há espaço para você e Deus no trono do seu coração. Ou ele está no trono ou você. Para que ele esteja, você precisa descer. Agora, se você quer ter vitória, terá primeiro de se render.

Elizabeth empurrou esse pensamento para longe.

— Mas, dona Clara, eu apenas devo recuar e escolher perdoar e deixar que ele passe por cima de mim?

— Acho que você vai descobrir que, quando você permite, Deus é um bom advogado de defesa. Entregue essa questão a ele. E então você poderá voltar o seu foco para o verdadeiro inimigo.

— O verdadeiro inimigo?

— Aquele que quer permanecer escondido. Aquele que quer distraí-la, enganá-la e promover divisão entre você e o Senhor e entre você e o seu marido. É assim que ele trabalha. Satanás veio para roubar, matar e destruir. E ele está roubando sua alegria, matando sua fé e tentando destruir sua família.

A velha mulher agora falava de modo ardente, como um pregador dos tempos antigos, cheio de fervor e pronto para bater no púlpito.

— Se eu fosse você, acertaria o meu coração com Deus. E você precisa guerrear a sua guerra em oração. Precisa expulsar o verdadeiro inimigo de sua casa com a Palavra de Deus.

Muitas das conversas de Elizabeth ao longo do dia eram apenas palavras e conceitos jogados para cá e para lá aleatoriamente. Ela realmente não os ouvia com muita atenção. As conversas eram sempre as mesmas, como uma música tocada ao fundo para criar um ambiente. Mas esta era mais que uma conversa, mais que apenas alguns conceitos jogados entre duas pessoas. Ela olhou para Clara concentrando nela toda a sua atenção.

— É hora de lutar, Elizabeth. É hora de você lutar pelo seu casamento! É hora de combater o verdadeiro inimigo. É hora de você arregaçar as mangas e fazer isso.

Elizabeth sentiu uma força surgindo, uma determinação. Com o entendimento da graça, veio também uma liberdade de amar que ela nunca havia experimentado. Ela olhou para a Bíblia de Clara. Elizabeth sempre havia pensado nela como um livro cheio de histórias. Lições e contos de pessoas que tiveram êxito contra grandes disputas. Mas se Clara estava certa, a Bíblia não era apenas um livro de histórias. Era um manual de guerra espiritual. Era um caminho rumo ao profundo perdão e amor de Deus que poderia revesti-la de poder para perdoar e amar os outros.

Algo tomou vida enquanto ela estava sentada ali. Algo renasceu. E pela primeira vez, em muito tempo, Elizabeth encontrou algo que havia perdido: a esperança. Esperança para si mesma. Esperança para Tony e Danielle de que as coisas poderiam ser diferentes. Esperança para sua família.

Ela colocou uma mão no ombro daquela mulher idosa e a abraçou.

— Pense no que eu disse aqui.

— Vou pensar — disse Elizabeth ainda atônita. Ela espantou as lágrimas durante todo o caminho para casa e ficou feliz porque Danielle não fez perguntas.

CAPÍTULO 8

✦ ✦ ✦

Tony olhou para o telefone. O que ele ouvira de Elizabeth o abalou. Sua esposa havia sido assaltada. Ela havia passado por um grave perigo, pelo menos foi o que disse. Mas Elizabeth sempre foi um pouco dramática. Talvez tivesse sido apenas um morador de rua e ela que achou que ele tivesse uma faca. Talvez o sujeito só quisesse uma bebida e tivesse pedido uns trocados.

Ele entrou novamente no escritório de Verônica Drake. Ele nunca atendia a telefonemas durante uma reunião, mas viu por acaso que Elizabeth estava na linha e sentiu uma pontada de culpa que fez com que saísse para atender.

— Sinto muito — ele disse.

— Tudo bem — disse Verônica. — Parecia ser importante.

A voz dela era doce como um favo de mel. E a "embalagem" também não era difícil de olhar. Ela tinha um sorriso sedutor e um corpo impressionante. Tratava Tony como se ele fosse a pessoa mais importante do planeta, pegando café para ele e abrindo um espaço para recebê-lo em sua agenda ocupada.

— O importante aqui é que a sua empresa receba exatamente o que precisa da Brightwell Farmacêutica — ele disse — dentro do prazo estipulado. Ponto final. Agora, onde nós estávamos?

Ela folheou os papéis em sua mesa.

— Temos um contrato assinado, a data do embarque, o programa de pagamento — ela olhou para ele e mordeu o lábio inferior. — Tenho o número do seu celular, então posso entrar em contato sempre que precisar. Acho que está tudo certo.

Ele colocou ambas as mãos sobre a mesa e debruçou-se sobre os papéis, mas em vez de analisá-los olhou nos olhos de Verônica. Ela era uma bela mulher. E seus olhos diziam algo que batia forte nele.

— Nós não falamos sobre você — disse ele.

— Sobre mim?

— Estou em vendas, é claro, mas vejo parte do meu trabalho para a Brigthwell como o trabalho de um treinador.

— Um treinador? — Verônica perguntou, inclinando a cabeça, os olhos brilhando.

Tony sentou-se na extremidade da cadeira.

— É o meu histórico esportivo. Tudo na vida tem a ver com montar um time. Fazer as pessoas se moverem na mesma direção.

— Você quer dizer que tudo se resume a uma competição? — ela perguntou. — Não é nisso que se resumem as vendas, afinal? Não é isso que o torna bom no que faz?

Ele sorriu.

— Não há nada de errado com a competição. Na verdade, ela pode extrair o melhor de uma pessoa. Você se esforça para se tornar tudo o que pode ser. E quando se torna o melhor, leva outros consigo nessa jornada.

Verônica encostou-se em sua cadeira, com os dedos entrelaçados sob o queixo.

— Conte-me mais, treinador Jordan.

— Bem, como treinador, tento ouvir mais do que falar. Descubro quais são as esperanças e os sonhos das pessoas. Por exemplo, há quanto tempo você está na Holcomb?

Verônica lhe contou e deu informações sobre sua vida pessoal. Ele acompanhou, perguntando sobre seus relacionamentos românticos.

— Uma pessoa maravilhosa como você com certeza teve algum tipo de relacionamento duradouro.

Ela conteve um sorriso e ficou ruborizada.

— Tive namorados, se é isso que você quer dizer. Mas estou esperando a pessoa certa aparecer.

— Ora, essa é uma atitude inteligente. Muitas pessoas não esperam a pessoa certa. Saltam sobre o primeiro que diz que as ama. Você é uma jovem inteligente, sábia, bonita e vejo um futuro brilhante em você.

— Um treinador faz alguma coisa mais além de adular seus jogadores?

Tony riu.

— Isto não é adulação, esta é a verdade. E os colegas de time precisam ter uma visão correta de si mesmos. Uma visão realista de seus pontos fortes e fracos.

Ela olhou para o relógio e cruzou os braços.

— Hmmm. Parece que você vai precisar de mais tempo para me ajudar a descobrir isso. E eu tenho outra reunião dentro de dez minutos.

— Há muito mais assuntos sobre os quais precisamos conversar — disse Tony. — Por que você não me dá a chance de continuar essa conversa durante o jantar?

Seus olhos se expandiram e ela sorriu.

— Você quer me levar para jantar?

Ele assentiu.

— Há muito mais para falarmos. Além disso, eu pago. É o meu serviço à causa, e para lhe agradecer por ser alguém com quem é tão fácil trabalhar.

— Treinador Jordan, é um problema o fato de você ter um anel no seu dedo?

Ele olhou para a aliança de casamento que usava. O único problema era que ela o estava impedindo de ser realmente feliz.

— Minha esposa e eu estamos tendo alguns problemas. Estamos tendo problemas há um bom tempo.

— Bem, talvez eu possa ajudá-lo, então. Você sabe. Ser um membro do time — Verônica olhou sua agenda, depois olhou novamente para ele. — Tudo bem. Jantar, então.

Quando chegou em casa, Elizabeth foi direto para o *closet* e, com determinação, tirou de lá o pufe, passou suas roupas para o *closet* do quarto de hóspedes, depois carregou as caixas de sapatos para lá.

Ela foi até a escrivaninha e abriu sua Bíblia e o diário de Clara. Enquanto lia, podia ouvir a voz da mulher, seu encorajamento, seu conselho.

"Não há mágica no lugar em que você ora. Mas a Bíblia diz para entrar em seu quarto e orar em secreto, e o seu Pai celestial que vê o que é feito em secreto a recompensará. Livre-se de quaisquer distrações e foque o seu coração e a sua mente nele. Reconheça que ele é Deus e que você precisa dele desesperadamente."

Clara havia sugerido que Elizabeth encontrasse diversas orações na Bíblia e meditasse nelas. Uma das favoritas da idosa era a oração do rei Davi no fim de sua vida.

"Você deve memorizar essa oração e voltar a meditar nela repetidas vezes", Clara havia dito. "Se você não conseguir pensar no que orar ou se suas razões para agradecer a Deus se esgotarem, vá até esta oração aqui."

A oração estava em 1Crônicas 29. Enquanto Elizabeth escrevia as palavras, ela as orava de coração.

> Teus, ó Senhor, são a grandeza, o poder, a glória, a majestade e o esplendor, pois tudo o que há nos céus e na terra é teu. Teu, ó Senhor, é o Reino; tu estás acima de tudo.
> A riqueza e a honra vêm de ti; tu dominas sobre todas as coisas. Nas tuas mãos estão a força e o poder para exaltar e dar força a todos. Agora, nosso Deus, damos-te graças, e louvamos o teu glorioso nome.

✦ ✦ ✦

Elizabeth achou que essa era uma grande maneira de começar qualquer oração, lembrando a si mesma quem Deus era e imediatamente orar declarando isso a ele.

Clara também fez questão de falar sobre confissão. "Agora, seja grata pelas suas bênçãos, mas apresente as suas necessidades e pedidos a Deus. Se você tem algo a confessar, confesse-o. Peça perdão a ele. Depois escolha crer quando ele disser que a ama e que cuidará de você."

Elizabeth começou a orar enquanto escrevia e um novo pensamento lhe ocorreu. Em vez de focar em todas as coisas que Tony havia feito para ofendê-la, anotou as coisas que ela havia feito para feri-lo. Quando começou a escrever, as comportas se abriram e as lágrimas desceram, e ela se deu conta das muitas maneiras em que havia falhado em seu próprio coração. Era muito mais fácil lembrar os erros de seu marido. Anotar os seus próprios erros lhe dava uma sensação de responsabilidade, de que ela tinha não apenas de reconhecer as maneiras como havia falhado, mas precisava dizê-las a Deus e pedir a ele para aliviá-la da culpa e da vergonha. Ela sabia que teria de pedir perdão a Tony em algum momento também.

O engraçado era que, com as lágrimas e de todas aquelas palavras escritas, fazer esse exercício também trouxe uma sensação de liberdade, de alívio e libertação diante daquela descoberta.

Clara havia lhe orientado a pedir a Deus a verdade. "Descubra a verdade sobre Deus, sobre quem ele é, sobre como ele trabalha, sobre o quanto ele ama. E então você descobrirá a verdade sobre si mesma, sobre o seu pecado, sobre as maneiras como você desagrada a Deus. É sempre melhor saber a verdade sobre a sua vida, ainda que doa."

Então Elizabeth pediu a verdade a Deus. Ela anotou cada coisa verdadeira que lhe veio à mente. E com cada anotação, ela fazia um pedido.

— Pai, confesso que tenho gritado com meu marido e o interrompido muitas vezes. Tenho andado muito zangada com ele e não tenho parado para ouvi-lo de verdade. Podes me perdoar pelo meu tom de voz e por tratá-lo tão mal? E podes criar em mim um coração que quer responder a Tony em amor e respeito e realmente desejando ouvi-lo? Tu podes fazer isso em meu coração, Senhor?

"Em seguida, ore pelo coração de seu marido, de sua filha e de qualquer outra pessoa que o Senhor lhe trouxer à mente", Clara lhe dissera. "E não se apresse. Pode levar o tempo que for preciso. Depois ouça."

Ouvir a Deus. Que conceito! Que ideia radical fazer uma pausa longa o bastante para buscar ativamente ouvir Deus falar! Elizabeth sabia que não ouviria uma voz audível, mas que o processo de leitura da Bíblia e de desejo de que Deus se achegasse a ela resultaria em boas coisas. Isso era o que Clara havia dito, e aquela senhora parecia saber o que estava dizendo.

Ela preparou três folhas de papel para fixar na parede de seu *closet*: uma para Tony, uma para Danielle e uma para ela mesma. Na folha de Tony ela enumerou as orações pelo seu trabalho, pelo papel dele como pai e como marido, por suas amizades e pelo seu coração. Ela pediu que Deus colocasse alguém em sua vida que lhe dissesse a verdade.

> Une-nos no casamento, Pai, e une-nos como pais para fazermos o melhor por nossa filha. Não permitas que o inimigo nos separe. Faz o que for preciso fazer para tirar de mim e dele nossa dependência de nós mesmos. Une-nos de uma maneira que faça com que nos apeguemos a ti, aconteça o que acontecer. Une-nos para que possamos dar a ti a glória, como Clara disse.

Ela recostou-se e olhou para o que havia acabado de escrever. Ela realmente sentia aquilo? Estava realmente pronta para se render? Isso parecia bom no papel, mas como funcionaria no mundo real?

E *será que* funcionaria? Será que Tony corresponderia? Uma pequena dúvida se infiltrou. Ela estava fazendo isso só porque uma mulher idosa havia lhe oferecido esperança, como uma cenoura em um barbante? Ou o sentimento que vinha sobre ela naquele momento era real? Se Tony não mudasse, se as coisas piorassem, ela deixaria de crer? Pararia de orar?

Ela olhou para a parte do diário de Clara que continha versículos sobre a dúvida. Um deles, em Hebreus 11, destacou-se, e ela o copiou.

> Sem fé é impossível agradar a Deus, pois quem dele se aproxima precisa crer que ele existe e que recompensa aqueles que o buscam.

Ela fechou os olhos e ergueu a voz, sussurrando para o teto:
— Deus, eu quero ter fé. Creio que tu existes. Creio que recompensas as pessoas que te buscam sinceramente. E é isso que estou fazendo. Com tudo que há em mim, quero conhecer-te. E eu peço agora que me dês o tipo de fé que necessito para ser a esposa, a mãe, a pessoa que queres que eu seja. Obrigada porque respondes aos clamores do coração, como este. Quero fazer como dona Clara diz, quero render cada parte de mim à tua vontade, à tua bondade e misericórdia e graça. Coloca um holofote nas áreas em que eu nunca entreguei a ti o controle. E obrigada por trazeres esta mulher para a minha vida. Em nome de Jesus, amém.

A sensação era de vitória, de um movimento em direção a Deus e em direção à sua família. A sensação era a de que ela estava se tornando uma pessoa inteira, em vez de alguém fragmentada em pequenos pedaços. Ela também começou a ver as maneiras como Deus já havia trabalhado em sua vida. Ele havia lhe dado uma família, e ela raramente lhe agradecia por isso. Deus havia lhe dado um emprego do qual ela gostava. A sensação de realização quando uma família se mudava para sua casa própria era incrível, e ela agradecia a Deus pela chance de ganhar a vida ajudando os outros. Elizabeth pensou em Mandy e Lisa, no escritório e nos clientes que haviam sido gentis. Ela deveria abrir uma página para eles. Então pensou nos clientes que haviam sido duros com ela. O que ela faria com a raiva, a mágoa e o ressentimento que sentia por eles? Bem, Deus teria de tratar com ela tendo em consideração essas pessoas, e ela estava disposta a abrir essa porta, por mais dolorosa que fosse.

Depois do jantar com Danielle, Elizabeth voltou ao seu *closet* e colou aquelas três páginas na parede. Ao fazer isso, seu telefone vibrou indicando que havia uma mensagem de texto. Como ela ia lidar com a distração do telefone em sua nova vida de oração? Ela imaginou que Clara lhe diria para colocá-lo no modo silencioso e verificá-lo depois.

Ela deu uma olhada na mensagem e viu que era de sua amiga Missy. Ela havia enviado uma mensagem para Elizabeth antes, falando sobre novas lojas na cidade. Mas esta mensagem dizia:

Liz, aqui é Missy. Estou em Raleigh. Acabo de ver Tony em um restaurante com uma mulher que eu não reconheci. É alguém que você conhece?

O coração de Elizabeth parou. Ela olhou a mensagem e a leu novamente. Talvez os seus medos sobre Tony fossem reais. Talvez o modo como ele olhou para a garota na igreja não tenha sido nada comparado com o que ele estava fazendo na estrada. Suas pernas vacilaram e ela apoiou-se na estante. Encostou o telefone no coração. Aquilo foi como um soco no estômago. Todo o ar saiu de seus pulmões e sua mente girou como em uma vertigem espiritual. Ela tentou recuperar o equilíbrio, tentou impedir que sua mente voasse pensando nas possibilidades.

Enquanto ela estava orando por seu marido, orando para que Deus trabalhasse no coração dele, confessando os seus próprios pecados, Tony estava enganando-a. O pânico a invadiu como uma inundação. Ela quis ligar para ele e dizer que sabia exatamente o que ele estava fazendo. Ela vira a maneira como algumas mulheres se vingavam, arruinando vidas e atacando verbalmente com ira, e a ideia passou pela sua mente — ela podia tornar a vida dele realmente desconfortável. Mas quando soltou o telefone, ela viu a Bíblia.

Ela pegou o livro com capa de couro e sentou-se no chão com as costas contra a arca embutida de gavetas. Elizabeth olhou para o nada, incapaz de se concentrar, incapaz de pensar ou respirar. Então ela se lembrou de sua oração. Ela havia pedido a Deus para lhe dar fé. Ela havia se entregado aos seus cuidados. Talvez aquela fosse sua chance de andar com ele em um lugar difícil demais para andar sozinha.

Com total dependência em um poder que ela sabia que não vinha de si mesma, olhou para cima e orou:

— Deus... preciso de ti. Sei que não tenho orado como deveria. Sei que não tenho te seguido como deveria, mas eu preciso de ti agora mesmo.

Sozinha naquele *closet*, naquele quarto de guerra, seu coração transbordou e ela permitiu que aquela fonte se derramasse aos pés do próprio Deus.

O restaurante que Verônica havia sugerido era caro, mas Tony achou que a atmosfera era perfeita. E ela também era. Verônica estava usando um vestido branco acetinado e seus cabelos caíam sobre os ombros. Ela era como uma visão, com o rosto iluminando a sala. Embora o local estivesse lotado, parecia que havia apenas eles dois.

Ele sorriu para ela.

— Quero agradecer por se encontrar comigo esta noite. Você superou as expectativas.

— Obrigada por sugerir isso, treinador — disse ela.

Ele não pensou em sua esposa ou em sua filha. Não pensou na promessa que fizera. Tony estava simplesmente vivendo o momento — era isso que ele havia aprendido sobre a vida. Você tinha de estar por inteiro onde quer que estivesse, quer fosse na quadra de basquete, em uma venda ou em um restaurante com uma linda garota que não era sua esposa. Não havia ninguém ali para vê-lo olhar para ela, e ele a engoliu inteira com os olhos.

A atendente deles chegou, uma bonita jovem na casa dos vinte anos com os cabelos puxados para trás. Ela levou água com fatias de limão e disse que lhes daria alguns minutos com os menus.

Verônica olhou o dela.

— É um pouco caro, não é?

— Não para uma cliente valiosa — disse ele. — E você precisa começar a acreditar que vale algo bom assim.

— É mesmo?

— Se você não acreditar que vale o melhor, os outros também não acreditarão — disse Tony. — Experimente tudo o que desejar.

Ela o olhou e ele pôde ver que ela estava gostando da atenção. Ele também estava gostando da atenção. E da visão. Havia alguma coisa naquela garota, algo no olhar dela que exalava desejo e inteligência, e que dizia que ela era uma pessoa que conseguia o que queria. Ela já devia ter interpretado os sinais dele. Tony estava interessado em ser mais que o treinador dela.

Eles pediram drinks e Tony pediu um aperitivo para os dois dividirem. Ele mostrou a ela a melhor maneira de comer coquetel de camarão, pegando a cauda para poder comer toda a carne.

— Você é o meu treinador alimentar também? — Verônica indagou.

— Eu serei o tipo de treinador que você quiser — disse Tony, erguendo as sobrancelhas.

— Isto parece perigoso — ela disse.

— A vida é perigosa. Ela é cheia de escolhas. E é curta demais para não se divertir.

— Essa é a sua filosofia de vida? Apenas se divertir?

— Minha filosofia de vida é ajudar os outros a se tornarem vencedores. Se fizer isso, você também vence.

— Essa é a regra do treinador Tony?

— Verônica, vejo muito potencial em você. Obviamente a Holcomb também vê, ou você não ocuparia a posição que ocupa. E quando vejo alguém com o tipo de habilidade, inteligência e charme que você tem...

— Charme? — ela riu. — Ninguém me diz isso há muito tempo. Pensei que charme fosse algo para princesas em contos de fadas.

— Charme é aquela qualidade inata que poucas pessoas têm. Ela enfeitiça os que a cercam. Ela atrai os outros como as abelhas são atraídas pelas flores.

Ela deu um gole em seu drink e lambeu os lábios.

— Realmente parece estar havendo muitos zumbidos por aqui agora.

Tony sorriu. Algo dentro de si fervilhou e ele não conseguia conter isso. Algo que ele tinha a sensação de que havia morrido há muito tempo estava renascendo. E ele não podia esperar para ver como a noite iria avançar.

Elizabeth lutava com Deus, com Tony e com o seu próprio coração dentro do *closet*.

— Senhor, tenho andado tão irada com Tony. E ainda estou muito irada com ele. Mas não quero perder o meu casamento. Senhor, perdoa-me. Perdoa-me. Não sou o juiz dele, tu o és. Mas eu estou pedindo, por favor.

Ela estendeu as mãos em súplica, depois as fechou, cerrando-as.

— Por favor, não deixes que ele faça isso. Assume o controle. Por favor, assume o controle. Toma o meu coração e tira toda esta ira. Ajuda-o a me amar novamente. E ajuda-me a amá-lo.

Uma imagem cruzou sua mente. Tony em um jantar. Em seguida Tony em um carro com outra mulher, dirigindo para um hotel. Isso era de Deus? Era verdade? Ela piscou e afastou a imagem da mente.

— Se ele está fazendo alguma coisa errada, não deixes que ele consiga. Fica no caminho dele. Estou te pedindo, por favor, ajuda-me.

Lágrimas rolaram novamente, e ela queria se encolher em uma bola e se encostar-se a um canto. Queria que tudo se acabasse, todo o conflito em sua vida, em seu casamento. Seu coração acelerou, o quarto a apertava e ela sabia que o único caminho à frente era com Deus. Mas parecia um caminho muito estreito a trilhar.

Enquanto chorava, Elizabeth falava com Deus silenciosamente.

— *Não entendo isto, Senhor. Sinto-me como se eu tivesse voltado para ti e te pedido para me ajudar, e agora trazes este assunto à tona. Estás me punindo?*

Ela sentia as lágrimas descerem pelo rosto. Queria bater na parede e segurar a mão de alguém, mas não havia ninguém ali.

A verdade.

Ela não ouviu uma voz audível, apenas uma impressão em sua mente. *A verdade.* Ela havia orado pela verdade sobre si mesma, sobre Deus. Ela queria lidar com a verdade e não com algo que podia ser apenas sua imaginação. Clara havia dito *"É sempre melhor saber a verdade sobre a sua vida, ainda que doa".* Não havia algo na Bíblia sobre a verdade nos libertar? Ela tinha certeza de que Jesus havia dito isso. Provavelmente não queria dizer conhecer a verdade sobre seu marido estar saindo com outra mulher — sem dúvida isso não podia libertá-la — mas saber a verdade era muito melhor do que viver no escuro. Viver com a verdade era muito melhor que viver com uma ilusão daquilo que você esperava que a vida fosse. Conhecer a verdade sobre seu diagnóstico ou sobre sua conta bancária ou sobre seu casamento era melhor do que acreditar em alguma coisa que não era verdade.

— Oh, Senhor, estou com medo — Elizabeth orou. — Estou assustada. Existe a verdade. Mas se esta mensagem sobre Tony estiver certa, se ele estiver saindo com outra pessoa e essa é a nossa condição, obrigada por me mostrares. Por mais difícil que seja admitir isso, obrigada por me deixares ver a verdade agora em vez de descobrir isso mais adiante. Mas não sei o que fazer.

Ela deixou aquelas palavras ecoarem no seu coração. *Não sei o que fazer.*

Isso não era verdade. Ela sabia o que fazer. Podia recomeçar bem de onde havia parado em sua lista. Ela olhou para as palavras escritas nas páginas na parede e algo se destacou, algo que Clara havia copiado de sua Bíblia.

O ladrão vem apenas para roubar, matar e destruir; Eu vim para que tenham vida, e a tenham plenamente.

Tony provavelmente pensava que correr atrás de outro relacionamento lhe traria vida. Que alguém mais bonita ou mais jovem o faria feliz. Mas a verdade era que isso só levaria à morte, à morte de seu casamento. Ele provavelmente estava tão cansado de todas as brigas e discussões quanto Elizabeth. Como ele podia acreditar nessa mentira?

Ela olhou para a parede e leu o versículo seguinte em voz alta. *"Mas o Senhor é fiel; ele os fortalecerá e os guardará do maligno."*

O Senhor é fiel. *O Senhor* os fortalecerá. *Ele* os guardará.

Ela se concentrou nessas palavras e seu coração sentiu-se mais leve de alguma forma. Deus viu o que estava acontecendo. Ele sabia qual era a necessidade dela. E ele sabia que Tony estava andando por um caminho do qual lamentaria pelo resto de sua vida, se o que ela temia fosse verdade.

Ela colocou a mão contra a parede e olhou para o versículo seguinte que havia copiado.

Portanto, submetam-se a Deus. Resistam ao Diabo, e ele fugirá de vocês.

Ela repetiu o versículo e enxugou as lágrimas enquanto um sentimento a envolvia. Chame isso de fogo, de determinação ou decisão. Seja qual for o termo, o sentimento se aflorou dentro dela, e ela também, finalmente entendendo. Se ela se submetesse a Deus, o que ela de fato fizera, pedindo-lhe para assumir o controle de sua vida, então ela podia resistir ao Diabo. Ela estava resistindo ao ímpeto de ceder à ira e à amargura ou a qualquer coisa a não ser o próprio Deus, e estava se levantando em favor do coração de seu marido, pela vida de sua família. Se essas coisas fossem verdadeiras — e pela fé ela acreditava que eram — o inimigo não tinha saída. Só havia uma coisa que ele podia fazer: ele tinha de sair. Ela enxugou as lágrimas novamente e levantou-se, andando em direção à sala de estar e olhando ao redor como se houvesse forças invisíveis por trás do cenário. Ela se lembrou do que Clara havia lhe dito antes sequer de começar a estudar com ela.

"Vejo em você uma guerreira que precisa ser despertada."

Ora, ali estava Elizabeth, totalmente desperta para a batalha.

— Não sei onde você está, Diabo — ela disse em voz alta — mas sei que você pode me ouvir — ela olhou para a lareira de pedra e para os móveis da sala. — Você tem brincado com a minha mente. E conseguiu o que queria por tempo suficiente. Mas agora acabou! Você perdeu!

Ela entrou na cozinha, com as luzes refletindo no balcão de granito. Olhou novamente para o lugar de onde havia acabado de vir.

— Jesus é o Senhor desta casa, e isso significa que não há mais lugar para você aqui! Então pegue as suas mentiras, os seus esquemas e acusações, e saia! Em nome de Jesus!

Elizabeth podia ouvir a voz de Clara ecoando em sua mente — a maneira como ela diria essas palavras. Ela abriu a porta dos fundos e caminhou para o deck.

— Você não vai roubar o meu casamento, você não vai roubar a minha filha, e sem dúvida você não vai roubar o meu marido! Esta casa está sob uma nova direção, e isso significa que você está fora!

Ela entrou em casa e bateu a porta atrás de si. Então algo se acendeu em sua mente e ela abriu a porta novamente e saiu.

— E tem mais uma coisa! Estou cansada de você roubar a minha alegria. Mas isso também vai mudar. A minha alegria não vem dos meus amigos, ela não vem do meu trabalho, ela não vem nem mesmo do meu marido. A minha alegria está em Jesus, e caso você tenha se esquecido, ele já o derrotou. Então volte para o inferno que é o seu lugar e deixe a minha família em paz!

Elizabeth bateu a porta outra vez, e isso lhe deu a sensação de colocar um ponto de exclamação na sua declaração. Ela finalmente estava assumindo o controle. Não, essa não era a verdade. Ela estava saindo do caminho e deixando Deus assumir o controle. Estava indo com ele, concordando com ele e não com o inimigo. Ela não seria mais governada pelo medo ou pelos atos de qualquer pessoa.

Quando entrou novamente em casa, olhou para as escadas e viu Danielle olhando para ela com um olhar de surpresa. Não havia como explicar essa mudança, então ela nem tentou. Ela só seguiu em frente, voltou ao seu *closet*, ao seu quarto de guerra. Havia algo urgente que tinha a dizer, algo que precisava fazer de joelhos.

Ela chegou ao *closet* e ajoelhou-se, fechando a porta.

— Pai, estou te pedindo agora para interceder por mim. Não conheço nenhuma das tuas obras. Não sei se tu envias anjos ou se o teu Espírito Santo trabalha assim. Mas não preciso saber como funciona. Só preciso crer que tu podes fazer o que estou pedindo. E eu estou pedindo com fé que impeças que meu marido faça algo que ele venha a lamentar. Impede-o de algum modo, Senhor. Se Tony estiver honrando a ti, abençoa-o. Mas se ele estiver fazendo algo errado, não permitas que ele tenha êxito. Fica no caminho dele, Jesus.

Ela deixou as palavras serem levadas ao céu e percebeu que alguma coisa havia mudado. Algo maravilhoso e encorajador havia vindo sobre ela. Era mais que um sentimento, era a convicção profunda de que ela não estava mais atravessando a vida sozinha. Deus estava com ela. Talvez ele estivesse ali o tempo todo, e ela não tivesse percebido. Mas ele ia passar com ela por tudo aquilo. E ela mal podia esperar para ver o que ele estava prestes a fazer.

CAPÍTULO 9

✦ ✦ ✦

Tony empurrou seu prato e limpou a boca com um guardanapo. A atendente perguntou se eles gostariam de pedir uma sobremesa e Verônica recusou educadamente.

— Você tem certeza? — Tony perguntou. — É por minha conta. Poderíamos dividir um *crème brûlée*.

Verônica sorriu e balançou a cabeça.

— Não consigo comer mais nada. Mas vá em frente, se quiser.

— Vamos pedir a conta — disse Tony, e a funcionária que os atendia desapareceu.

Verônica inclinou-se para frente.

— Sabe do que eu realmente gostaria agora?

— Diga-me.

— De uma taça do meu vinho favorito.

— Tudo bem, podemos fazer isso — ele disse sem hesitação. — Qual é ele?

— Ele não está aqui. Está no meu apartamento.

Ela lançou-lhe um olhar e Tony a olhou de volta. Ele havia pensado que começaria com o jantar, que poderia conhecê-la melhor e deixar que as coisas progredissem em um ritmo cadenciado. Mas as palavras dela eram claras. Ela estava pronta.

Tony sorriu.

— Bem, se é o seu favorito, eu gostaria de provar.

— Acho que você vai gostar.

A atendente reapareceu e entregou a conta a Tony.

— Aqui está, senhor. Espero que tenham uma noite maravilhosa.

— Obrigada — disse Verônica. Ela olhou para Tony. — Nós teremos.

Ele pegou a carteira, animado como um garoto que havia convidado a garota mais bonita da escola para o baile e recebera um "sim". Não apenas para o baile, mas para a noite inteira. Ele mal podia esperar até chegarem ao apartamento de Verônica. Ele mal podia esperar para ver o que aconteceria depois de uma taça de vinho.

Mexendo-se em seu assento, ele sentiu o estômago borbulhar. E não era algo pequeno, parecia algo grande — uma dor engraçada que ele não sentia desde uma conferência de que participou quando entrou para a companhia. Diversas pessoas no grupo haviam comido um frango mal cozido em uma recepção e todos eles pagaram o preço. Mas a comida que ele havia acabado de comer havia sido preparada com perfeição. Sem dúvida ele não poderia estar com uma intoxicação alimentar.

Tony pagou a conta e acrescentou uma gorjeta generosa. Ele pensou que estivesse simplesmente nervoso, com borboletas no estômago e todas essas sensações. Mas quando guardou o cartão de crédito, ele sentiu como se seu estômago fosse dar um salto acrobático. A sala girou e balançou como se ele estivesse em uma corrida em um parque de diversões ou como se estivesse olhado para um daqueles espelhos que deixam nosso corpo gordo ou magro demais.

— Verônica, ouça — disse Tony, tentando agir de forma indiferente à medida que a dor aumentava. — Preciso de um minuto, está bem? Volto logo.

Ela o observou se levantar.

— Tudo bem.

Ele entrou no banheiro e olhou-se no espelho. *Você vai mesmo seguir em frente com isto?* Ele pensou. *Há uma jovem esperando agora mesmo para levá-lo para casa.*

Enquanto olhava seu reflexo no espelho, com a mente girando, uma imagem de Elizabeth passou como um *flash* por um instante. Ele piscou, então viu Danielle. A dor em seu estômago se intensificou e ele abriu a torneira e derramou água no rosto, gemendo. A turbulência aumentou e de repente ele não pôde mais se conter. Ele abriu a porta da cabine e chegou ao vaso sanitário no momento em que o borbulhar se transformou em um gêiser.

✦ ✦ ✦

Elizabeth ainda estava de joelhos, orando. Ela não podia parar de bater na porta do céu. Havia um fardo tão pesado em seu coração que ela não podia se conter. Era como se todo o seu ser estivesse ardendo de convicção.

— Jesus, tu és Senhor, e podes fazer o coração de Tony se voltar para ti. Então, seja o que for preciso, Senhor, eu confio em ti.

Nessa noite a mente de Elizabeth não ficou divagando como das outras vezes na oração. Quando sentia que as maneiras de pedir a Deus para alcançar Tony se esgotavam, ela agradecia a Deus por coisas como Missy e sua mensagem de texto.

— Senhor, quais são as probabilidades de Missy estar no mesmo lugar que Tony? De ela ter visto o que viu? Tu a colocaste ali por uma razão, e me fizeste saber desta informação. Eu te agradeço por isso e oro para que o uses para o bem de Tony. Oro para que tu não o castigues, se ele estiver fazendo algo errado comigo e com Danielle, mas que o capacites a fazer boas escolhas. Ajuda-o a se voltar para ti. Não permitas que o inimigo tenha vitória em seu coração. Senhor, faz o que for preciso para trazê-lo de volta à razão.

Não havia garantias na oração. Ela não podia saber se Deus faria algo milagroso ou mesmo se ele a havia ouvido. Mas pela fé ela creu que Deus não apenas ouvira, mas estava trabalhando no coração de Tony naquele exato momento.

✦ ✦ ✦

Tony tentou sair do banheiro por duas vezes, apenas para se ver obrigado a voltar e suportar outra série de reviravoltas no estômago e da perda terrível daquele jantar caríssimo. Ele se perguntou se Verônica podia ouvi-lo do lado de fora porque o barulho que ele fazia era qualquer coisa, menos romântico. Um homem havia entrado, mas saiu rapidamente quando ouviu Tony. Ele não podia culpar o sujeito.

Quando criança, Tony detestava até mesmo a ideia de vomitar. Certa vez, ele havia sentido a reviravolta em seu estômago tarde na noite, na cama, e correu pelo corredor para chamar sua mãe, depois correu de novo para o banheiro, enfiou a cabeça para fora da porta e lançou todos os biscoitos que havia comido no carpete. Essa era uma história que sua mãe adorava contar, e quando Danielle ia visitar sua avó, ela sempre lhe pedia para repeti-la — e ela e Elizabeth riam sem parar. Ele tinha de admitir que era uma história engraçada, mas a ideia de ficar tão doente assim o aterrorizava quando criança. Mesmo quando adulto, fazia tudo o que podia para evitar isso, e quando Danielle ficava doente, ele deixava que Elizabeth cuidasse dela.

Tony saiu para tomar um ar e secou os olhos. Que raios havia acontecido? Em um minuto ele estava bem e no minuto seguinte estava passando mal violentamente, como se um tornado tivesse atingido suas entranhas. Ele olhou para si mesmo no espelho. Parecia que havia passado por diversos *rounds* com um boxeador profissional. Ele lavou o rosto novamente e esperou até que o lugar parasse de girar, depois se recompôs e dirigiu-se à frente do restaurante.

Verônica estava esperando junto à porta, com um olhar preocupado no rosto.

— Você está bem?

O estômago dele deu mais uma revirada. Ele precisava chegar ao carro. Se pudesse simplesmente entrar e se sentar, ele poderia ficar bem.

— Verônica, sinto muito, mas preciso voltar ao meu quarto de hotel.

— Bem, eu posso ir com você.

— Não, quero dizer, não estou me sentindo bem. Preciso ir me deitar.

Ela fez um biquinho.

— Bebê, eu posso cuidar de você.

Se ela o tivesse ouvido no banheiro, não estaria tão ansiosa por acompanhá-lo.

— Não, tudo bem. Eu telefono mais tarde. Mas preciso ir agora.

Tony saiu lentamente, com o chão girando embaixo dele. Ele teve de fechar os olhos ao se aproximar do carro e respirar fundo. Olhou para trás, para Verônica. Ela estava se dirigindo ao seu carro parecendo magoada e confusa.

Elizabeth não tinha certeza de quanto tempo havia ficado em seu *closet*, mas chegou um momento em que ela sentiu que o trabalho estava feito. Ela quis ligar para Tony ou enviar uma mensagem de texto e perguntar com quem ele estava. Teve vontade de ligar para o hotel dele, ver se podia rastreá-lo e se podia mandar alguém bater em sua porta.

Talvez apenas uma mensagem, ela pensou. Algo como *Estou orando por você*. Não, isso seria lhe dizer que o estava vigiando. Ela queria depender totalmente de Deus e não queria se preocupar com aquilo a noite inteira. Ela estava colocando tudo nas mãos de Deus. Se Tony viesse à sua mente, ela oraria. Do contrário, precisava continuar seguindo em frente. Fazer as coisas que tinha de fazer.

Elizabeth lavou o rosto e esvaziou a secadora, levando a cesta de roupas para o seu quarto. Enquanto despejava as roupas na cama para dobrar, Danielle entrou, já de pijamas.

— O que aconteceu com o seu *closet*? — ela perguntou.

Elizabeth sorriu, sentou-se ao pé da cama, depois fez um gesto para Danielle sentar-se ao seu lado. Danielle obedeceu. Ela estava ficando tão grande, tão crescida. Eles só tinham mais oito anos com ela — não, menos que isso. Ela logo iria para a faculdade e depois conheceria um rapaz e se casaria, dando início a uma família.

— Estou fazendo uma coisa que eu deveria ter feito há muito tempo — disse Elizabeth. — Estou aprendendo a orar, a guerrear e a confiar.

Danielle olhou como se estivesse tentando digerir as palavras de sua mãe.

— Limpando o seu *closet*?

— Não. Bem... sim. Mas não. Quero dizer... — Elizabeth tentou pensar na melhor maneira de ajudar sua filha a entender o que ela mesma havia acabado de entender. — Ele precisava ser arrumado, mas não foi por isso que eu o fiz. Fiz isso para guerrear em oração.

Um rosto franzido.

— Você está brigando com Deus?

— Não, não estou. Bem, às vezes eu brigo com Deus, mas não deveria porque ele sempre vence. Então estou orando para que Deus lute por mim, porque estou cansada de perder, mas não de Deus. Preciso perder nas minhas lutas contra Deus.

Elizabeth não estava se saindo muito bem na explicação. Ela tentou mais uma vez.

— Estou cansada de perder em outras áreas em que estou apenas brigando, mas continuo perdendo o tempo todo. É desgastante. Então estou aprendendo a não lutar contra Deus e a deixar que ele lute por mim, para que todos nós possamos vencer. Isso faz sentido?

Danielle franziu o rosto e deu uma olhada em sua mãe como se sua mente tivesse sido colocada em um liquidificador.

— Não.

— Sabe de uma coisa... — Elizabeth refletiu — eu não digo coisa com coisa quando estou cansada.

— Você deve mesmo estar cansada.

Elizabeth não conseguiu conter um sorriso.

— Vamos fazer um lanchinho noturno e eu tento novamente depois, tudo bem?

Danielle pulou da cama e correu para a cozinha. Elas fizeram uma vitamina de frutas, embora Elizabeth tenha batido o pé e se recusado a incluir jujubas ou calda de chocolate à mistura àquela hora da noite. Enquanto elas cortavam as bananas e acrescentavam as frutas vermelhas congeladas, o iogurte e um pouco de granola, Danielle perguntou:

— O papai está viajando de novo?

— Sim, ele teve de ir a Raleigh.

— Por que ele precisa viajar tanto?

— Faz parte do trabalho. É a vida de um representante de vendas.

— Eu gostaria que ele ficasse mais em casa — disse Danielle. — Mais ou menos.

— O que você quer dizer com "mais ou menos"?

— Gosto quando ele está em casa, mas não gosto quando vocês brigam.

Elizabeth despejou a vitamina em dois copos. Era uma mistura tão grossa que as colheres ficaram de pé.

— Também não gosto quando brigamos. E espero que isso mude em breve.

— Foi por isso que você esvaziou o seu *closet*?

— Mais ou menos.

— O que você quer dizer com "mais ou menos"? — Danielle retrucou.

Elizabeth riu. Que garota brilhante! Se ela e Tony pudessem simplesmente consertar suas vidas, teriam a oportunidade de vê-la crescer, juntos, e serem bons modelos para ela. Eles poderiam lhe mostrar o que é reconciliação.

— Danielle, eu não tenho sido a mãe que preciso ser para você. Tenho implicado com seu pai, tenho tentado fazer com que ele veja todas as coisas que fez de errado, e não tenho visto muitas das coisas que eu tenho feito e que são ofensivas. Então, pedi a Deus para me perdoar. Eu pedi a ele para entrar e limpar o meu coração, assim como eu fiz com o *closet*.

Danielle se concentrou em sua vitamina enquanto a mãe falava, engolindo colheradas da mistura gelada enquanto ouvia.

— Vou pedir perdão ao seu pai quando ele voltar para casa. Mas creio que eu também devo a você um pedido de perdão.

Danielle olhou para ela.

— Você quer pedir perdão a mim?

Elizabeth sorriu.

— Eu sinto muito, querida.

A testa de sua filha se enrugou.

— Você não fez nada de errado, mamãe. Você estava certa em ficar zangada com papai. Ele gritava muito com você.

— Eu estava certa em ficar zangada com algumas coisas que ele fez, mas não lidei com elas da melhor maneira. Deixei que a minha raiva me conduzisse. O que estou dizendo é que quero amar você e o seu pai como Deus me amou. Ele tem sido tão bom com todos nós. E quero mostrar esse amor a você e ao seu pai. Isso faz sentido?

Danielle não respondeu. Ela apenas deu mais uma colherada na vitamina, baixou a colher e dobrou os braços sobre a mesa diante de si.

Parte de ser um bom pai ou mãe era saber quando dizer alguma coisa e o que dizer, Elizabeth pensou. A parte mais difícil da criação de filhos era saber quando não dizer nada e ouvir.

Finalmente, Danielle olhou para cima, para sua mãe, com a expressão de algo que parecia ser remorso.

— Você não é a única que precisa aprender a amar assim.

— O que você quer dizer, meu amor?

— Eu não tenho sido a filha que quero ser também — o queixo da menina tremeu e seus lábios começaram a se agitar.

Elizabeth tomou sua filha nos braços e apertou-a contra o peito, enquanto Danielle começou a dizer algumas coisas que vinha guardando no coração. Pequenas coisas, coisas que ela havia dito, coisas que haviam acontecido na escola — todas elas acabaram saindo ali à mesa, e Elizabeth afagou sua cabeça, deixando-a falar. Enquanto Danielle confessava as coisas que havia guardado dentro de si, Elizabeth fechou os olhos e virou o rosto para o céu, sussurrando:

— Obrigada, Jesus!

As duas oraram juntas ali à mesa. Elas terminaram suas vitaminas e parecia que um peso havia sido retirado de sobre Danielle.

— Você poderia me ajudar a fazer uma coisa? — Danielle perguntou depois de lavarem a louça.

— Está ficando tarde, querida. O que é?

— Você poderia me ajudar a esvaziar o meu *closet*?

A pergunta fez Elizabeth querer chorar e gritar ao mesmo tempo. Ela quis telefonar para Clara na mesma hora e lhe dizer que elas tinham outra guerreira de oração para acrescentar ao pelotão.

— Sabe o que eu vou fazer — disse Elizabeth enquanto elas abriam espaço no *closet* da menina. — Vou encomendar um diário de oração igualzinho ao de dona Clara. Você gostaria disso?

Os olhos de Danielle se iluminaram e ela deu outro abraço em sua mãe.

Tony acordou com uma dor de cabeça terrível e com dor de estômago. Ele tropeçou pelo corredor até uma máquina de vendas e comprou uma soda para acalmar o tumulto em seu estômago.

Ele havia feito o pedido do prato para Verônica na noite passada e ambos comeram a mesma coisa. Ele se perguntou se ela havia ficado doente. Um telefonema rápido teria resolvido o mistério, mas ele decidiu não fazer isso.

Teria sido a comida? Talvez ele tenha tido uma virose. Nunca se sabe, com todos os germes que andam por aí. Alguém com gripe pode ter usado a mesma bomba de gasolina, ou pode ter sido a pessoa na fila do caixa no mercado — além disso, ele havia apertado centenas de mãos nos últimos dias.

Voltando ao seu quarto, ele assistiu às notícias e tomou a soda. Isso pareceu acalmá-lo um pouco. Ele tomou um longo banho quente e preparou-se para o dia. Verificou suas mensagens e a agenda em seu telefone. Ele não estava tão ocupado com chamadas de vendas, mas havia o bastante para mantê-lo na estrada por mais alguns dias.

Havia uma mensagem de Verônica. Ele verificou a hora e imaginou que estivesse dormindo quando a mensagem chegou na noite anterior.

Lamento que você não tenha se sentido bem. Espero que esteja melhor hoje. Você vai ficar em Raleigh? Ligue-me.

Ele clicou em Responder.

Devo ter contraído alguma virose. Sinto muito ter saído correndo daquele jeito. Preciso compensá-la.

Ele estava prestes a apertar "Enviar" quando outra pontada de dor o atingiu e ele correu para o banheiro. Algo estava mexendo seriamente com as suas entranhas. Alguns minutos depois ele voltou ao telefone e encontrou uma mensagem de Danielle. Ela havia usado o telefone de sua mãe.

Amo você, papai. Espero que você tenha um bom dia. Vejo você em breve.

Ele sorriu. Sua garotinha estava crescendo. E alguma coisa naquelas palavras o fez pensar no futuro dela. Ele havia crescido em um lar de pais separados. Seu pai saíra de casa e depois se divorciou de sua mãe. Ele e seu pai tinham algum relacionamento agora, mas Tony sempre havia sido mais próximo da mãe. Ele havia jurado que nunca faria um filho seu passar por aquilo. A vida já era dura o bastante com dois pais, principalmente com dois pais que brigavam tanto quanto ele e Elizabeth. Será que Danielle estaria melhor com os dois juntos ou separados? E como ela reagiria a uma nova mulher em sua vida, alguém como Verônica?

Ele voltou à resposta que havia escrito e apertou o botão "Deletar". Ele ligaria para Verônica mais tarde e explicaria o que acontecera.

O conflito que vivia em casa e a atração por Verônica só o haviam levado a mais uma situação que fermentava, como uma nuvem que pairava sobre ele. Um tipo de sentimento havia nascido em seu coração e o havia despertado na noite anterior, e era parte do motivo pelo qual ele não gostava de ir à igreja ou mesmo de falar com seu amigo Michael.

Ele havia prometido a si mesmo uma centena de vezes que pararia de roubar amostras. Na primeira vez, havia feito por engano. Uma caixa de remédios muito caros ficou presa no fundo da sua maleta de amostras, e o médico que as recebeu no escritório assinou o número recebido sem sequer olhar para o formulário. Ele apenas colocou a sua escrita ilegível nele e Tony seguiu em frente. Mais tarde, quando Tony inspecionou a maleta, encontrou a caixa. Ele disse a si mesmo que a devolveria ao médico na viagem seguinte, mas uma coisa levou a outra, e ele encontrou um sujeito que conhecia um sujeito, e a nota de cem dólares pareceu um bom pagamento. Estava pressionado por problemas financeiros na época e aquele dinheiro extra lhe dava uma medida de conforto que ele parecia não ter como conseguir de outro modo.

Mas aquele único incidente se transformou em uma segunda vez que não foi um acidente, e tudo pareceu aumentar a partir dali. Ele argumentava consigo mesmo que a empresa estava ganhando tanto dinheiro que eles nunca dariam falta de alguns vidros disso ou daquilo. Além disso, eles não estavam realmente lhe pagando o que ele valia, portanto essa era a sua maneira de tirar um pequeno bônus a mais. Na verdade, ele estava poupando a companhia de ter de pagá-lo, e também por não ter de pagar impostos. E o governo já estava recebendo mais do que merecia, no que dizia respeito a ele.

Tony fez o *check-out* no hotel, passando depressa pelo bufê de café da manhã sem pensar em comer nada. Ele dirigiu até seu primeiro compromisso no centro médico. Mesmo àquela hora da manhã, o lugar tinha intensa atividade. Ele abriu a mala, retirou as amostras que apresentaria e, olhando em volta no estacionamento, separou duas para si. Trancou o carro e entrou, lembrando os nomes da recepcionista e do médico que esperavam pela entrega.

Dona Clara

✦ ✦ ✦

Clara havia sido enérgica com Elizabeth e falado com grande convicção no dia anterior, e isso a incomodou. No meio da noite ela saiu da cama e escorregou até o chão.

— Oh, Senhor, aquela menina parecia uma criança sedenta ao lado de uma fonte de água. E ela pensa que sou um gigante espiritual, mas tu sabes como sou fraca e o quanto sou imperfeita.

— Guerreira de oração — ela sussurrou para si mesma, e depois sorriu. — Tu sabes que não sou isso. Sou apenas alguém que chegou ao fim de suas forças e da sua capacidade de consertar as coisas.

Havia duas coisas pelas quais Clara havia orado por décadas que não haviam mudado. Esse fato não a fez parar. Eram pessoas que constavam em sua lista de oração desde a primeira vez que fez uma lista. Ela apenas copiava os nomes de uma página desgastada e manchada pelas lágrimas para outra e continuava orando, continuava pedindo a Deus para intervir na situação. Continuava crendo que ele estava operando.

Clara queria falar com Elizabeth sobre confiar no Senhor de todo o coração, mas haveria tempo para isso. Ela sabia que a confiança era parte essencial da oração. Mas como ela poderia transmitir isso a alguém que estava apenas começando? Ela queria dizer a Elizabeth que se você for a Deus com um bom plano, provavelmente sairá frustrado. O trabalho do cristão era ir a ele com o coração rendido. Ir de mãos vazias todas as manhãs, não para receber o que quer, mas para receber tudo o que Deus é e o que *ele* quer *para* você.

Clara recebeu um telefonema de Cecília pela manhã. Alguém que conhecia um funcionário da delegacia havia telefonado para outro alguém e o boato se estendeu até a casa de Cecília.

— O que aconteceu com você, Clara? Por que você simplesmente não deu o dinheiro àquele homem?

— Querida, se você estivesse comigo no meu tempo de oração, ontem de manhã, saberia por que eu o enfrentei.

— O que você está dizendo agora? Vamos lá, conte-me.

— Eu estava lendo em Lucas sobre o homem que vivia pelos túmulos. Sabe, aquele homem cheio de demônios. As pessoas da cidade o acorrentaram para impedi-lo de agir. Jesus veio e o encontrou e lhe falou com autoridade. Ele disse àqueles demônios que o tempo deles havia acabado. E eles obedeceram, porque Jesus é o Rei dos reis e o Senhor dos senhores. Seu poder é impressionante.

— Clara, detesto informá-la, mas você não é Jesus.

— Eu sei disso. Mas quando aquele jovem saltou e mostrou a faca, eu pude ver em seus olhos: ele era exatamente como aquele homem dos túmulos. Então eu fiz uma daquelas orações relâmpago: "Senhor, mostra-me o que fazer". E a resposta veio: "Diga a ele o nome que está acima de todo nome". Então eu o fiz. E se ele não tivesse fugido, eu teria lhe dado a Bíblia que tenho em minha bolsa.

— Você poderia estar morta e dura como um pedaço de madeira agora. Sabe disso?

— Hã-hã. Você está certa quanto a isso. Mas eu prefiro falar o nome de Jesus. E tenho orado para que Deus siga aquele jovem e para que ele ouça as palavras de vida.

— Lembre-me de não ir à cidade com você, amiga.

As duas riram, mas Clara não conseguiu evitar pensar em Elizabeth. Ela tinha cadeias no coração. O inimigo estava atrás dela e de sua família. Mas naqueles momentos na sala de estar de Clara, ela vira uma centelha de fé e soube que Elizabeth estava prestes a desatar o poder de Deus em sua família. Aquele problema que ela enfrentava era uma oportunidade para Deus trabalhar. Mas Clara sabia que, às vezes, Deus permite que as coisas piorem antes de melhorarem.

CAPÍTULO 10

✦ ✦ ✦

Elizabeth sentiu uma pequena esperança invadir sua alma no dia seguinte. Ela não havia tido notícias de Tony e não estava certa se Deus estava fazendo algum progresso com ele, mas ela vendera uma casa a um jovem casal que lhe lembrava muito Tony e ela quando estavam começando. Entregar as chaves a uma família e entrar pela porta da frente com eles era o ponto alto na profissão de corretor.

Danielle havia se dedicado totalmente à equipe de pular corda e estava se esforçando muito nos exercícios de condicionamento físico e em vários truques da sequência que eles apresentariam. Jennifer, Joy e Samantha eram meninas muito talentosas, e a maneira como a equipe trabalhava em conjunto era incrível. Elizabeth as observava das arquibancadas no centro comunitário e torcia enquanto elas pulavam. Por diversas vezes Danielle olhava para ela, sorrindo por ter sua mãe ao lado da quadra.

Qualquer empreendimento que valesse a pena, qualquer objetivo ou resultado desejado, exigia um trabalho em equipe. Danielle estava aprendendo lições valiosas sobre a importância da prática e da tenacidade para se perseverar em qualquer coisa na vida, assim como Elizabeth estava aprendendo sobre a oração.

Elizabeth esperava Tony em casa no dia seguinte, e ela havia orado cedo naquela manhã para que Deus permitisse que ela falasse gentilmente com ele quando o visse, e para que Tony sentisse o amor dela por ele em meio aos problemas que enfrentavam. Não que ela estivesse fingindo, mas que ele sentisse amor genuíno e compreensão da parte dela.

Quando ela colocava algumas coisas no quarto de Danielle mais tarde, Elizabeth entrou no *closet* de sua filha. Ela parou quando viu duas folhas de cartolina pregadas à parede. Uma dizia simplesmente *Jesus me ama*, mas foi a outra que tirou seu fôlego. Era uma lista de oração com um quadrado vazio diante de cada pedido. Ela dizia:

Querido Deus,

☐ Ajuda meus pais a se amarem novamente.

☐ Ajuda-me com os exercícios de pular corda.

☐ Vende a casa da dona Clara para uma boa família.

☐ Mostra-me como amar mais a Jesus.

☐ Dá-me maneiras de ajudar as pessoas necessitadas.

Elizabeth colocou uma mão em seu coração e sorriu. Deus já estava respondendo suas orações acerca de Danielle. Ele a estava atraindo para si, mesmo com pais imperfeitos. Não, na verdade Deus estava *usando* as dificuldades que eles estavam enfrentando para atrair Danielle — e se ele podia fazer isso com uma pessoa tão jovem, certamente podia fazer isso com a própria Elizabeth também.

— Senhor, obrigada — Elizabeth sussurrou. — Obrigada por tua misericórdia e por tua bondade. Obrigada por me responderes. E ajuda-me a focar nas coisas que eu posso te ver fazer em vez de focar nas coisas que não posso ver.

Não havia nenhum movimento com relação à casa de Clara, nem visitas de possíveis compradores, nem telefonemas, apenas alguns contatos pela internet. Pela primeira vez em sua carreira de corretora, Elizabeth se sentiu bem com a falta de interesse na casa de um cliente. Isso queria dizer que ela podia passar mais algum tempo com sua amiga e conversar sobre a vida com duas xícaras de café entre elas. Ela nunca havia gostado tanto da venda de uma casa, e se perguntava o que aconteceria quando Clara finalmente se mudasse.

Ela dirigiu até à casa de Clara e as duas se sentaram na varanda da frente e falaram sobre o que havia acontecido desde que elas haviam estado juntas no dia anterior. Ela contou a Clara sobre o progresso que sentia que estava tendo em sua vida de oração ao se aproximar de Deus. Ela realmente sentia que Deus estava se aproximando dela.

— Mas o mais impressionante é o que isso tem feito por Danielle — disse Elizabeth. — Ela fez perguntas. Ela começou a anotar os seus pedidos e alguns versículos. Eu comprei um diário de oração para ela — ela tem o seu próprio quarto de guerra!

A alegria no rosto de Clara quase a fazia brilhar.

— Veja, você já está influenciando sua filha. Isto pode mudar tudo para ela!

Elizabeth sorriu.

— Admito que quando comecei a orar ali, dez minutos pareciam uma eternidade. Agora tenho dificuldade até em querer sair.

— E esses momentos vão ficar cada vez mais doces. É como qualquer outra coisa que você aprende a amar. Quanto mais você se envolve com aquilo, mais o deseja. Deus ama ser buscado por nós, Elizabeth. E quando fazemos isso, ele ama aparecer de formas inesperadas. Ele diz em sua Palavra: "Vocês me procurarão e me acharão quando me procurarem de todo o coração".

— Bem, eu estou procurando. Por mim. Por Danielle. E principalmente por Tony.

— Estou orando por Tony também. A Palavra diz que onde se reunirem dois ou três em seu nome, ali ele está no meio deles. Então eu digo, vamos conspirar a favor de Tony.

Clara inclinou-se para frente e estendeu as mãos. Elizabeth tomou-as e elas se inclinaram e começaram a orar.

— Senhor Jesus, eu te agradeço por trazeres esta jovem mulher para a minha vida — disse Clara. — Eu te agradeço porque tu estás acima de todos os nossos problemas e porque tu és a resposta. Tu não és apenas aquele que tem as soluções, tu *és* a solução. Obrigada pelo teu Espírito Santo. Obrigada pelo teu sangue que nos lava e nos torna mais alvos que a neve. Obrigada por entrares em nossas vidas e por nos atrair a ti.

Elizabeth continuou a oração a partir desse ponto. Depois de alguns instantes, ela voltou sua atenção para Tony.

— Senhor, sei que Tony não é o meu maior problema. Sei que eu tenho os meus próprios problemas, e te agradeço por me mostrares quais são. Eu agradeço pela maneira bondosa como tu tens retirado essas camadas. Mas eu oro por Tony também. Peço-te que faças o que for preciso para atraí-lo para mais perto de ti.

— Isso mesmo, Senhor — disse Clara, quase interrompendo-a. — Eu concordo com a minha irmã! Creio que tu estás fazendo algo poderoso. E eu te peço que continues movendo, que continues despertando-o para si mesmo e para ti. E dá à minha irmã a capacidade de passar por isso com ele porque, Senhor, eu nunca vi um homem despertar que não tenha passado por algo difícil. Então faz a tua obra, faze-a no teu tempo, e ajuda-nos a ser fiéis enquanto tu fazes o teu trabalho.

Elizabeth colocou Danielle na cama e adormeceu lendo outro capítulo de seu livro sobre casamento.

Ela sonhou que os três — Tony, Danielle e Elizabeth — estavam em um carro passando por uma ponte frágil, sem qualquer mureta de proteção. A ponte estava congelada e quando a parte de trás do carro derrapou, ele mergulhou nas águas gélidas. Elizabeth conseguiu puxar Danielle do assento de trás e colocá-la em segurança, mas quando tentou resgatar Tony, ela não conseguia chegar até ele. Ele respirava com dificuldade em busca de ar, preso dentro do carro que afundava.

Ela despertou, com o coração batendo violentamente, o livro ainda em suas mãos. Será que isso era alguma espécie de sinal? Algum aviso de Deus? Ela sabia que não podia voltar a dormir, então se retirou para o seu *closet* e começou a falar com Deus sobre o sonho, sobre seus medos de que Tony estivesse envolvido com alguém — ela derramou todos aqueles sentimentos diante de Deus. Ela leu a Bíblia, olhou os versículos que Clara lhe havia dado e então sentiu seu coração se acalmar. Ela não tinha de resgatar Tony. Esse não era o seu trabalho, mas sim ser fiel ao que Deus a havia chamado para fazer.

Esse pensamento a colocou em uma boa direção e ela começou a agradecer a Deus pelas coisas que ele já havia feito. Logo, ela estava falando sobre Danielle, agradecendo-o pela maneira como sua filha estava sendo atraída para mais perto do coração dele.

A próxima coisa de que Elizabeth se lembra foi de ouvir uma campainha. Seria algum anjo tocando um gongo em sua cabeça? Será que Deus permitia que pessoas ouvissem sinos do céu quando estavam tão profundamente envolvidos na oração? Ela abriu os olhos e viu uma luz vindo da janela do quarto. Sua cabeça estava apoiada contra o canto do *closet* e seu pescoço estava rígido e dolorido.

Elizabeth sentou-se ereta e olhou para o relógio. Ela havia passado a noite inteira no *closet*! Ela correu para a porta e abriu-a, encontrando um entregador vestido com um uniforme marrom e segurando um pacote.

— Oh, olá — disse Elizabeth, respirando fundo no rosto dele.

O homem virou-se com uma expressão estranha.

— Oi! Hum, olá. Eu só preciso que a senhora assine a entrega deste pacote.

Elizabeth colocou-se ao lado dele e observou o que ele estava entregando.

— Muito obrigada — ela assinou o documento e disse — isto é um presente para minha filha e não posso esperar para dá-lo a ela.

O homem pegou o documento assinado e forçou um sorriso.

— Bem, espero que ele a deixe sem fôlego — ele entregou a ela o pacote e correu rapidamente para o seu furgão, dizendo:

— Tenha um bom dia, senhora.

Elizabeth fechou a porta, examinando-se no espelho da entrada, vendo a maquiagem manchada e os cabelos desalinhados.

— Oh! — disse ela, indignada com a própria aparência. Ela posicionou uma mão em forma de concha sobre a boca e baforou, e mal pôde suportar o hálito matinal. Fedorento era a palavra certa. Aquele era apenas um dos riscos de dormir no *closet* de oração.

✦ ✦ ✦

Em vez de detestar os quilômetros que acrescentou à quilometragem de sua SUV, Tony apreciou o trajeto. Ele tinha tempo para pensar, tempo para processar o que estava acontecendo em sua vida. Ele ouviu a rádio esportiva pela manhã para ficar a par das últimas notícias. Ele amava ouvir música alta quando se cansava e seus olhos começavam a ficar pesados. O café em diversas lojas ao longo da estrada também ajudava. Ele até ouvia estações com programas de autoajuda que o encorajavam a procurar subir mais alto e ser quem ele queria ser. Ele podia fazer um curso inteiro dirigindo de um local ao próximo simplesmente ouvindo os palestrantes falarem sobre como fechar um negócio, como ser positivo, cultivar contatos e olhar as pessoas nos olhos. Havia até motivadores espirituais que falavam muito sobre Deus querer o melhor para cada pessoa. Todos esses faziam com que ele se sentisse melhor interiormente. Havia muitas maneiras de uma pessoa melhorar a si mesma — tudo disponível ao toque de um botão.

O que ele não podia melhorar era o seu casamento. Isso era um fato. Não havia nada que pudesse consertar o que estava quebrado. E ele sabia o que aconteceria quando chegasse em casa. Elizabeth faria perguntas e faria com que ele sentisse que precisava sair novamente. Não havia nada pior do que voltar para casa e constatar que você só quer sair dela.

Por alguma razão, ele não havia conseguido ligar de volta para Verônica. Ele não sabia por que, apenas alguma coisa dentro dele lhe dizia para esperar. Talvez a maneira como ela havia se jogado para ele que havia sido demitido por roubar de seu empregador? Tantas perguntas. Sim, Tom estava certo — ele deveria ter pensado em tudo isso antes de pegar até mesmo uma única caixa de remédios.

Danielle não entenderia por que o papai estava andando pela casa tanto tempo. E Elizabeth... a distância entre eles só aumentaria.

Ele olhou pelo retrovisor e viu o prédio desaparecer na distância. Em vez de tomar o caminho familiar para casa, ele dirigiu sem destino pela cidade. Acabaram-se os dias na estrada. Acabaram-se as reuniões. Acabaram-se os bônus. Tudo que ele tinha era um bom seguro de vida que sustentaria Elizabeth e Danielle e outro seguro que pagaria pela casa. Ele valia mais morto do que vivo.

Quando Elizabeth saiu da casa de Clara, ela verificou seu telefone e viu que Tony havia deixado uma mensagem. Algo sobre deixar Danielle na casa de Jennifer. Ele havia dito que ficaria com a filha e ali estava ele, deixando-a de lado. Provavelmente indo trabalhar. Era lá que o coração dele estava. Elizabeth gostaria que ele investisse tanta energia em sua casa quanto investia em seu trabalho.

Ela afastou-se da casa de Clara e outro pensamento lhe ocorreu. Se Tony estava no trabalho, ele agira de modo responsável ao levar Danielle para a casa de alguém. E ela era grata pelo esforço que ele fazia enquanto trabalhava, pela maneira como ele cuidava de sua família. Havia muitos homens que não pareciam se importar em trabalhar para ganhar a vida e ser bem-sucedidos. Em vez de pensar negativamente, ela mudou sua mentalidade e fez um roteiro diferente para seus pensamentos.

— Senhor, Tony tem um longo caminho a seguir, mas tu destes a ele o desejo de trabalhar duro e eu te agradeço por isso. Obrigada porque ele se importa conosco. Vou escolher olhar o que ele tem feito em vez de olhar para todas as coisas que ele não tem feito. Obrigada por me ajudares a ver isso hoje. Oro para que tu o abençoes hoje e o ajudes a fazer bem o seu trabalho.

Esse era o tipo de coisa que estava começando a acontecer. Em vez de seu coração se afastar do seu marido, ele estava se aproximando dele.

Ela ligou para a mãe de Jennifer para dizer que estava indo para casa, e Sandy se ofereceu para deixar Danielle em casa. Estava chovendo muito quando Elizabeth chegou em casa e estacionou na garagem. Ela perguntou a Danielle aonde Tony havia ido e ela disse alguma coisa sobre um telefonema de seu chefe.

Havia louças na pia e algumas coisas ainda no fogão. A porta da garagem fez um barulho.

— Oh, já consigo ouvi-lo chegando — disse ela.

Danielle olhou para o livro que estava lendo.

— Ele quis ver o meu diário.

— Você o mostrou a ele?

Ela sacudiu a cabeça.

— Por que não?

— Porque há coisas ali sobre ele. Coisas pelas quais estou orando e pedindo a Deus.

— O que você está pedindo, amorzinho?

— Você sabe. Que vocês dois parem de brigar. Que ele possa passar mais tempo conosco. Que ele...

— Que ele o quê? — Elizabeth percebeu que Danielle estava usando uma camiseta que dizia *Amor*, a rosa com mangas roxas com a palavra escrita com letras brilhantes.

— Que ele faça as pazes com Deus outra vez. Parece que eles eram amigos, mas agora parece que não são.

Quando Elizabeth conseguiu falar, ela disse.

— Acho que esta é realmente uma oração maravilhosa.

Ela sentou-se ao lado de Danielle e abriu uma revista. Se Tony não havia comido antes de sair para o trabalho, ele provavelmente estava com fome. Ela poderia fazer uma omelete para ele em alguns minutos. Quando ele não entrava imediatamente quando a porta da garagem se fechava, ela se perguntava se havia alguma coisa errada com o carro. Ou talvez ele estivesse ao telefone com a mulher misteriosa de Raleigh.

Ela fechou os olhos. *Não, Senhor, não vou permitir que a minha mente corra nessa direção. Vou confiar e me apegar em ti em vez de pensar no pior.*

Tony entrou e foi imediatamente para o quarto.

— Oi — ela disse calorosamente.

Ele não respondeu. Nem um aceno ou um gemido. Ele só passou por elas e foi para o quarto.

Como posso olhar para isto de maneira positiva? Ela pensou. *Senhor, ele precisa de mim? Devo entrar ali ou devo apenas deixá-lo a sós?*

Ela pensou em algo que Clara havia lhe dito.

— Comece a tratá-lo como ele quer ser tratado, não da maneira como você se sente amada. Tony é um homem e às vezes você precisa se colocar no lugar do outro. Comece a amá-lo assim e você lhe mostrará que o seu coração está voltado para ele.

Quando Elizabeth estava passando por algum momento difícil ela precisava ficar sozinha, fechar a porta e tomar um banho, ou tirar uma soneca ou ler. Simplesmente se afastar de tudo. Mas pelo menos nos primeiros dias do casamento deles, Tony havia tido necessidade de compartilhar sobre os altos e baixos da vida. Ele descarregava nela. E Elizabeth não tolerava bem isso, era algo que a assustava. Talvez ela pudesse mudar um pouco o rumo das coisas.

Decidindo se arriscar, ela entrou pela porta aberta do quarto.

— Tony?

Ele estava de costas para ela, tirando as coisas da mochila sobre a cama. Ela podia ver pelo comportamento dele que havia algo errado, mas não podia ver o seu rosto. Haveria fogo em seus olhos? Ela havia feito alguma coisa?

Antes que ela pudesse falar, ele disse:

— Para começar, eu não quero que você tenha pena de mim, está bem?

Agora ele se virou e olhou para ela, com os músculos retesados, o rosto cheio de raiva ou dor.

— Porque eu realmente não estou disposto a falar sobre isto agora.

O nível de raiva dele a chocou. O que poderia ter acontecido? Ela se controlou, e no tom mais conciliador e cuidadoso possível, disse:

— Tony, o que está acontecendo?

Ele tirou a gravata como se ela fosse um nó em volta do seu pescoço.

— Acabo de perder meu emprego. — Ele bateu com a gravata na cama e voltou à sua mochila.

Elizabeth respirou fundo e tentou permanecer calma. Ela não podia imaginar como havia sido a reunião — seria um corte de despesas da empresa? Será que ele havia sido demitido por outra coisa? Não importava. O que importava era que seu marido estava sofrendo. Ele provavelmente estava fazendo milhões de perguntas sobre o futuro.

— Está bem. Simplesmente vamos fazer o que tivermos de fazer — disse ela, tentando parecer comedida e controlada, apoiando-o.

— O quê? Nenhum comentário sarcástico? — ele perguntou. Ele tinha aquele olhar no rosto, aquela expressão desconcertada de "o que foi que você disse?"

— Tony, acredito que vamos ficar bem — ela disse isso com toda a confiança que podia arrancar de dentro de si. Naquele instante ela não tinha certeza de que eles ficariam bem. Mas tinha de dar alguma coisa a ele.

Tony virou-se, com o rosto torcido de raiva.

— Liz, você me ouviu, não? Acabo de ser despedido. — Ele jogou a cabeça para frente para dar um ponto de exclamação à frase. — Então isso significa que não temos mais renda, nem carro da empresa, nem seguro saúde. Não podemos sequer viver mais nesta casa.

Ali estava a verdade nua e crua. A mente dela girou e ela esfregou o pescoço, tentando pensar depressa.

— Eu entendo. Ouça, eu vou procurar algumas novas propriedades enquanto você procura outro emprego, tudo bem?

Tony olhou para ela, com um olhar vago que parecia manter os dois incrédulos.

— Então isso é tudo? Você vai simplesmente seguir em frente?
— O que mais devo fazer?

Tony analisou os olhos dela por um instante, depois virou as costas e continuou esvaziando a mochila.

— Às vezes não entendo você, Liz.

Elizabeth ficou quieta. O que ele precisava ouvir dela? O que acontecia no interior de um homem para quem tudo em que sua vida se fundamentava havia sido puxado de debaixo dos seus pés? Sim, ele estava com medo. Apavorado, até. Mas se Deus era por eles, se Deus cuidava dos dois, o que aquela perda de emprego poderia fazer? Deus não era maior do que aquele problema?

Sim, ele era. Ela não podia dizer isso naquele instante, é claro. Não era a hora nem o lugar certo. Mas era verdade. E parte dela se perguntava se, por acaso, toda aquela situação, fosse ela qual fosse, na verdade podia ser usada para o bem na vida deles.

— Vou começar a fazer o jantar — disse ela.

As pimentas e cebolas cortadas. A omelete. Ela podia fazer isso para ele. Ela simplesmente faria a próxima coisa, daria o próximo passo. O que mais ela podia fazer?

Deus, por favor, ajuda-me a amar meu marido neste instante e a ser forte por ele. Ajuda-me a confiar em ti e não no que posso ver. Ajuda-me a não depender do meu próprio entendimento. Ajuda-me a não entrar em pânico, mas a confiar totalmente.

Dona Clara

✦ ✦ ✦

O TELEFONEMA VEIO TARDE naquela noite, quando Clara estava se preparando para deitar. Ela estava sentada à mesa da sala de estar, lendo o livro de Filipenses, quando Elizabeth ligou para contar as notícias sobre a perda do emprego de Tony. Clara ouviu e fechou os olhos, fazendo uma oração silenciosa de *agradecimento* a Deus. Ela havia passado por esse tipo de coisa muitas vezes, a ponto de aprender que deveria agradecer.

— Estou orgulhosa de você por reagir assim com seu marido — disse Clara. — Isso mostra que Deus está trabalhando em seu coração e que Tony percebeu a diferença, não foi?

— Com certeza — Elizabeth concordou, com a voz entrecortada.

— Vou dizer uma coisa que vai parecer um pouco estranha a princípio.

— Está bem — disse Elizabeth com hesitação.

— Às vezes os melhores presentes que Deus nos dá não são os momentos de facilidade, quando tudo acontece do modo que esperamos. Os melhores presentes são os tempos difíceis, quando a sua vida é reduzida a duas boas perguntas: por que tudo isso? Por que estamos aqui? Às vezes é um diagnóstico médico. Às vezes é uma porta que se fecha quando alguém que você ama vai embora. Pode ser uma conta que você não pode pagar. E a princípio você pensa que a resposta será a cura ou a volta do ente querido ou uma pilha de dinheiro caindo direto do céu. Ora, eu não sou contra a cura. Sou a favor dela. E sou a favor da reconciliação. Se Deus abrir as comportas do céu e fizer chover notas de cem dólares, eu vou pegar um cesto e recolhê-las como se recolhe o maná.

Elizabeth sorriu, embora Clara imaginasse que lágrimas estivessem descendo pelo seu rosto naquele momento.

— Mas eis o que descobri depois de andar com o Senhor por muito tempo, Elizabeth: Deus não está interessado em me deixar confortável ou feliz. O objetivo dele é me tornar santa, como o seu Filho é santo. E eu nunca conheci um seguidor de Jesus que não tenha encontrado algum sofrimento e dor. Deus não nos diz para trilhar um caminho de espuma. Ao contrário, o caminho é pedregoso e difícil. Você pode fugir e tentar encontrar um caminho mais fácil, mas no fim das contas Deus a conduz pelos espinhos e pelo vale da sombra da morte. Mas eu lhe asseguro que, se você confiar nele, ele a conduzirá aos pastos verdejantes e às águas tranquilas. Não apenas quando você chegar ao céu, mas agora. Paz e contentamento em meio à tempestade. No meio da decepção, do medo e da ira.

Clara deixou que aquelas palavras se calassem no fundo do coração de Elizabeth. Ela podia ouvi-la soluçando suavemente do outro lado da linha.

— Agora tenha bom ânimo. Anime-se. Os tempos maus são, na verdade, os tempos bons disfarçados. E eu vou ficar de joelhos esta noite e pedir a Deus para entrar em cena. Deus está andando com você, Elizabeth. Não se esqueça disso.

— Não vou me esquecer, dona Clara.

CAPÍTULO 12

✦ ✦ ✦

Tony estava no escuro quando ouviu a voz de Elizabeth, distante, mas clara. Ela estava com problemas. Ele levantou-se, esforçando-se para ver onde estava... Seria um armazém? Havia caixas e containers ao redor da sala mal iluminada e uma espécie de névoa obscura. Ele correu em direção à voz de Elizabeth, mas pareceu ir na direção errada. Ele mudou para a direita, depois voltou novamente. Quanto mais ele se aproximava, mais medo podia sentir na voz dela.

Ele avistou um corredor e depois, do outro lado, ele a viu. De camisa branca, jeans escuros e ao lado dela um homem enorme de capuz preto. Ele correu na direção deles enquanto o homem deu uma guinada e derrubou-a no chão.

Ninguém fazia isso com sua esposa! Ninguém a machucava assim!

Com toda a força que ele tinha construído ao longo dos últimos anos com a musculação, os exercícios, os jogos de basquete e as corridas, Tony correu na direção dos dois. Ele simplesmente iria derrubar o sujeito. Ele cairia em cima dele e o pararia como um zagueiro indefeso que não tinha condições de saber que havia um jogador da defesa pronto para esmagá-lo.

— Tony! — Elizabeth gritou. — Ajude-me! Por favor!

Seu coração bateu mais depressa e suas pernas pareciam ser de chumbo. O que ela estava fazendo ali, naquele lugar? O que *ele* estava fazendo ali? Ela lutava para se livrar do homem, mas ele era grande demais, forte demais. Seria o ladrão da travessa? Será que ele a havia encontrado e a levado para lá?

— Tony! Por favor! Não, não! Tony!

O homem se aproximava de Elizabeth, com as costas voltadas para Tony enquanto ele avançava, ganhando ímpeto, com a cólera alimentando-o à medida que crescia dentro de si. O agressor levantou uma mão para atingir sua esposa e Tony não pôde acreditar. Por que alguém atacaria Elizabeth? Por que alguém iria querer feri-la?

Tony voou em direção ao homem, mas em vez de atacá-lo, ele o virou de frente com toda força que conseguiu reunir. Então ele recuou horrorizado. O homem que estava de pé sobre Elizabeth, o homem que a havia derrubado, o homem que estava prestes a atacá-la novamente... era ele mesmo. Ele estava olhando para o seu próprio rosto ameaçador. Tony não podia acreditar, não conseguia processar a visão que estava diante de si. Como era possível?

Antes que pudesse reagir, Tony sentiu o ar desaparecer de seus pulmões quando uma mão agarrou sua garganta e apertou. A mão não apenas bloqueava o ar, como o aperto era tão forte que o fluxo de sangue diminuiu e ele corria o risco de desmaiar. Esforçando-se para se libertar, Tony tentou desesperadamente retirar a mão. Como isso não funcionou, ele tentou dar alguns socos, mas eles eram fracos e ineficazes contra a força que agora estava concentrada nele.

De algum modo, com uma girada da cabeça, Tony virou-se e desferiu um soco feroz que acertou direto no rosto do homem. Os dois caíram ao chão e lutaram, o agressor ganhando vantagem e ficando em cima de Tony. O homem socou outra vez e mais outra, deixando Tony indefeso — ele tentava se proteger, tentava bloquear os punhos do homem, mas cada vez que um soco acertava, ele ouvia uma trituração nauseante. Devia haver sangue por toda parte.

À luz difusa, o agressor — o outro Tony — recuou a mão direita e se preparou para dar o golpe fatal. Desenhado como uma silhueta contra a luz escassa da sala, o homem soltou o golpe e Tony fechou os olhos firmemente, esperando pela dor, esperando pelo impacto.

O impacto veio sobre o ombro de Tony. Ele despertou assustado, no chão ao lado da cama. Todo o seu corpo tremia com o sonho. Ele olhou para baixo e percebeu que suas pernas estavam enroladas firmemente nas cobertas, um sinal de que ele havia estado se virando e revirando durante o sono.

Que raios foi aquilo? Ele pensou. *Foi tão real.*

Seu coração batia tão rápido como se ele tivesse corrido uma corrida de cem metros. Ele disse a si mesmo para se acalmar, havia sido apenas um sonho. Mas a sensação não queria desaparecer. Tony era a pessoa que estava em cima de sua esposa, ferindo-a. Ele pensou que ela o estava chamando para socorrê-la, mas ela estava apenas tentando fazê-lo parar. Ele fechou os olhos. Não conseguia esquecer a imagem do outro Tony jogando Elizabeth ao chão e atacando-a.

Ele se esforçou para sair das cobertas e se levantou, permitindo que seus batimentos cardíacos se acalmassem. Havia luz do lado de fora. Por quanto tempo havia dormido? Ele olhou o relógio, que marcava 7:14. Tentou se lembrar da noite anterior — ele havia caído na cama, física e emocionalmente esgotado.

Elizabeth não estava no quarto agora. Ele gostaria de conversar com ela, de vê-la — apenas se certificar de que ela estava bem. Talvez o sonho fosse algum tipo de aviso? Talvez ela estivesse sendo assaltada pelo sujeito que a havia atacado na travessa? Mas o sujeito no sonho era ele mesmo.

Ele percebeu alguma coisa presa ao espelho sobre a penteadeira de Elizabeth. Um bilhete com a letra de Elizabeth. Ela sempre teve uma caligrafia perfeita. Ele se lembrou dos bilhetes escritos à mão que ela costumava enviar para ele e do sentimento que ele tinha ao ver o seu próprio nome escrito pela mão dela.

Fui trabalhar cedo. Você pode levar Danielle ao treino às dez da manhã? Liz.

✤ ✤ ✤

Tony olhou seu rosto no espelho. Ele flexionou o maxilar — quase parecia que havia recebido um soco. Mas isso era loucura. Foi apenas um sonho.

Ele foi até seu armário para encontrar sua bolsa de ginástica, mas ela não estava ali. Ele tentou pensar onde a havia colocado por último e perambulou pela sala de estar. Ele não a havia deixado no carro, tinha certeza.

Danielle estava sentada à mesa da cozinha mastigando seu cereal favorito e lendo as informações da caixa. Era uma daquelas marcas genéricas que imitavam a marca nacional, mas custava a metade do preço. Eles iam comer muito destes de agora em diante. Seu diário estava aberto no sofá do outro lado da sala. O que havia naquele diário que a havia cativado? Provavelmente, era uma fase que ela estava atravessando, como a fase da boneca cara e a fase do cavalo de brinquedo caro, com o curral e o celeiro de brinquedo caro que custava mais que um celeiro de verdade. Tony se deu conta novamente de que não tinha um emprego, e quem iria contratar alguém que havia enganado o próprio chefe? Não haveria mais bonecas ou cavalos caros naquela casa.

— Danielle, você viu a minha bolsa de ginástica?

Ela olhou para cima. Nada de *Bom dia* ou *Oi papai* ou algo assim. Ela só disse:

— Não, senhor.

As palavras da menina o perturbaram, mas ele espantou aquele sentimento e voltou ao seu quarto, tentando relembrar os últimos passos. Talvez Elizabeth tivesse colocado a bolsa no *closet* dela. Ela estava sempre arrumando, mudando as coisas de lugar para que a casa parecesse menos entulhada.

Ele abriu a porta do *closet* e congelou, olhando perplexo. Em vez de todos os vestidos, blusas, jeans, echarpes e suéteres delas e da coleção de sapatos que se equiparavam aos de uma rainha de um país distante, ele estava vazio. A princípio ele pensou que ela tivesse se mudado. Era o primeiro passo para abandoná-lo — foi nessa direção que a mente dele seguiu.

Então ele viu a almofada no chão do *closet* e a Bíblia. A única coisa nas paredes eram bilhetes colados. Ele pensou que fossem listas de tarefas, coisas que ela poderia precisar fazer no trabalho ou na casa. Então ele examinou-os um pouco mais de perto e viu que eram nomes — e havia versículos bíblicos escritos sobre os bilhetes com frases sublinhadas e palavras circuladas e destacadas com marcador.

Ele havia visto filmes nos quais o personagem principal descobria a vida secreta de um cônjuge. Ou um marido ou esposa havia enlouquecido e escrito coisas loucas em papéis que guardava em uma cabana na floresta. Será que Elizabeth estava ficando louca?

Ao estudar o conteúdo das mensagens, porém, ele começou a pensar de modo diferente. Parecia quase um plano de jogo espiritual de um técnico que queria vencer um time rival. Ou uma estratégia sobre como vencer uma batalha em uma guerra que ele nem sabia que estava sendo travada.

Um dos bilhetes tinha o nome de Danielle em cima da página.

Oro para que tu dês a ela um espírito de sabedoria e revelação no conhecimento de Cristo. Oro para que os olhos do coração dela possam ser iluminados para que ela saiba qual é a esperança do seu chamado, quais são as riquezas da sua gloriosa herança entre os santos, e qual é a incomparável grandeza do seu poder para aqueles que creem, de acordo com a operação da sua poderosa força.
— Efésios 1:17-19

Havia outros versículos e orações em favor do lar deles, por suas finanças, pelas pessoas da comunidade, pelos amigos e pela família estendida. Havia uma página intitulada *Cynthia e Darren*, e embaixo uma oração pelo casamento deles, pelas finanças, pelo emprego e pedindo sabedoria para o futuro.

Tony sabia que Elizabeth era uma pessoa espiritual. Ela levava Deus a sério, mas ele nunca a vira tratar aquilo tão seriamente assim. E a mudança na vida espiritual de Danielle obviamente se devia a ela seguir a direção de Elizabeth.

Ele inclinou-se para o bilhete que estava preso mais próximo à almofada, bem na altura dos olhos, se você estivesse ajoelhado. Ele leu as palavras escritas com a letra de sua esposa.

Senhor, eu oro por Tony, para que tu faças o coração dele se voltar para ti. Ajuda-me a amá-lo, e dá a ele um novo amor por mim. Abro mão dos meus direitos a ti como Senhor e peço que o abençoes à medida que ele te honrar e que o exponhas se ele andar no engano. Edifica-o como o homem que pretendes que ele seja. Ajuda-me a apoiá-lo e respeitá-lo. Peço a tua ajuda para amá-lo. Em Cristo eu oro.

Tony ficou ali, perplexo. Era como olhar dentro da alma de outra pessoa. Ele sentiu-se quase envergonhado, como se estivesse olhando para algo que deveria estar escondido. Se Elizabeth pudesse abrir o *closet* dele, ver dentro da sua alma, o que ela encontraria? Que bilhetes ele estava acumulando? Ele não havia dito a ela sobre o motivo pelo qual fora demitido. Ele não havia dito nada sobre Verônica ou sobre qualquer das antigas paixões que ele havia pensado em procurar nas redes sociais. Uma comparação entre os *closets* do coração deles mostrava uma diferença atroz.

Tony analisou outra folha na parede. Era como uma "lista de compras", com pessoas e pedidos de oração em vez de alimentos, e algumas delas haviam sido marcadas, como se já tivessem sido respondidas. Cynthia havia recebido ajuda de uma igreja. Elizabeth e Danielle haviam se aproximado em seu relacionamento. A fome dela por Deus havia aumentado. Mas havia vários outros pedidos que ainda não tinham sido marcados.

Que Tony volte para o Senhor estava no topo. Abaixo desse item estava *Que o nosso casamento seja restaurado*. Aqueles dois itens o fizeram parar por um segundo. Elizabeth não havia implicado com ele por quase nada naqueles últimos dias. Ela havia se tornado mais silenciosa. Quando ele revelou as notícias sobre a perda do emprego, ela o apoiara em vez de acusá-lo ou atacá-lo com palavras. Isso teria acontecido, em parte, porque ela andava orando tanto?

Que a casa de dona Clara seja vendida. Este era um dos pedidos mais práticos da lista e que parecia provável que seria marcado em seguida. Tudo que tinha de acontecer era Elizabeth encontrar um comprador para que aquele pedido no papel fosse marcado. Os outros... Bem, ele não tinha certeza de como todos aqueles pedidos sobre ele e o casamento deles poderiam ser marcados como atendidos.

Tony ouviu um movimento atrás e virou-se para ver Danielle na porta do quarto segurando a sua bolsa de ginástica.

— Papai? Encontrei a sua bolsa ao lado da máquina de lavar roupa.

— Você pode colocá-la ali — ele disse.

Ela colocou a mala no chão e ia saindo.

— Danielle, quando foi que a mamãe fez isto no *closet* dela?

Ela pensou por um instante.

— Humm, há algumas semanas?

Tony voltou-se para as palavras que pareciam flutuar naquele espaço. No dia anterior ele havia pensado seriamente em algumas maneiras de como dar um fim à sua vida e dar à sua família estabilidade financeira. É claro que haviam sido pensamentos passageiros. Tony era um lutador, e ele não ia desistir. Ainda não, de qualquer forma. Mas ele se perguntava se havia alguma coisa que ele não havia considerado. Haveria uma saída diferente dos seus problemas e do buraco que ele havia cavado? Haveria uma possibilidade de que Deus pudesse perdoá-lo e dar a ele uma segunda chance?

— Papai, você vai me levar ao centro comunitário? — Danielle perguntou, quebrando a sequência de pensamentos dele.

Ele tomou um banho, vestiu-se e preparou o café da manhã. Danielle estava pronta para sair e sentou-se no sofá, escrevendo em seu diário enquanto ele comia. Enquanto eles dirigiam até o centro comunitário, ele pensou novamente em seu sonho e estremeceu. Os sentimentos que trazia consigo calavam fundo nos ossos e na alma.

O centro comunitário era um lugar cheio de atividades para filhos e pais. Diversas meninas praticavam as sequências de pular corda, nas quais duas pessoas batiam duas cordas e as saltadoras pulavam no meio. Tony havia pulado corda no treinamento físico e era muito ágil, mas aquilo exigia outro nível de coordenação, tempo e trabalho em equipe.

— A que horas termina o seu treino?

— Ao meio-dia — disse Danielle.

— Voltarei para buscar você nesse horário — ele disse.

Jennifer correu até Danielle e as duas caminharam até a equipe delas. Tony analisou o centro e viu Michael em seu uniforme azul dos paramédicos. Ele estava preenchendo alguma coisa no guichê dianteiro.

Havia tantas coisas girando no cérebro de Tony e a sua primeira opção era apenas guardá-las para si, proteger-se, guardar tudo lá dentro. Mas Michael era o tipo de sujeito com quem você podia conversar e não se sentir... bem, julgado.

— Michael? — Tony cumprimentou o amigo.

— E aí, cara? — Michael respondeu. — O que você está fazendo aqui?

— Vim trazer Danielle antes de ir para a musculação. Como vai?

— Estou renovando a minha matrícula. Depois vou tomar café e vou para o meu turno, irmão.

Tony pensou por um instante, combatendo a batalha de passar por cima de uma linha invisível em sua mente — a linha entre a vulnerabilidade e a autoproteção. Finalmente ele disse:

— Bem, olhe, você tem alguns minutos?

— Para você? Não, tenho coisas a fazer.

Tony olhou para ele. Então um grande sorriso surgiu no rosto de Michael.

— Estou brincando. O que é?

Eles pegaram cada um seu café e sentaram-se a uma mesa longe de todos os outros. Tony não sabia se deveria discutir a situação dele no emprego ou o que havia acontecido com Elizabeth. Ele decidiu pela última e explicou o que havia visto no *closet* de Elizabeth.

— Isso me deixou meio pirado — disse Tony.

— Então o *closet* inteiro estava vazio? — Michael perguntou.

— Sim, exceto pelos papéis na parede.

— E o que ela fez com as roupas dela?

— Michael, não sei. Estão em algum outro *closet*. Por que isso importa?

Michael inclinou-se para frente.

— Cara, não creio que você esteja entendendo como isto é importante. Quando foi a última vez que você ouviu uma mulher abrir mão de espaço no *closet*?

Tony franziu a testa e encolheu os ombros.

— Tudo que sei é que você pode brigar com a sua esposa e provavelmente se manter de pé, mas se Deus estiver lutando por ela, você pode lutar quanto quiser, mas a coisa não vai ficar muito boa para você.

Tony pensou um pouco, se perguntando se deveria falar sobre a perda do emprego, os problemas no casamento, todas as coisas que o oprimiam como um halter de mil quilos.

— Cara, eu gostaria que a minha esposa orasse por mim assim — disse Michael. — Além disso, eu poderia usar o espaço do *closet*.

Tony quis rir, mas seu coração não estava disposto.

Michael levantou-se.

— Preciso pegar o meu turno. Falo com você mais tarde.

Tony ficou sentado por alguns instantes pensando. Toda a sua vida havia estado ligada ao que ele fazia. Sua identidade era seu emprego e o bom vendedor que ele era. Uma vez que isso se fora, como ele se definiria? E se ele tivesse ficado com a Brightwell pelo resto de sua vida, será que teria alguma coisa mais do que tinha agora? Ele teria uma pensão, alguma espécie de aposentadoria e seguro, com certeza. Mas será que teria alguma coisa de valor durável? Será que teria uma esposa que o amava apesar de como ele agia? Será que teria uma filha que desejasse estar com ele?

Ele deu uma olhada no relógio e caminhou para o ginásio, onde Danielle e suas colegas de equipe treinavam. Ele parou no guichê da frente e chamou a atenção da recepcionista.

— Desculpe-me. Você pode dizer a Danielle que eu voltarei para pegá-la depois do treino?

A garota sorriu e pegou um pedaço de papel de uma pilha.

— É claro. Eu digo a ela. Com prazer.

Ele lhe agradeceu e foi para casa, com o rádio desligado. Estava calmo e silencioso quando ele entrou. Vazio. Era quase como se Deus estivesse mostrando-lhe como a vida seria se ele continuasse a viver do seu próprio jeito. Ele acabaria sozinho, separado das pessoas que amava, e o que é mais importante, das pessoas que realmente o amavam.

Que tolo ele havia sido. Dissera a si mesmo que trabalhava duro porque queria ser um provedor para sua família. A verdade era que ele queria apenas prover para si mesmo. Ele havia tomado a decisão de atirar-se de cabeça nas vendas, e quanto mais sucesso ele tinha, mais ele se atirava. Tudo isso o havia envolvido e nublado sua visão.

Quando foi que ele perguntou a Elizabeth o que ela queria? Quando foi que ele perguntou se podia fazer alguma coisa por ela? O que tornaria a vida dela mais fácil ou melhor? Ele sempre havia sido consumido pelo que estivesse na sua mente, quer fosse o trabalho ou a sua próxima viagem ou mesmo um grande jogo. Nunca era Danielle ou Elizabeth; ou o que lhes interessava ou o que as ajudaria.

Quando foi que ele orou por sua família? Esse pensamento o atingiu como um soco. Ele sempre havia pensado em si mesmo como uma pessoa boa e temente a Deus. Ele havia entregado a sua vida a Cristo anos atrás e lia a sua Bíblia. Além disso, sabia que a única vida realmente satisfatória estava em viver para Deus e em seguir a Jesus. Mas a atração inexorável da vida diária, os altos e baixos de uma carreira o afastavam paulatinamente da verdade. Ele podia ver isso agora.

A perda do emprego, a acusação de maquiar os números e a verdade do que havia realmente acontecido o trouxeram ao muro de tijolos que construíra diante de si mesmo. E o sonho que ele tivera na noite anterior também o confrontou. Ele nunca atacaria sua esposa. Tony jamais lhe faria mal ou descontaria sua frustração fisicamente, mas ele conseguia perceber que a havia ferido, que suas atitudes haviam sido semelhantes a um soco no estômago com cada escolha egoísta que fez.

Ele foi até o *closet* de Elizabeth e sentou-se em uma pequena cadeira olhando para as orações na parede. Os versículos. Os pedidos. As pessoas em sua vida. Tony nem reconhecia alguns dos nomes e por isso ele se sentiu envergonhado. Como sua esposa podia estar orando fervorosamente por pessoas quando ele nem sequer sabia quem elas eram?

Elas não são importantes.

Essas palavras lhe vieram suavemente, em seu coração. Essas pessoas não eram importantes — mas das pessoas que *eram* importantes, ele se lembrava. Ele anotava os nomes delas. Ele os memorizava, usava artifícios mnemônicos para garantir que soubesse que elas eram importantes. Então por que não fez isso com a mulher no centro comunitário que conhecia sua filha e Elizabeth?

Seus olhos pousaram na folha que Elizabeth havia escrito sobre ele, nas coisas que ela estava orando sobre sua vida. Ela orou para que ele a amasse e amasse Danielle, para que ele fosse honesto em seu trabalho, para que ele odiasse o seu próprio pecado. Ela nem sequer soubera que a vida dele havia sido exposta, não soubera do seu pecado, e era sobre isso que ela estava orando.

Odeie o seu próprio pecado.

Ele olhou as palavras. O que significava odiar o seu próprio pecado? Isso parecia tão espiritual, tão cristão. Mas isso era realmente o cerne de tudo, não era? Para que ele mudasse, precisava primeiro enxergar as maneiras pelas quais ele estava ferindo sua família, as maneiras pelas quais estava ferindo seu chefe — e aqueles com quem tinha contato, como Verônica. Ele fechou os olhos e pensou no quanto estivera próximo de jogar tudo isso fora. Se tivesse pedido outra coisa no cardápio, poderia não ter ficado doente. Ele poderia ter ido para o apartamento de Verônica naquela noite.

Ou talvez não tivesse sido a comida que o havia adoecido. Talvez fosse outra coisa, algo mais profundo que seu estômago.

Ele levantou-se e andou até a cama, sentando-se nela e olhando para um retrato de Elizabeth, do casamento deles. Ela parecia tão feliz, de pé, ereta e alta, com o vestido branco iluminando seu sorriso deslumbrante. Se ele pudesse ter engarrafado a alegria que se derramava dela naquele retrato, ele seria um homem rico. Ela estava tão cheia de esperança, pronta para ser amada. Mas a luz em seu rosto havia se enfraquecido na última década.

No casamento, o pastor havia falado sobre o que significava amar alguém como Jesus amava. E ele encarregou Tony de fazê-lo. Tony não se lembrava muito da mensagem, do desafio, mas ele sabia que não tinha vivido à altura daquele ideal. Nem mesmo de longe.

Uma tristeza profunda caiu sobre ele; porém era mais que tristeza, mais que remorso. Era uma convicção profunda. Era um veredito sobre sua vida. Enquanto olhava o retrato, Tony teve um flash do sonho no qual ele estava atacando sua esposa. Como uma música forte em um filme que o faz saltar, ele sentiu um abalo que o fez temer. A onda atingiu-o novamente e ele ficou vibrando embaixo dela, lutando em busca de ar.

Ele saiu do quarto tropeçando, perambulando pela casa que havia trabalhado tanto para comprar. Todas as coisas, os móveis, a melhor televisão, os balcões de granito da cozinha, as estantes caras. O que tudo isso significava?

Um versículo passou pela sua mente, algo que ele havia memorizado quando era criança em um daqueles programas para crianças na igreja. Ele estava enfiado lá dentro em algum espaço escondido de sua mente, armazenado até aquele momento.

"Pois, que adianta ao homem ganhar o mundo inteiro e perder a sua alma?" Isto não tinha a ver apenas com perder sua esposa e sua filha. Não se resumia apenas em servi-las e em memorizar outra lista de nomes escritos no caderno dele. Era mais profundo.

Elizabeth não estava orando para que Tony se tornasse o marido que ela queria porque ela estava infeliz. Ela estava orando por ele porque sabia que ele estava infeliz. Como era aquele velho ditado? *"Nosso coração fica inquieto até encontrar o seu descanso em Deus"?* Algo assim.

Ele entrou no quarto de Danielle, olhando os retratos que ela tinha espalhado pelo lugar. Ela amava colorir e desenhar. Sobre uma mesa próxima de sua escrivaninha havia um cartão que ela havia colorido: EU ♥ PULAR CORDA. Ele levantou um retrato dela sorrindo, olhando para a câmera, sentada em uma grande cadeira de couro. A inocência da infância. As esperanças e sonhos que estavam à frente. Ele olhou para o retrato de sua garotinha quando recém-nascida. Que tipo de legado ele estava deixando para ela? Será que ele sequer estaria na vida dela daqui a um ano? Daqui a dez anos? Ele não queria que ela acabasse se sentindo abandonada como ele havia se sentido.

Ele a havia criticado por desistir do basquete. Ele havia perdido o coração dela. Todas as chances que teve de passar tempo com ela, de jogar um jogo ou de assistir a um filme ou de dar uma caminhada — ele havia estado ocupado demais para o que era mais importante.

A consciência de todas aquelas coisas veio-lhe ao mesmo tempo naquele instante. Seus olhos se enchendo de lágrimas, seu coração se partindo com as escolhas que havia feito. Tony pensou: *Não quero perder nada disto. Não quero perder a vida, a verdadeira vida.*

Ele havia pensado em dar um fim à sua vida. Havia realmente pensado que a sua família ficaria melhor sem ele, porque elas receberiam o seu seguro de vida. Mas olhar para o quanto sua esposa e sua filha o amavam apesar da maneira como ele as tratava o fez pensar de uma maneira diferente, em outra direção. A vida delas não se resumia a dinheiro e coisas boas e a uma bela casa. Tinha a ver com relacionamento. Ela tinha a ver com demonstrar e receber amor. Ele havia deixado essa verdade ficar esquecida com o tempo. Havia trabalhado tanto para prover algo de bom, mas havia confiado nas coisas que podia fazer, nas coisas que podia possuir, e aquelas mesmas coisas haviam se levantado para possuí-lo. Ele havia perdido de vista a verdadeira razão de seu casamento e de sua vida.

A emoção se tornou avassaladora, e ele tentou afastá-la, mas não pôde. Perguntou-se se poderia haver alguém orando exatamente naquele instante — talvez Elizabeth ou Danielle, talvez dona Clara. Elas estavam orando: *Deus, faz alguma coisa no coração de Tony*, porque ele podia sentir isso, até os seus dedos dos pés. E em vez de bater com o carro em um poste ou de encontrar uma arma para dar fim à sua vida, ele decidiu que iria se render de uma maneira diferente.

Ele ajoelhou-se lentamente no chão do quarto de Danielle e inclinou a cabeça. Esta era a postura familiar de uma pessoa santa se relacionando com Deus, mas Tony sabia que não era santo. Levou um instante para formar as palavras, mas então elas vieram através de suas lágrimas.

— Jesus, eu não sou um homem bom. Sou egoísta. Sou orgulhoso. E estou magoando esta família. Mas este não é quem eu queria ser. Eu não gosto do homem que me tornei. E não sei como consertar isso. Não sei o que fazer.

As palavras eram pesadas. Foi preciso certa força nele para fazê-las sair dos seus lábios. Finalmente, ele não podia mais se conter. Ele disse as únicas palavras que conseguiu retirar do poço.

— Perdoa-me, por favor — Ele inclinou-se para frente, agora com a cabeça no chão. — Perdoa-me, Jesus.

Era uma oração de entrega. Uma oração de um coração desamparado. E ele não estava fazendo isto por Elizabeth ou Danielle. Não estava fazendo isto para poder ter seu emprego de volta, porque ele sabia que isso não iria acontecer. Sua entrega não foi porque pensou que pudesse fazer Deus agir como queria. Essa ideia sequer passou por sua mente. Ele orou porque sabia que esse era o seu último recurso e que essa era a primeira coisa que ele deveria ter feito, há muito tempo.

Com a cabeça no carpete do quarto de Danielle, Tony chorou. Ele chorou por tudo o que havia feito para se distanciar das pessoas que o amavam. Chorou pelos anos desperdiçados. Cada lágrima era um pedido de socorro e um desejo de rendição. E quando se levantou, parecia que aquele halter de mil quilos que estava pesando sobre sua alma havia sido retirado. Deus o estava observando o tempo todo. E pela primeira vez no que parecia ser uma eternidade, o peso havia sido substituído por algo que parecia ser esperança.

CAPÍTULO 13

✦ ✦ ✦

ELIZABETH HAVIA SIDO ENCORAJADA por sua visita a Clara. Cada conversa trazia um novo aspecto de uma lição aprendida e lhe dava esperança de que as coisas poderiam mudar. Ela só tinha de perseverar. Continuar seguindo em frente, segurando a mão de Deus, e confiando nele.

Ela estava em seu carro, pronta para sair, quando sentiu a necessidade de orar novamente por Tony. Não houve nenhum relâmpago, nenhuma imagem que insinuasse algo nas nuvens acima dela, nenhuma voz sussurrando alguma mensagem misteriosa. Foi apenas um sentimento de que ela precisava parar e orar.

— Senhor, não sei se Tony está com problemas ou se ele está angustiado por causa da perda do emprego ou se ele está simplesmente se exercitando no ginásio. Mas oro para que tu o atraias para ti. Ajuda-o a ver que não existe pecado tão grande que tu não estejas disposto a perdoar. Oro para que lhe dês esperança. Oro para que tu permitas que ele veja o quanto o amas e queres que ele regresse para ti. E dá-me a capacidade de amá-lo da maneira correta, em meio ao que quer que venhamos a enfrentar.

Ela ficou sentada ali derramando o seu coração para Deus. Era engraçado como as circunstâncias mudam. Não muito tempo atrás ela teria visto a oração como uma perda de tempo. Agora ela olhava para aquele momento como a coisa mais importante que ela fazia.

Depois de alguns minutos ela sentiu uma paz em seguir em frente com as tarefas do dia, mas continuou orando enquanto ouvia uma canção sobre a bondade de Deus.

Ela parou no escritório e encontrou-se com Mandy. Não lhe contara tudo sobre a situação, mas o suficiente para que a mulher viesse até ela e lhe desse um abraço.

— Sinto muito pelo emprego de Tony — disse Mandy. — Deixe-me ver se posso encontrar mais algumas propriedades para você nesse meio tempo.

Tony entrou no centro comunitário e parou junto ao guichê da frente. Não era a atendente mais nova dessa vez, mas uma mulher que ele reconhecia como amiga de Elizabeth. Qual era o nome dela?

— Voltei para pegar Danielle — ele disse.

A mulher sorriu.

— Elas ainda não terminaram, Tony. Mas você pode ficar assistindo dali. A equipe está ficando muito boa.

Tony sorriu.

— Sinto muito, não me lembro o seu nome.

— É Tina — disse ela.

— Obrigado, Tina.

Ele puxou um pedaço de papel e anotou o nome dela nele enquanto entrava no ginásio barulhento. Havia equipes espalhadas pelo chão de madeira dura trabalhando em suas rotinas. Ele avistou Danielle e pela primeira vez as viu praticando. A treinadora dela estava dando instruções, e Danielle e Jennifer estavam em sincronia perfeita. Ele havia ficado chateado por ela ter abandonado o basquete, mas vê-la pular corda com aquele sorriso lhe trouxe alegria. O trabalho dela com os pés era impressionante, e quando Danielle fez o giro acrobático dentro das cordas, ele não pôde acreditar. Mesmo quando elas erravam e as cordas paravam, Danielle sorria de orelha a orelha e sua treinadora batia palmas e as elogiava, e depois dava algumas instruções.

Tony abraçou-a com força quando ela terminou e eles andaram para o carro, passando pelo guichê da frente.

Tina, ele disse para si mesmo. *Tina.*

No carro, eles saíram do estacionamento e ele quis instintivamente preencher o silêncio com o rádio. Mas não o ligou. Podia sentir que havia algo mais importante. Tony olhou pelo retrovisor para sua filha.

— Ei, sabe de uma coisa?

O rosto de Danielle estava sem expressão.

— Pensei que os seus exercícios de pular corda fossem algo simples. Mas não é. É muito difícil. Você é realmente boa, Danielle. Fiquei impressionado.

Quanto mais palavras ele dizia, mais ela reagia. Primeiro nos olhos. Depois nos lábios. Então todo o seu rosto se iluminou. Apenas algumas palavras foram tudo o que foi preciso para abrir o coração dela como uma flor.

— Obrigada — ela disse depressa, como se obedecendo a algum roteiro interno, e um sorriso se espalhou pelo seu rosto. Ela olhou para ele, depois olhou de novo para baixo, ainda sorrindo.

— Quando você aprendeu a fazer aquele giro acrobático? — Tony perguntou.

Ela lhe contou sobre a treinadora Trish, sobre como ela as ajudava a aperfeiçoar as coisas que faziam na ginástica para tornar a prática delas mais complicada, com um risco maior, assim como a prática de uma ginasta. Ele se perdeu na conversa, em sua explicação sobre como ela e Jennifer haviam treinado juntas por horas e sobre o quanto elas se divertiam. Ele ficou tão absorvido que não viu o carro na frente de sua casa ou Elizabeth de pé na entrada, até estacionar. Rick estava falando com Elizabeth e tinha sua prancheta na mão, e Tony lembrou o que havia acontecido no escritório no dia anterior.

— Papai, por que eles estão aqui?

— Eles vieram pegar este carro, Danielle.

— Por que eles precisam do seu carro?

— É uma história meio longa.

— Isso é tudo que eles vão levar? — ela indagou, com um tremor na voz.

— Ora, você não tem de se preocupar com isso, doçura — disse Tony. — Vamos ficar bem, sim? Olhe para mim. Ouça-me. Tudo vai ficar bem. Você acredita em mim?

Havia um questionamento na voz e nos olhos dela. Mas ela disse, duvidosa:

— Sim, senhor.

Ela saiu e andou lentamente até sua mãe. Tony seguiu-a. Toda aquela cena era humilhante, mas ele estava pronto.

— Rick — Tony o cumprimentou.

— Tony — Rick respondeu, com o rosto demonstrando realmente lamentar. — Sinto muito por isso.

Ele olhou o homem nos olhos e pela primeira vez viu a dor neles. Estava matando-o ter de fazer aquilo com Tony e sua família. Ele não queria demitir Tony, mas havia sido obrigado a agir. Tony viu como seus atos não haviam apenas afetado sua família, mas aqueles com quem ele trabalhava.

— Não é culpa sua — disse Tony com convicção.

Rick estendeu um bloco com uma folha impressa em cima.

— Preciso que você assine que viemos pegar o carro. E esvaziá-lo de qualquer coisa que lhe pertença.

Tony assentiu e assinou.

— Eu já fiz isso.

Rick pegou a papelada e fez uma pausa.

— Você é um cara talentoso, Tony. Sinto ver isto acontecer. — Ele pegou as chaves de Tony. — Cuide-se.

Elizabeth acenou educadamente enquanto Rick entrava no carro de Tony e se afastava, seguido pelos outros homens da Brightwell que Tony não conhecia. Danielle ficou perto deles enquanto observavam os carros se afastarem.

— Por que eles estão levando o carro do papai? — ela perguntou.

— Bem, vamos falar sobre isso mais tarde, querida, está certo? — disse Elizabeth. — Por que você não entra e faz alguns deveres antes do almoço?

— Está bem.

Danielle entrou, deixando Tony e Elizabeth sozinhos na calçada. Ele queria lhe dizer tudo o que havia acontecido. Queria olhá-la nos olhos e pedir perdão. Em vez disso, ele sorriu tristemente e estendeu uma mão.

Ela a pegou e a apertou.

— Você está bem?

Ele assentiu antes de entrar em casa.

Elizabeth encontrou Danielle no quarto fazendo a cama.

— Como foi o treino?

— Bem — disse Danielle.

Elizabeth sentou-se na cadeira de Danielle e a menina pareceu saber instintivamente que devia parar e ouvir.

— Querida, não posso explicar tudo agora, mas quero que você saiba que vamos ficar bem.

O olhar dela era de medo.

— Foi isso que papai disse.

— Ele disse?

Ela confirmou com a cabeça.

— Ele disse que tudo vai ficar bem e para eu acreditar nele. Mas não sei o que vem depois, agora que levaram o carro dele.

Elizabeth abraçou a filha e beijou sua testa. Parte de amar um filho era não dizer tudo a ele. Danielle não precisava viver sob o peso da perda de um emprego. Elizabeth havia presumido que a demissão tinha sido por corte de despesas, mas as palavras de Rick e a confissão de Tony de que aquilo não era culpa de Rick confirmava que outra coisa havia acontecido.

— Apenas continue escrevendo em seu diário o que está sentindo, está bem? E você e eu vamos continuar conversando sobre isto.

Danielle assentiu. Elizabeth saiu do quarto e desceu para encontrar Tony, sentado na cadeira do canto do quarto deles, com os ombros debruçados sobre os joelhos. Ela quis encorajá-lo e lhe dizer que estava totalmente do seu lado.

— Peguei mais algumas casas para vender esta manhã. Pedi a Mandy para me dar tudo o mais que ela puder durante os próximos dois meses.

— Isto é bom, Liz — disse Tony, olhando para ela. Então ele fez uma pausa.

— Podemos conversar?

— Claro — disse ela. Ela sentou-se em frente a ele, na beirada da cama, e a sensação era de que alguma coisa estava acontecendo no quarto. Todas as orações, todas as súplicas a Deus... Será que Tony estava prestes a dizer a ela que estava partindo? Será que ele estava envolvido com alguma outra mulher de Raleigh ou Atlanta? Elizabeth aquietou seu coração e respirou fundo. Ela só precisava ouvir. E não reagir de forma muito forte.

Por favor, Deus, ela orou. *Ajuda-me a ouvi-lo e a deixar que ele apenas diga o que precisa dizer. Ajuda-me a não temer.*

— Eu simplesmente não entendo por que você está me tratando assim — Tony disse.

Porque eu amo você, ela quis dizer. *Porque eu me importo*. Mas ela não disse isso. Ela não disse nada, esperando fazê-lo desabafar, deixá-lo falar.

— Quando eu lhe disse o que aconteceu com o meu emprego, eu esperava que você explodisse, Liz — Tony continuou. — Então, na minha cabeça, eu estava pronto para me defender. Só que desta vez eu não posso.

Elizabeth ouviu as palavras dele, mais que isso, porém, ela ouviu o seu coração — as coisas intangíveis entre as frases. Quando ela viu a emoção se acumulando em seus olhos, tudo que ela conseguiu fazer foi tentar se segurar.

Tony olhou pela janela, depois novamente para o quarto. Então ele abaixou a cabeça.

— Detesto dizer isto, mas eu mereci ser demitido. Eu os estava enganando. Estava enganando você. Eu quase a traí, Liz. Eu pensei nisso. E quase fiz isso. Mas você sabe de tudo. E você ainda está aqui.

Os olhos dela se arregalaram. Foi como ver as muralhas de Jericó pessoal dela caírem bem ali no quarto.

— Eu vi o seu *closet* — ele disse. — Vi a maneira como você está orando por mim. Por que você faria isso quando já percebeu o tipo de homem em que me tornei?

Os lábios dela tremeram enquanto observava as lágrimas descerem pelo rosto dele. Ele estava quebrantado. Estava no fim de suas forças. E era uma linda visão.

— Porque eu não desisti de nós — ela disse, surpreendendo-se com a força da sua voz. Foi como se ela estivesse falando com Tony e com qualquer outro que pudesse estar ouvindo. — Vou lutar pelo nosso casamento. Mas aprendi que o meu contentamento não pode vir de você. Tony, eu o amo, mas eu pertenço a Deus antes de pertencer a você. E porque eu amo Jesus, vou ficar bem aqui.

A represa se rompeu e Tony caiu de joelhos, chorando. Ele inclinou-se, seu corpo torturado por soluços.

— Sinto muito, Liz. Eu pedi a Deus para me perdoar. Mas preciso que você me perdoe. Não quero que você desista de mim.

A emoção dele se tornou a dela e os dois choraram.

— Eu perdoo você — ela disse. — Eu perdoo você.

Tony colocou a cabeça nos joelhos dela.

— Sinto muito. Sinto tanto.

Elizabeth fechou os olhos. Ela não conseguia acreditar no que havia acabado de acontecer. Ela colocou uma mão no peito e sacudiu a cabeça maravilhada.

— Obrigada, Senhor! — ela sussurrou.

Tony beijou a mão dela e eles se abraçaram ali, chorando, se alegrando, envolvidos em amor — e não apenas o amor deles. Elizabeth olhou para a porta quando percebeu um movimento ali fora. Era Danielle, ouvindo. Parece que talvez ela estivesse chorando também. Antes que Elizabeth pudesse convidá-la a entrar, ela se foi, voltando para o seu quarto, provavelmente. Voltando para colocar uma marca ao lado da sua própria resposta de oração em seu *closet*: "respondida".

Dona Clara

✦ ✦ ✦

CLARA VIU O IDENTIFICADOR de chamadas e atendeu depressa. Qualquer notícia de Elizabeth era como uma mensagem vinda das linhas de frente de uma batalha prolongada. Assim que ouviu sua voz, ela soube que eram boas notícias. Seu tom era algo entre gratidão e assombro.

— Tony acaba de me dizer que ele consertou sua vida com o Senhor — disse Elizabeth. — Ele me pediu perdão.

— Isto aconteceu agora mesmo?

— Há pouco tempo — disse Elizabeth. — E ele disse que quer começar de novo.

— Ele disse? Oh, Senhor maravilhoso! — Clara não cabia em si de tanta alegria — não surpresa com o que Deus havia feito, mas com a rapidez com que o coração de Tony havia mudado. — Eu lhe disse, Elizabeth. Eu lhe disse que Deus lutaria por você.

— Ele fez isso, dona Clara. Ele lutou por mim e pelo nosso casamento e pela minha garotinha.

Clara segurou-se até desligar o telefone, e então ela fez a sua "dancinha da felicidade" — se é que podemos chamar assim. Era algo que acontecia no seu interior, mesmo quando o exterior não tinha a força para acompanhar. Então ela jogou a cabeça para trás e disse a Satanás que ele havia perdido uma batalha.

— Ah-haaaaa! Diabo, o seu traseiro acaba de ser chutado! — ela gritou. — O meu Deus é fiel! Ele é poderoso! Ele é misericordioso! Ele está no comando! Você não pode demiti-lo, e ele nunca se aposenta! Glória! Louvado seja o Senhor!

Clara imaginou anjos fazendo o mesmo em algum lugar no céu. Então ela subiu as escadas até o seu quarto de guerra para colocar outra marca na parede das orações atendidas. Ela fazia isso como um ato de adoração e ação de graças. Ela fazia isso para deixar o Diabo louco porque ele havia perdido outra batalha que pensava que ia vencer.

Tudo aquilo a fez querer orar por coisas maiores. Ela voltou a acreditar que Deus ainda respondia grandes orações.

CAPÍTULO 14

✦ ✦ ✦

Tony sabia que não ia ser fácil seguir adiante e recompor sua vida, mas sentia como se tivesse atingido o fundo do poço e não havia para onde ir a partir daquele ponto, a não ser para cima. Tony tinha passado pelo vale, e agora havia apenas a lenta subida até onde poderia ter uma visão de sua vida novamente. As coisas ficariam melhores, um dia de cada vez.

Na manhã seguinte, ele viu Danielle sentada na parte de baixo das escadas da frente, colocando seu tênis. Ela tinha notado a mudança nele. O rosto dela parecia menos aflito desde que seu pai converteu-se verdadeiramente a Deus e confessou-o a Elizabeth. É engraçado como uma criança de dez anos podia ter sua vida mudada por meio da oração de um pai.

Ele sabia que precisava falar com ela, mover-se em direção à filha, mas não tinha certeza de como fazê-lo. Não queria cometer o erro de revelar demais — isso não seria justo com ela. Mas Tony também não poderia se limitar a fazer conjecturas pelo resto de sua vida. Ele não conseguiria esclarecer tudo aquilo de uma vez. Mas algo no seu interior lhe dizia para simplesmente arriscar — entrar no jogo e ver o que iria acontecer. Ele a cumprimentou e sentou-se ao seu lado.

— Oi, papai — disse Danielle.

— Escute, preciso lhe dizer uma coisa.

Danielle olhou para ele. Tanta inocência. Ela tinha a vida inteira à sua frente e ele tinha outra chance de se envolver em sua vida e ajudá-la. A melhor coisa que ele poderia lhe dar era o seu coração, revelando o que estava acontecendo em seu interior. Essas eram coisas que ele geralmente não conseguia dizer, porque não sabia o que sentia na metade do tempo. Mas Deus tinha feito alguma obra ali, tinha lhe mostrado um caminho para a vida, então ele continuou falando.

— Acho que não tenho sido um pai muito bom para você. E também não tenho sido muito amoroso para com sua mãe. Posso fazer melhor, Danielle. Vocês duas merecem mais de mim.

Era um bom começo. Não tinha entrado em detalhes, mas se ela desejasse, ele o faria. Ele simplesmente expôs seus sentimentos claramente e de uma forma que ela pudesse entender.

— Mas sabe de uma coisa? Eu pedi a Deus para me ajudar. E queria lhe perguntar se você poderia me perdoar e me dar outra chance. Você acha que pode fazer isso, Danielle?

De certa forma, aquilo era a mesma coisa que ele tinha feito com Deus. No começo, Tony imaginava Deus nos portais do céu, com os braços cruzados e de cara feia para ele, batendo o pé, esperando por ele para ir direto ao assunto. Ele sabia que não era assim que Deus realmente era, que Deus não iria reagir como ele reagiria. Se pudesse imaginar Deus com o rosto que sua filha lhe mostrou, Tony poderia ter se voltado para ele mais cedo.

Por alguns segundos, ela ficou olhando fixamente para ele. Em seguida, veio o sorriso e Danielle acenou com a cabeça. Aquele simples olhar derreteu o coração de Tony. Ele dizia: *"Eu o aceito e o amo e sempre irei amá-lo."*

Foi simples assim. O perdão veio com um sorriso e nenhuma pergunta. *O amor é muito parecido com isso*, ele pensou. Se ele pudesse amar dessa maneira, se pudesse reagir como sua filha, as demais áreas de sua vida seriam muito melhores.

— Eu amo você, Danielle — disse ele.

— Eu também o amo, papai.

Ele a beijou no topo da cabeça e afastou-se, leve como uma pluma. Ela foi atrás dele com a corda de pular e fez alguns aquecimentos, explicando sua série de exercícios e o que Trish estava lhe ensinando. Quando ela se sentou em um degrau ao seu lado, ele decidiu retomar o assunto.

— Danielle, há alguma coisa que eu poderia fazer melhor? Algo que pudesse lhe mostrar o quanto a amo?

Ela fez uma careta e franziu a testa. Estava claro que essa não era uma pergunta que ela tinha considerado.

— Você quer dizer algo como comprar um presente para mim?

— Acho que poderia ser isso. Mas eu estava pensando em algo mais. Existe alguma coisa que poderíamos fazer juntos que você gostaria?

Ela encolheu os ombros e disse:

— Não sei.

Foi um daqueles momentos característicos da infância. Ela não conseguia pensar em nada e não havia problema com isso. Ele havia lhe oferecido uma lâmpada com apenas um desejo e ela parecia não querer esfregá-la no momento.

Tony sorriu.

— Não há problema. Pense sobre isso. Se algo lhe vier à mente, você me avisa.

Elizabeth veio para frente da casa e sentou-se ao lado dele, e eles observaram Danielle pular corda. Com toda a raiva de sua esposa, todas as brigas, ele tinha se esquecido do quanto ela era bonita. Não, não tinha se esquecido — apenas empurrara a verdade para o lado e permitiu que as nuvens da vida a cobrissem.

— Sua garotinha parece feliz com o papai novamente — Elizabeth disse.

— Honestamente, não é preciso muito. Eu apenas lhe pedi que me perdoasse por ser um pai tão terrível e ela disse "sim", como se fosse a coisa mais fácil que já tinha feito.

— As crianças sempre dão uma segunda chance. São os adultos que têm mais dificuldade.

Ele olhou para ela.

— Isso é verdade?

Ela sorriu.

— O quê?

— Um dos meus maiores medos de lhe pedir que me perdoasse era que você guardasse rancor de todas as coisas que fiz. E, de repente, depois de um dia, uma semana ou um ano começasse a trazer tudo à tona novamente. Mas você não fez isso.

— Bem, ainda não passou uma semana e nem um ano também — disse ela.

— Não — ele disse — mas é possível dizer que você falou sério. Posso dizer que o que aconteceu não tem a ver com ter a certeza de que eu faço tudo certo e vivo de acordo com algumas listas de regras e regulamentos.

— Estou feliz que você tenha dito isso — ela disse, enfiando as mãos no bolso de sua calça jeans. — Eu só acordei com uma lista deles nesta manhã.

Eles riram e perceberam que fazia muito tempo desde que tinham realmente rido juntos. Ele não conseguia se lembrar da última vez. Foi provavelmente a última vez que eles tinham...

Danielle parou de pular e pegou-os falando ao mesmo tempo. Ela correu até eles, sem fôlego e pulou na frente deles.

— Beije a mamãe, papai! Beije!

— Não apresse as coisas agora — disse ele, rindo e acenando uma mão para ela. — Sua mãe e eu estamos nos esforçando para não brigar. Esse é o primeiro passo.

— Dê um beijo nela! — Disse Danielle, balançando sua corda e pulando.

Ela começou a pular em um ritmo e a cantar:

— Beije, beije, beije...

Tony balançou a cabeça.

Danielle parou e seu rosto ficou triste.

— Você pediu para lhe dizer uma coisa que você pudesse fazer, não é? Bem, é isso.

Antes que Tony pudesse se opor novamente, Elizabeth disse:

— Vá em frente e dê à menina o que ela quer.

Ele ergueu as sobrancelhas e inclinou-se para trás, olhando para o rosto de Elizabeth. Ela virou a cabeça para oferecer uma bochecha e ele se inclinou e lhe deu um beijo.

— Na-bo-ca — disse Danielle, falando no ritmo de seus pulos. — Na-bo-ca!

Tony olhou nos olhos de sua esposa, analisando-os. Ele não queria que as coisas fossem muito rápidas. Queria dar a Elizabeth tempo para ter certeza de que seu coração era sincero.

— As crianças dos dias de hoje... — disse ele, brincando. — Elas pedem muito.

— Foi você que fez a pergunta a ela — Elizabeth disse, unindo seu olhar ao dele. Ela umedeceu os lábios com a língua.

Ele aproximou-se.

— Bem, pelo menos é mais barato do que uma corda nova.

Ele beijou-a nos lábios. Não foi o beijo mais longo ou mais romântico do casamento deles, mas os sentimentos que agitaram o interior de Tony o surpreenderam.

— Viva! Viva! Viva! — disse Danielle, continuando a saltar.

— De novo! De novo!

Jennifer e sua mãe chegaram de carro. Tony colocou um braço em torno de Elizabeth e eles caminharam até o carro, cumprimentando a mãe de Jennifer.

— É Sandy, certo? — Tony perguntou.

A mulher sorriu.

Elizabeth sabia que os imóveis eram parecidos com o casamento. Você pode ter a melhor casa do mundo, mas se não tem um comprador interessado, fica sozinho na hora da visitação pública. Mas nunca se sabe o que um novo dia pode trazer. Ter a pessoa certa no momento certo pode fazer toda a diferença. Um telefonema de alguém dirigindo por aí, que viu um bairro agradável e uma placa no gramado seria o suficiente. O amigo de um amigo que conhecia alguém que estava procurando uma casa e sugeriu um telefonema. Era tudo parte de uma rede invisível de pessoas, necessidades e desejos.

O beijo de Tony foi uma daquelas coisas que um novo dia havia trazido. O sentimento permaneceu por todo o dia. O toque de seus lábios, a proximidade que ela sentiu... Aquele beijo tocou tanto o coração quanto os lábios, e o coração de Elizabeth dera uma cambalhota quando Tony se inclinou e uniu os lábios aos seus. Porém, ela sentiu que ainda tinha alguma reserva. Estava agradecida por Tony ter se voltado para Deus, mas também ficou magoada por aquilo que ele havia revelado.

Elizabeth havia se perguntado sobre o motivo por que o interesse de Tony havia diminuído, na intimidade, no ano passado. Quando eles eram recém-casados, ela temia que Tony e ela tivessem diferentes níveis de desejo. Ela ouvira falar de mulheres casadas cujos maridos queriam sexo todos os dias, e isso parecia bom no momento. Mas as esposas também reclamavam, pelo menos a maioria delas. Algumas diziam que seus maridos não queriam sexo de jeito nenhum, e isso a incomodava. Será que ela e Tony eram compatíveis nessa área?

Essa questão foi rapidamente dissipada quando eles descobriram que ambos tinham um nível bastante igual de desejo. Mas depois que Danielle nasceu, as coisas mudaram. O corpo dela mudou. Seu nível de energia diminuiu e ela estava emocionalmente ligada à filha. Ela supôs que eram os hormônios e todas as mudanças pelas quais seu corpo passava.

Logo Tony e ela encontraram sua forma de viver como um casal e seguiram em frente. Pelo menos, eles estavam indo na mesma direção. Eles saíam juntos ocasionalmente — sem nada planejado — e desfrutavam um do outro, mas a intimidade estava meio perdida, para dizer o mínimo. No ano passado, Tony afastou-se dela e empenhou-se na academia, exercitando-se e ficando em forma, aparentemente para preencher alguma necessidade interior. Ela leu artigos *on-line* e encontrou um livro na biblioteca sobre o assunto, mas o conteúdo a perturbava. Dizia que se um marido se afastava sexualmente de sua esposa poderia ser uma luz de alerta do painel de instrumentos do casamento. Será que ele estava entrando em forma para outra pessoa?

Naquela noite, depois de Tony ter colocado Danielle na cama, ele foi até Elizabeth enquanto ela estava sentada na cadeira em seu quarto. Ela havia pegado o livro sobre casamento que estava lendo, mas o baixou quando ele entrou no quarto.

Ele se ajoelhou na frente dela.

— Preciso lhe contar uma coisa.

Ela fechou o livro. O olhar no rosto dele dava indícios de que ela não iria gostar muito da história.

— Parece ruim... — disse ela. Ela quis dizer, *parece doloroso*.

— Na verdade, não é — disse ele. Ele levou um momento, depois a olhou nos olhos. — Acho que precisamos ver alguém.

— O que você quer dizer?

— Como um conselheiro. Um pastor. Alguém que possa nos ajudar a dar o próximo passo.

Elizabeth investigou os olhos dele. Ela tinha estado em suficientes estudos bíblicos com outras mulheres que tiveram problemas conjugais para saber que conseguir que um homem fosse a qualquer tipo de aconselhamento, era como colocar um cavalo selvagem dentro de uma minivan pela janela, e com o cinto de segurança afivelado. O que ele estava sugerindo era como um enorme presente.

— Tudo bem — disse ela.

— Eu só acho que há algumas coisas que uma terceira pessoa poderá nos ajudar a resolver, sabe? Alguém que tenha passado por esse tipo de coisas antes.

Ela assentiu com a cabeça.

— Sim, claro. Estou de acordo. Você escolhe.

— Estava pensando em telefonar para a igreja — disse ele. — Eles têm um pastor da família, não é?

— Sim, Pastor Wilson.

— Excelente. Vou ligar para lá de manhã.

Ela colocou o livro sobre a borda da cadeira e equilibrou-o. Havia algo por trás disso. Parecia que a ponta do *iceberg* estava aparecendo acima das águas agitadas pelas quais eles tinham passado.

— Isso é por que há outra coisa que você precisa me dizer?

Tony disse que não tinha sido infiel. Mas ele estivera na estrada por um longo período de tempo. Elizabeth havia orado anteriormente naquele dia para que Deus ajudasse ambos a revelarem seus pensamentos e sentimentos ocultos a fim de que pudessem expô-los claramente e lidar com eles. É como encontrar a borda das peças de um quebra-cabeça. Se você coloca todas as peças na mesa encaixadas, é mais fácil encontrar uma maneira de montá-lo.

— Sei que você ouviu falar sobre Raleigh — disse ele. — A mulher com quem jantei. Quando voltei de viagem, vi a mensagem de Missy.

— Você olhou no meu telefone?

— Foi quando eu estava me trocando naquela noite e o telefone tocou. Vi o que ela disse e toda a conversa. Não estava tentando espiar. Não examinei todas as suas mensagens, confie em mim.

— É essa a questão, Tony. Confiança. E eu estou trabalhando o perdão e tentando construir essa confiança, mas quando ouço que você viu essas mensagens e nunca disse nada a respeito...

Ele sentou em seus calcanhares.

— Olhe, não dê tanta importância a isso. Estou lhe dizendo agora, está bem?

— Não me diga com o que devo me preocupar. Estive lutando por você, pelo nosso casamento e isso me atinge profundamente. É uma das coisas que sei que temos de trabalhar.

Ele apertou sua mandíbula.

— É disso que estou falando. É isso o que estou com medo que aconteça. Eu venho até você, tento falar e você levanta um muro.

— Você mesmo construiu o muro, Tony.

O coração de Elizabeth estava disparado agora e era possível perceber que aquela conversa poderia acabar mal. Ela respirou fundo, tentando encontrar um caminho que eles não tivessem percorrido antes. Ela tentou ver o lado bom nele em vez de apenas olhar para o mau.

— Olhe, sei que você está tentando — disse ela. — Acho que você tem um bom coração e está se voltando para nós.

— Você acha? — ele perguntou, um pouco magoado, como uma criança que pensava que tinha arrumado bem a cama, mas depois descobriu que acabou cheia de pequenas ondas.

Antes que ela pudesse responder, ele levantou as mãos para se defender.

— Você está certa. Você está sempre certa.

— Não estou tentando estar certa aqui.

— Está sim. Posso notar isso. É por isso que estou sugerindo irmos até o pastor ou qualquer outra pessoa. Quero resolver isso. Vou fazer o que for preciso para provar que você pode confiar em mim. Nós apenas precisamos de um árbitro. Alguém que possa nos ajudar a ouvir um ao outro e não lutar as mesmas batalhas sem parar.

Ela assentiu com a cabeça e seu coração se acalmou. Ela gostou dessas palavras. Eram fortes e reconfortantes. E combinavam com o que ela sentia.

— Então, quem era a mulher em Raleigh? — Elizabeth perguntou. Sua boca estava tão seca de emoção que ela se sentia sufocada. Parte dela não queria saber. Parte dela queria apenas seguir em frente e esquecer o passado, dizendo a si mesma que isso não tinha influência sobre o presente ou o futuro. Mas a outra parte, a parte maior, queria saber de tudo. Tinha de saber de tudo. Ela preparou-se para a verdade.

— Ela trabalha para a Holcomb — ele disse. — Estava tratando do contrato que havíamos assinado com eles.

Foi só isso? — Elizabeth pensou, mas não disse. Ela não disse nada. Apenas olhou para ele, esperando a verdade.

— Estávamos examinando o contrato juntos e ela tinha uma reunião agendada, então eu sugeri que fôssemos jantar.

— É algo que você já tinha feito antes?

— Cada contrato é diferente.

— Não, quero dizer, com as mulheres com quem trabalhou. Você já saiu para jantar com outras mulheres?

Ele pensou por um momento, o que a deixou nervosa. Ele parecia um menino que prendera a mão no pote de biscoitos exatamente no instante em que sua mãe entrou no quarto.

— Não me lembro de ir sozinho. Quer dizer, houve momentos em que um grupo se reuniu em uma conferência, mas essa foi a primeira vez que eu realmente...

— Você realmente o quê?

Tony respirou fundo e jogou os ombros para trás.

— Essa foi a primeira vez que eu realmente senti que queria ir atrás de alguém. Não sou de relacionamentos sexuais de uma noite, Liz. Não sou assim tão burro. Mas acho que, no fim, desisti de você e de mim. E essa mulher era atraente e pensei em sondar o terreno.

Elizabeth não estava preparada para a dor que aquelas palavras trariam. Ele estava falando sobre a noite em que ela orou muito. A noite em que ela realmente acreditava que Deus estava trabalhando.

— Continue — disse ela. — O que aconteceu naquela noite?

— Saímos para jantar em um restaurante. Pensei que isso seria uma forma de quebrar o gelo entre nós. Mas, na verdade, não houve gelo para quebrar. Ela estava pronta. Depois do jantar, ela sugeriu que fôssemos para a casa dela e abríssemos uma garrafa de vinho.

O queixo de Elizabeth caiu.

— E o que foi que você disse?

— Eu disse que tudo bem. Quero dizer, isso me surpreendeu porque ela não parecia ser do tipo que iria simplesmente saltar sobre alguém.

— Acho que você estava errado — Elizabeth sussurrou. Seu coração estava apertado agora, e o perdão que ela havia oferecido parecia mais condicional depois de cada palavra que escorregava da boca dele. Aquilo seria muito mais difícil do que ela pensara.

— Qual é o nome dela?

— Verônica.

Elizabeth revirou os olhos. *Verônica? Você ia se apaixonar por uma Verônica?*

— Como ela é? — ela perguntou.

— Ela é um pouco mais jovem do que nós. Bonita.

— Você quer dizer mais nova do que eu, certo?

— Elizabeth, não fique na defensiva.

— Não me diga como ficar. Posso reagir a isso, está bem?

— Concordo, você pode reagir, mas quero que saiba que não aconteceu nada.

— O que quer dizer com "não aconteceu nada"? Vocês estavam em um restaurante sozinhos, juntos. Conversaram e riram, e talvez tenham feito carícias debaixo da mesa. Depois, vocês foram para o apartamento dela para beber o vinho.

— Não fui com ela. Fiquei enjoado. Logo após a refeição, passei muito mal, foi a coisa mais louca que me aconteceu. Não posso explicar isso. Terminamos a refeição, ela estava pronta para ir, e tive essa sensação no meu estômago. Mal cheguei ao banheiro antes de vomitar.

Isso a fez se sentir melhor. A imagem de Tony no banheiro tendo náuseas com seu jantar caro a fez se perguntar se era intoxicação alimentar ou algo que Deus havia feito. Uma intoxicação alimentar acontecia assim tão rapidamente? Jesus transformou água em vinho e acalmou uma tempestade, então ele certamente poderia revirar um estômago. Isso quase trouxe um sorriso ao seu rosto.

— Fiquei no banheiro por algum um tempo, e quando saí, disse a Verônica que não poderia acompanhá-la.

— Mas você queria.

— Liz, não use isso contra mim.

— Estou tentando entender o que você está me dizendo. Sinto muito se isso me deixa um pouco confusa, está bem? — ela estava elevando a voz. Levantou as mãos e acenou-as para baixo, como se estivesse fazendo um avião aterrissar. — O que ela disse?

— Ela queria que eu fosse para o apartamento dela de qualquer maneira. Disse que poderia cuidar de mim.

A raiva explodiu em seu interior e Elizabeth quis arrancar os olhos da mulher. Outra mulher tentando cuidar de seu marido. Mas essa mulher não poderia ter dito isso se Tony não tivesse começado com o jantar.

— Ela sabia que você era casado?

— Não falei sobre isso, mas não tirei a minha aliança. Mencionei que estávamos tendo problemas.

— Isso foi conveniente. Sozinho na estrada, seu casamento com problemas, um homem solitário e uma mulher chamada Verônica.

Ela falou o nome como se fosse um palavrão.

— Liz, eu me sinto horrível. Não queria lhe contar. Quero que isso simplesmente desapareça.

— Mas você sabe que Missy o viu. E que ela me contou.

Ele assentiu com a cabeça.

— Certo. Mas gostaria de pensar que eu iria lhe contar isso em algum momento, quer você tivesse descoberto ou não.

— Gostaria de pensar assim também — disse ela. — Mas não há como ter certeza, não é? Nunca saberemos se você teria me dito pois não vivemos em um mundo de escolhas alternativas. Não dá para entrar em uma máquina do tempo e voltar para casa.

— Não. Tudo o que posso fazer é dizer a verdade e orar para que você me perdoe e me dê uma chance, para que você volte a confiar em mim.

Ele poderia ter gritado com ela e lhe dito que ela estava sendo estúpida, arrogante ou rancorosa. Isso tinha acontecido antes. E vê-lo ali, de joelhos, mostrava que aquilo realmente era um progresso, mas não havia como contornar a dor que ela sentia. Elizabeth continuava a imaginá-lo com *Verônica* no restaurante. Verônica que queria ajudá-lo a recuperar a saúde. Verônica que tinha uma garrafa de vinho gelada esperando por eles.

— Como você pôde sair com outra pessoa enquanto estamos ainda casados? — ela questionou.

Ele balançou a cabeça.

— Não sei como pude sair com alguém além de você. Acho que pensei que havíamos terminado. Pensei que nosso casamento não tinha jeito, porque cada vez que estávamos juntos nós brigávamos.

— Você garante que nada aconteceu? — ela perguntou.

— Querida, não aconteceu nada, além de eu colocar para fora tudo o que comi naquela noite e depois um pouco mais, eu estava muito infeliz. Não posso nem ver fettuccine em um cardápio sem me sentir enjoado.

Coitadinho, ela pensou.

— Ela ligou para você? Você entrou em contato com ela no dia seguinte?

— Eu ia enviar uma mensagem de texto para ela e pedir desculpas, então eu a deletei — ele pegou seu celular. — Espere. Ainda está nos meus rascunhos — ele segurou o telefone para ela e Elizabeth leu a mensagem. — Eu nunca a enviei. E não liguei para ela novamente.

— Por que não?

— Acho que é porque eu sabia que era errado. Sabia que não era bom para mim nem para ela seguirmos por esse caminho.

— E se ela ligar para você? Ela vai telefonar, você sabe. *Verônicas* sempre ligam novamente depois de serem recusadas.

— Não vou responder. Isso não é mais uma opção. E não preciso estar em mais nenhuma reunião com ela, porque não trabalho mais com a Holcomb.

A expressão em seu rosto parecia mostrar que aquelas últimas palavras encerravam o assunto. Então, ele olhou para cima com algum novo pensamento.

— Ouça, se você quiser ter acesso ao meu telefone, se quiser verificar se estou dizendo a verdade, você pode examiná-lo a qualquer momento que desejar. E-mails. Facebook. Qualquer coisa que quiser. Sou um livro aberto de agora em diante.

Ela assentiu com a cabeça e olhou para o livro equilibrado precariamente no braço da cadeira. Aquele momento foi uma boa maneira de começar a construir confiança. Quanto tempo levaria, ela não sabia. Lamentou não poder virar as páginas até o capítulo da confiança restaurada, depois de todo o trabalho já feito e acabado, mas a vida não era assim. Não é possível avançar no tempo. Você tem de vivê-la.

— Estou muito cansada — disse ela. — Acho que preciso ir para a cama.

Ele estendeu a mão e ajudou-a a se levantar.

— Obrigado por me ouvir. Por me escutar. Eu agradeço.

Ela assentiu com a cabeça e tentou sorrir.

— Vou avisá-la sobre o que o pastor disser. Vou ligar para lá amanhã ou talvez envie um e-mail hoje à noite, está bem?

— Está bem.

Mais tarde, Elizabeth estava deitada na cama tentando expulsar de sua mente a imagem de Tony no restaurante. Imaginava Verônica como alguma megera voluptuosa, com um vestido decotado e olhos sedutores, piscando para ele. Provavelmente magra e com pernas longas. Como ela poderia competir com isso? Mas ele disse que não estava interessado em Verônica. Elizabeth não precisava competir. Ele estava interessado nela novamente. Tony estava se esforçando na reconstrução do casamento e queria encontrá-la no meio, mas bem ali no meio estava a luta. Como duas partes negociando a venda de uma casa e encontrando problemas com o telhado ou um ar-condicionado que vazou, ela estava tendo dificuldade para negociar com seu próprio coração.

Tudo se resumia em confiança. No fim, ela tinha a escolha de confiar ou não confiar em Tony. Era uma decisão que estava totalmente em seu poder. E, em última análise, essa confiança era um reflexo do que ela pensava sobre Deus. Isso era algo que Clara havia lhe dito logo no início.

— Esse problema com Tony é mais sobre você do que sobre ele — Clara tinha dito.

— Não sei o que a senhora quer dizer.

— Quero dizer que Deus a está levando a algum lugar que talvez você não queira ir.

— Por que eu não iria querer ir?

— Porque é difícil. E complicado. Você vai descobrir coisas sobre si mesma que não quer descobrir. Irá descobrir coisas sobre o seu próprio coração que você não quer mudar. Veja, todo mundo quer que outra pessoa seja culpada pelos problemas em sua vida. Precisamos de um bode expiatório. É mais fácil dessa maneira porque, se você se livrar do bode, você se livra dos problemas. Ou pode transformá-lo em um belo príncipe e sua vida parecerá diferente. Ninguém quer olhar para o bode no espelho.

— Então a senhora está dizendo que o meu problema não é Tony? Sou eu?

— Estou dizendo que Deus está usando Tony para ajudá-la a ir mais fundo. Se você deixar que Deus a leve para esse lugar e estiver totalmente rendida a ele, disposta a mudar o que quer que ele deseje que você mude, então haverá uma nova vida.

— Estou confusa — disse Elizabeth.

— Não tenho dúvidas disso — disse Clara. — Você pode influenciar Tony. Pode orar por ele e pedir a Deus que trabalhe em seu coração. Pode amá-lo com o tipo de amor que só Deus pode lhe dar. Mas você não pode tomar decisões por ele. Não pode mudá-lo. Só pode permitir que Deus a mude. Você pode mudar a maneira de pensar sobre ele, você mesma e Deus. Você pode acreditar na verdade sobre o poder de Deus e unir-se a ele no que ele deseja fazer. Na verdade, o que eu estou falando aqui é sobre a diferença entre você se esforçar para mudar as coisas e um verdadeiro avivamento. Ouço as pessoas falando muito sobre avivamento e o que querem que Deus faça para mudar a sociedade e a cultura, e quanto pecado existe em Hollywood e em qualquer outro lugar. Oro por avivamento. Mas tenho vivido o suficiente para saber que o avivamento não começa com ninguém além de mim. Bem aqui.

Clara apontou um dedo ossudo para o próprio coração. E continuou.

— Se você está ficando ansiosa, nervosa, questionando se Tony pode mudar, não está realmente questionando-o, está questionando se Deus tem o poder de fazer o que ele disse que poderia fazer.

Elizabeth se levantou da cama em silêncio, a voz de Clara repercutindo em sua memória. A respiração de Tony era pesada. Ele conseguia sempre adormecer de forma tão rápida e ela invejava isso. Ela foi até seu *closet*, fechou a porta, ligou a pequena luz e olhou para o que havia escrito nas paredes.

— Oh, Deus, quero confiar no Senhor — ela orou. — Quero acreditar no Senhor e no seu poder e não tentar eu mesma fazer tudo isso acontecer. O Senhor me daria a fé para realmente acreditar? O Senhor me daria um amor por Tony que eu não tenho?

E então ela teve um entendimento. A dúvida que teve sobre Tony, as perguntas sobre Verônica foram importantes. Ela teve de lidar com aquilo. Mas o que mais a assustou foi a dúvida que ela tinha sobre *si mesma*. Ela não tinha certeza se poderia aceitar Tony e perdoá-lo. Não tinha certeza se poderia amá-lo plenamente, porque isso significava que estaria totalmente exposta, com seu coração desprotegido. Ela queria reter alguma pequena parte de si mesma, mas o amor significava tornar-se totalmente aberta, totalmente vulnerável à outra pessoa.

Havia uma citação que ela tinha visto, algo que Clara tinha escrito... não, foi em um de seus livros de estudos bíblicos. Ela tinha certeza disso agora e sabia em qual prateleira o livro estava. Tony estava dormindo e ela não queria acordá-lo, mas não queria esperar para ler a citação. Elizabeth apagou a luz e rastejou pelo quarto, deixando seus olhos se acostumarem com a luz fraca. Ela ficou sobre os joelhos e engatinhou até a estante, retirando quatro livros de estudo, e refugiou-se no *closet*. Por fim, encontrou a citação que estava procurando, do livro de C. S. Lewis, *Os quatro amores*:

> Amar é ser vulnerável. Ame qualquer coisa e seu coração irá certamente ser espremido e possivelmente partido. Se quiser ter a certeza de mantê-lo intacto, não deve dá-lo a ninguém, nem mesmo a um animal. Envolva-o cuidadosamente em passatempos e pequenos confortos; evite todos os envolvimentos, feche-o com segurança no esquife ou no caixão do

seu egoísmo. Mas nesse esquife — seguro, sombrio, imóvel, sufocante — ele irá mudar. Não será despedaçado, mas se tornará inquebrável, impenetrável, irredimível.

Isso a fez recordar 1 Coríntios 13. Ela passou pelo capítulo escolhendo as palavras que se destacaram aos seus olhos e pedindo a Deus para torná-la paciente e bondosa. Ela não queria manter um registro dos erros, mas isso era tão difícil! A paciência consistia em sentar-se vulneravelmente na sala de espera de Deus. Bondade tinha a ver com transmitir aos outros o modo como Deus nos ama. Ela leu a passagem inteira orando os versículos um a um, e as palavras ganharam vida. Intuitivamente ela sabia que esse tipo de amor não era algo que ela pudesse criar por conta própria. Ele vinha apenas com a força oferecida por Deus, então ela pediu a ele que a fortalecesse com esse tipo de compreensão e amor por Tony.

Elizabeth ficou em seu *closet* até quase o amanhecer, falando com Deus e orando. Chorando. Uma coisa era orar e deixar que Deus respondesse a essa oração, fazendo seu marido ficar mal do estômago. Isso foi um milagre. Uma coisa era orar a Deus para que quebrasse o orgulho de seu marido e o trouxesse de volta para sua família. Isso também foi um milagre. Mas era um enorme salto crer que Deus tinha o poder de restaurar e reacender o seu próprio coração. Era um salto ainda maior sobre o desfiladeiro de seu desespero crer que Deus poderia tirar dela a dor de ser rejeitada.

CAPÍTULO 15

✦ ✦ ✦

Elizabeth não conseguia imaginar como o filho de dona Clara a convenceu a se mudar antes mesmo de haver uma oferta pela casa. Mas ela aproveitou a oportunidade para ajudar, já que a decisão foi tomada, e recrutou Danielle e Tony para o projeto. Foi quando Clara conheceu Tony. Ela sorriu e deu-lhe um grande abraço quando ele chegou, dando-lhe tapinhas no ombro.

— Esse homem tem músculos o suficiente para fazer a mudança desta casa inteira — disse ela para Elizabeth quando ele entrou. — Gostaria que meu filho pudesse estar aqui para ajudar, mas ele está fora da cidade.

— Não vejo a hora de conhecer Clyde. Ouvi falar tanto sobre ele.

— Como você e Tony estão indo?

Elizabeth sorriu.

— Estamos nos aproximando progressivamente. Mas ainda há um monte de caixas para desempacotar.

— E aquele pastor da igreja, está ajudando vocês?

— Foi a melhor ideia que Tony já teve. Nós só o vimos uma vez, mas ele é bom. Ele foi direto ao âmago de alguns dos nossos problemas.

— E foi ideia de Tony, isso é o mais importante — a mulher disse. — Você não sabe como isso é raro.

Elizabeth seguiu Clara por toda a casa, escrevendo etiquetas para cada uma das caixas. Seus itens estavam divididos em três categorias. A primeira era a menor, com acessórios e caixas que iriam para um novo lugar na casa de seu filho. A segunda categoria, ligeiramente maior, eram as coisas que seriam guardadas. E a última, o lote maior que enchia a sala de estar era composto de coisas que Clara queria doar. Elizabeth havia sugerido fazer uma venda de garagem, mas Clara não queria ouvir falar disso.

— Deus não me abençoou com todas essas coisas para que eu as vendesse por centavos. Tenho orado para que minhas coisas cheguem às mãos certas e acredito que ele vai fazer isso acontecer.

O material para doação foi entregue aos vizinhos e às pessoas da igreja. Alguns itens continham etiquetas autoadesivas com nomes nelas, pois estavam reservadas para pessoas específicas na vida de Clara. Quadros, uma mesa de café e estantes para um jovem casal recém-casado. Muitos de seus livros foram doados para a biblioteca da igreja. Quando o caminhão da mudança chegou, Elizabeth não podia acreditar em como tudo havia ficado organizado e reduzido após a separação.

Ela amava ver Tony e Danielle envolvidos no projeto. Eles abraçaram a tarefa com o mesmo nível de entusiasmo, embora Tony tivesse feito todos pararem por alguns minutos a fim de mostrar os movimentos de Danielle com a corda de pular.

— Essa menina tem um verdadeiro talento — disse Clara.

Elizabeth caminhou até Clara, enquanto ela escrevia mais algumas etiquetas nas caixas.

— Vou sentir falta de vir aqui para vê-la.

— Bem, você pode ir me ver na casa do meu filho. Está apenas a quatro quarteirões de distância.

Tony havia aberto uma janela para pegar alguns acessórios por ela e Clara observava-o.

— E Tony vai ficar muito bem. Simplesmente continue orando por ele.

— Todos os dias — disse Elizabeth.

— Agora, quando é que a minha casa vai ser vendida? Não quero que simplesmente qualquer pessoa a compre. Precisam ser as pessoas certas.

— Estou orando pelas pessoas certas, dona Clara. Todos os dias.

Tony saiu do caminhão de mudança e voltou para a casa. Pegou seu telefone celular como se tivesse recebido uma chamada ou uma mensagem de texto. Ele olhou para o aparelho por um momento e em seguida socou a tela. Elizabeth se perguntava qual chamada ele havia rejeitado.

Eles dirigiram para a nova casa de Clara e ajudaram a descarregar as coisas no apartamento preparado para ela. Tony e Michael, seu amigo paramédico, mudaram o sofá de lugar três vezes até conseguirem que ficasse perfeito.

— Agora, não coloque nada no *closet* do meu quarto — disse Clara.

A nora de Clara levou-a para um canto.

— Mamãe, Clyde preparou uma agradável área perto da janela onde você pode olhar para a vizinhança do lado de fora e orar.

— Amei esse lugar — disse Clara — e vou ver o sol nascer e ler a minha Bíblia ali, mas preciso do meu *closet* para as orações mais intensas que faço todos os dias.

Sua nora sorriu.

— Eu disse a Clyde que já era suficiente a termos enfim aqui.

Uma adolescente saiu da casa, com a cabeça para baixo, como se não quisesse se encontrar com qualquer pessoa que estivesse ajudando sua avó.

Clara viu e chamou-a.

— Hallie, quero que você conheça uma amiga minha. Ela está ajudando a vender a minha casa.

Elizabeth cumprimentou a garota e apertou sua mão. Ela parecia um pouco magra demais e seu rosto estava pálido.

— Prazer em conhecê-la — disse Hallie, sem levantar os olhos.

— Vai ser bom ter sua avó ainda mais perto do que antes, não é? — Elizabeth perguntou.

— Acho que sim.

Com isso, a menina saiu, e Clara colocou a mão no ombro de Elizabeth e baixou a voz.

— Se você não se importar, gostaria que adicionasse o nome da Hallie à sua lista de oração. O Senhor tem algum trabalho a fazer na vida dessa mocinha. E quero estar aqui quando ele o fizer.

Elizabeth comprometeu-se a orar por ela e digitou uma nota em seu telefone celular. Ela fez uma anotação mental para se lembrar de perguntar a Tony sobre quem tinha ligado para ele, mas depois decidiu que iria deixar isso de lado. *Fazia parte da construção de confiança*, pensou.

A mente de Tony estava sempre girando com ideias sobre um pequeno negócio que ele poderia iniciar ou empresas nas quais poderia trabalhar. A rede de comunicação era a chave para qualquer busca de trabalho, e ele havia perguntado a alguns dos homens da igreja sobre as possibilidades de emprego. Ninguém sabia de nada no momento, mas todos eles disseram que não se esqueceriam de Tony. Michael sugeriu que ele se tornasse um pensador profissional.

— Você sabe, aquela estátua do cara sentado e que pensa o tempo todo? Você parece muito com ele.

— Não encontrei ninguém que me pagasse para fazer isso — disse Tony.

Tony sabia que Michael se importava com ele e queria se abrir sobre o que tinha acontecido, mas era doloroso. Se ele pudesse guardar isso em seu interior e conseguir um novo emprego, tudo daria certo. Ele poderia colocar o passado no lugar que lhe pertencia e seguir em frente.

Com a ginástica que fez na mudança de Clara, ele imaginou que poderia começar um clube de exercício em um caminhão. As pessoas lhe pagariam para tonificar seu abdômen movendo mobílias. As famílias que estivessem se mudando lhe pagariam pelo serviço e todo mundo ganharia. Ele chamaria isso de "mudança-fit" ou algo assim. O pensamento o fez sorrir, mas ele tinha de pensar em uma ideia melhor.

Deveria haver algum lugar em que ele pudesse se encaixar, no qual pudesse usar suas habilidades de vendas, seu jeito com pessoas e seu amor pelo atletismo e exercícios. Quando chegava ao ginásio, quando jogava bola ou corria, ele se sentia vivo. Se pudesse combinar sua paixão pela quadra e a sala de musculação com a vida, poderia fazer a diferença. Ele sempre tinha considerado que a sua melhor habilidade era gerenciar pessoas — reunir as pessoas na mesma equipe e caminhar na direção certa.

Pena que você não tentou fazer isso com sua própria família.

Essa era a voz em sua cabeça, a voz acusadora e zombadora que continuamente o empurrava para baixo. Enquanto estava organizando a mudança de Clara, ele recebeu um telefonema de Verônica. Isto o travou de imediato, mas ele rapidamente rejeitou a chamada. Tony tomara essa decisão — se ela telefonasse, ele não iria responder. Então, ele deu o passo seguinte e excluiu as informações de contato dela. Queria mostrar a Elizabeth o que tinha feito, mas depois decidiu não fazer isso. Ele não queria ser o filhote de cachorro que precisava de um tapinha na cabeça toda vez que não fazia xixi no tapete. Isso era parte do novo Tony, o homem forte, resoluto que Deus estava reconstruindo, mas tinha de admitir que a voz acusatória às vezes o pegava.

Jennifer e Danielle estavam pulando corda na calçada. Quando as viu, quis entrar na disputa e pular com elas, mas a voz acusadora disse: *você nunca esteve presente na vida dela quando ela começou a pular corda. Por que quer começar agora? Você a ignorou. Ela não vai perdoá-lo nem permitir que você volte. Pare de tentar.*

Tony sentou-se no degrau, espantado com a maneira de as meninas saltarem. Danielle deu uma olhada.

— Pai, por que você não tenta? Nós vamos começar com as duas cordas.

Sua primeira reação foi de rejeitar a ideia. Pular corda era para meninas. Mas por alguma razão ele se levantou e disse:

— Claro.

Quando ele pegou a corda para uma delas pular, Danielle disse:

— Não, quero dizer, você vai saltar ali no meio. Veja se consegue fazer isso.

— Ver se eu consigo fazer isso? — Tony perguntou. — Não tem nada de *ver* se eu consigo. Quando eu começar a pular, seus braços vão cair antes que eu erre.

— Vamos ver, senhor Jordan — Jennifer disse com um sorriso.

— Isso! — Danielle gritou, e elas começaram a girar as cordas.

Ele tentou três vezes antes que conseguisse realmente fazer aquilo sem parar as cordas e, quando conseguiu, só deu dois saltos sem errar. Danielle riu e disse que seus braços não tinham caído ainda. Tony estava determinado. Em sua vida, tudo o que decidiu fazer, ele fez. E foi bem-sucedido no que se aplicou. Logo, ele estava correndo no mesmo lugar, as cordas girando em torno de si, assobiando ao vento. Ele deu um giro e as meninas riram. À medida que ele entrava no ritmo, os olhos de Danielle se arregalavam e sua boca ficou presa em um sorriso que ela não conseguia conter. Ela balançou a cabeça para Jennifer como se esse fosse o momento de maior orgulho de sua vida.

Tony estava inteiramente ali, no meio daquelas duas cordas. Em vez de se sentir do lado de fora da vida de sua filha, ele estava bem no interior, e a cada salto ele agradecia a Deus pela chance de mudar, a chance de fazer parte de sua família; a chance de amar e ser amado, e de cometer erros.

— Papai, por que você não pula com a gente? — Danielle perguntou quando ele errou novamente. Ele percebeu que ela queria que ele fosse parte da equipe no campeonato.

— Sim, isso seria incrível! — Jennifer exclamou.

— Não, não, não. Eles não deixam que os pais façam isso.

— Sim, eles deixam — disse Jennifer. — Mas nenhum pai faz isso porque não consegue acompanhar.

— Pai, é uma competição aberta. Você pode pular no campeonato estilo livre. Eles vão aceitá-lo!

Tony olhou para ela, uma gota de suor surgiu.

— Vamos fazer assim: deixe-me pensar sobre isso.

Jennifer e Danielle pularam de alegria e ele tentou acalmá-las.

— Agora, se eu for fazer isso, quero fazer direito. Então, vamos tentar novamente. Comecem a se mexer!

A série começou mais uma vez, as cordas chicoteando o vento e girando em torno de Tony, seus pés movendo-se rapidamente, os músculos empenhados e o suor rolando.

Você vai correr o risco de fazer papel de bobo, disse a voz. *Nem pense em entrar nessa equipe.*

Tony sorriu e pulou, e continuou pulando até Danielle queixar-se de que parecia que seus braços iam cair.

Elizabeth despertou, dando-se conta de que Tony não estava na cama. Ela vestiu o roupão e atravessou a sala de estar, buscando qualquer vestígio dele, gritando na casa vazia. Danielle ainda estava dormindo em seu quarto.

Ele não estava na cozinha e a porta da frente ainda estava trancada, então ele não tinha saído para uma corrida. Por fim ela verificou na garagem e o encontrou lá. Era estranho não ver o carro dele na garagem. Ele estava sentado em uma cadeira de jardim em frente a uma mesa dobrável, olhando para uma caixa que estava sobre a mesa como se contivesse algum tesouro escondido — ou talvez um dispositivo nuclear que iria destruir o planeta; ela não saberia dizer qual dos dois.

— Tony, o que você está fazendo? — ela perguntou.

— Estou lutando.

Ela desceu os degraus e fechou a porta atrás dela.

— Contra o quê?

Tony levantou a tampa da caixa, revelando amostras de remédios com o logotipo *Brightwell* estampado sobre elas. Ele continuou olhando fixamente para frente, incapaz de olhar para Elizabeth.

— O que é isso? — ela perguntou.

— Era o meu plano de gratificação.

Ela analisou um dos vidros, formando as perguntas em sua mente.

— Onde você conseguiu isso?

— Venho guardando alguma coisa para mim cada vez que levo as amostras para um cliente.

— Pensei que eles tivessem de assinar confirmando a quantidade do que você lhes dava.

— Há maneiras de contornar isso.

— Tony, você tem de levar isso de volta — ela disse com convicção e com o entendimento de que estava certa.

— Liz, eu poderia ser processado por isso.

O peso de suas palavras caiu sobre ela.

Tony levantou e caminhou em torno da garagem como um leão enjaulado.

— Olhe, eu já perdi o meu trabalho. Será que agora vou ter de dizer a Danielle que seu pai talvez vá para a cadeia?

Faça uma pergunta a ele, ela pensou. *Tire-o daí. Descubra o que está acontecendo debaixo das aparências.*

— Então por que você está lutando? — ela perguntou, deixando a pergunta pairando entre eles.

Ele olhou fixamente para a caixa, depois para o chão da garagem, para qualquer lugar, menos para o rosto de Elizabeth. Ela raramente vira esse olhar. Tony era sempre o tipo de cara que assumia o comando, seguia em frente e dava o melhor de si. Agora ele parecia estar perdido, sem saber o que fazer, com Deus correndo atrás.

— Porque sei que Deus está me dizendo para levá-los de volta — Tony disse, afundando na cadeira de jardim novamente.

— Parece que você sabe o que quer fazer, então.

— Não é o que eu quero fazer. É o que preciso fazer. O que tenho de fazer.

Elizabeth puxou uma cadeira e sentou-se ao lado dele, analisando as caixas de medicamentos.

— Que tipo de remédio é?

— *Predsim*. É um estimulante. Não é oxicodona ou algo do gênero. Serve para mantê-lo acordado. É quase como essas bebidas energéticas em uma pequena pílula.

— Você os vendia?

Ele olhou para o chão.

— Cerca de um ano atrás, tive essa ideia depois que uma caixa ficou presa na parte inferior da minha pasta de amostras. Logo depois que assinei o contrato da Bradley.

— Você estava tão animado com isso.

— Sim, até que eles me deram um bônus muito inferior ao que deveria ser. A empresa está ganhando bilhões e eles recompensam os vendedores com amendoins. Isso é o que passou pela minha mente... Não estou dizendo que estava certo.

— Eu entendo — disse ela.

— Então vi isso como uma maneira de ganhar algum dinheiro a mais por fora. Para compensar os bônus.

— Como você fez isso?

Tony explicou como ele reorganizava as embalagens que continham oito caixas e guardava duas para si.

— Eu as colocava nos armários de suprimento e fazia com que os médicos assinassem, confirmando que havia recebido todas as caixas. Eles nunca tinham tempo de conferir os números. Isso é o que eu pensava.

— Mas para quem você vendia as caixas extras?

O semblante de Tony descaiu.

— Encontrei um farmacêutico que os comprava clandestinamente. Ele me deu alguns outros nomes de compradores em outras cidades. Mas o maior mercado para isso é um *campus* de uma faculdade. Os moleques que estudam para uma prova, que escrevem monografias no meio da noite, eles vivem disso.

— Você vendia para os jovens da faculdade?

— Eu não ficava na esquina da rua vendendo drogas ilegais para eles. Encontrava um ou dois indivíduos no *campus* e lhes fornecia. Não me orgulho disso. Isso me deixa mal agora.

— Eu sei — disse ela. — E eu estou feliz por estar me contando. Acho que é um bom passo.

— Eu não poderia contar isso para o pastor. Ou para qualquer pessoa.

— Não é à toa que você está aqui fora. O peso disso deve ser...

Ele assentiu com a cabeça.

— E o peso de falar disso faz com que eu me sinta muito mal. Pensei que quando entregasse minha vida a Deus, as coisas iriam ficar mais fáceis. Acho que cheguei ao fundo do poço. E se eles me processarem, pode ser que eu vá para a prisão.

Tony estava certo. Havia muito a perder ao voltar atrás, mas algo surgiu dentro de Elizabeth. Fazer a coisa certa sempre foi o melhor caminho a tomar, mesmo se isso causasse sofrimento. Ela queria dizer alguma coisa, falar a ele o que tinha de fazer, e então, pensou em Clara e nos erros que ela disse que Elizabeth havia cometido tentando mudar seu marido.

Elizabeth levantou-se e olhou para ele com preocupação e amor, colocando a mão em seu braço.

— Tony, você não tem de fazer isso sozinho. Estou aqui. Posso pedir a Clara que ore. E quando essa mulher ora, coisas acontecem.

— Venho orando sobre isso a noite toda — disse Tony.

Ela pegou a mão dele.

— Senhor Jesus, conheces a luta que Tony tem enfrentado. Tu sabes da indecisão, a vergonha, a dor de suas escolhas. Peço-te que lembres agora mesmo que ele é teu filho. E que quando tu olhas para ele, vês a perfeição do teu Filho Jesus. Obrigada por teres vencido o pecado. Obrigada porque o maligno não está no controle. Peço que dês coragem a Tony para fazer o que estás pedindo que ele faça, no teu tempo.

Antes que Elizabeth pudesse dizer "Amém", a voz de Tony ecoou na garagem.

— Jesus, ajuda-me — ele orou. — Por favor, Senhor. Ajuda-me a fazer a coisa certa.

Dona Clara

✦ ✦ ✦

Pouco tempo após a reviravolta de Tony, Elizabeth telefonou com um pedido urgente.

— Não posso entrar em detalhes, Clara, mas Tony confessou algo. E nós dois acreditamos que ele precisa fazer uma coisa realmente difícil.

— Isso é bom. Significa que Deus está trabalhando em seu coração e transformando-o de dentro para fora. Isto não é apenas sobre a recuperação de sua família. Ele realmente quer obedecer a Deus. Isso é maravilhoso!

— Não parece tão maravilhoso porque... talvez existam consequências.

— Aguente firme e entregue as consequências ao Senhor — disse Clara.

Depois de desligar o telefone, Clara lembrou-se de algo que havia dito a Elizabeth em uma de suas primeiras reuniões.

— A partir do momento em que o poder de Deus é liberado em uma vida, as coisas não permanecem iguais. É isso que a oração faz, ela libera o poder de Deus. Veja bem, a oração não é sobre fazer as coisas direito. As suas orações não são respondidas porque você se ajoelha exatamente no lugar certo ou simplesmente diz as palavras certas.

— Mas a senhora tem o seu quarto de guerra — Elizabeth havia dito.

Clara concordou.

— É nesse lugar que me sinto mais perto de Deus. Mas posso orar perto do bebedouro também.

A pergunta seguinte de Elizabeth naquele dia tinha sido hostil: *Para que orar, afinal?*

— Se Deus sabe tudo e está fazendo a sua vontade no mundo, de que adianta orar?

— Huuum — disse Clara. — A resposta a essa pergunta é simples, mas não é fácil. Oramos porque Deus nos diz para fazê-lo. Ele ordena que o façamos. Então, nós obedecemos. E João diz que sempre que pedimos alguma coisa de acordo com a vontade de Deus, ele nos ouve. Então por que Deus iria nos pedir para fazer algo que não faz nenhuma diferença? Essa, na verdade, é a sua pergunta.

— Certo. Mas a senhora realmente acredita que faz uma diferença.

— Sim, acredito, ou não iria perder meu tempo nem a cartilagem dos meus joelhos.

Elizabeth sorriu.

— A oração nos leva para mais perto do coração de Deus. Ela abre o seu coração em favor dos que estão ao seu redor e faz com que você deseje o que Deus deseja. E está claro desde a primeira página até a última da Bíblia que Deus de fato responde aos pedidos do seu povo. Não tenho a pretensão de entender como isso funciona, mas é a verdade.

Com essas palavras na mente, Clara dançou em direção ao seu quarto de guerra, dizendo a Satanás que ele estava perdendo tempo, porque Deus estava se movendo. Ela orou por coragem para Tony e paz para o coração de Elizabeth. E orou para que as vitórias começassem a se apressar.

CAPÍTULO 16

✦ ✦ ✦

TONY SUBIU DE ELEVADOR até o quadragésimo sétimo andar do edifício da Brightwell, em Charlotte. O guarda de segurança na recepção telefonou para o andar de cima e alguém no escritório autorizou-o a subir. Foi estranho não ter um cartão de acesso, mas esse era o preço a pagar pelo seu delito.

Ele estava com um nó no estômago quando a porta se abriu. Um nó quase tão grande quanto aquele que sentiu após o jantar com Verônica, mas desta vez ele não sentia enjoo. Era uma tensão positiva, se é que existia algo assim. Um sentimento de humilhação misturado com determinação.

Tony caminhou em direção aos escritórios e várias pessoas olharam para ele, e em seguida viraram o rosto. Ele parou na mesa de Júlia do lado de fora do escritório de Coleman Young. Ela olhou duas vezes quando o viu e pegou o telefone.

— Está tudo bem — disse Tony. — Não estou aqui para causar problemas. Eu só gostaria de falar com o Coleman. Só preciso de cinco minutos e depois vou embora.

Algo em seu comportamento, ou talvez tenha sido algo que ele disse com os olhos, convenceu Júlia de que ele estava sendo sincero e não representava uma ameaça. Ela olhou para o corredor e levantou um dedo, indicando que ele deveria esperar.

Julia caminhou até a sala de conferências. Tony se contorceu para escutar a conversa, mas só ouviu Coleman dizer: "Você sabe o que ele quer?"

Tony sentou-se na sala de espera, balançando a caixa de amostras em seu colo como uma criança esperando para ver o diretor. Ele segurava as provas incriminatórias — ou eram as provas que o seguravam?

Simplesmente jogue a caixa na lixeira e acabe com isso, disse a voz em sua cabeça. *Você não precisa fazer isso.*

Os saltos altos de Júlia estalavam no chão de ladrilhos.

— Tony, Coleman está esperando por você na sala de conferências.

Ele agradeceu-lhe e em seguida começou a longa caminhada pelo corredor. Sentia como se estivesse indo para uma execução, ainda mais quando viu Coleman e Tom na sala de conferências. O rosto de Coleman tinha uma expressão austera. Tom olhou-o como se ele se ele fosse um animal morto na estrada há uma semana.

Tony colocou a caixa sobre a mesa. Coleman estava de um lado da mesa e Tom do outro, com uma grande distância entre eles.

— Coleman — disse Tony, com a voz trêmula. — Agradeço a vocês por se encontrarem comigo. Eu só precisava trazer algo de volta que pertence à empresa e pedir desculpas por tomá-lo.

— O que há na caixa? — Tom perguntou, quebrando o estranho silêncio.

Tony levantou a tampa, revelando os remédios roubados. Tom se aproximou e pegou um vidro. Quando ele falou, foi com a mesma voz acusadora que Tony havia ouvido em sua cabeça.

— Então, você não estava apenas adulterando seus números. Estava roubando amostras. E depois as vendia, não é mesmo?

Tony assentiu com a cabeça.

— Deixe-me ver se entendi — Tom continuou. — Nós lhe damos um alto salário e benefícios com prêmios e viagens. E você decide nos agradecer tomando mais ainda para si mesmo? Você percebe que nós poderíamos processá-lo por isso?

— Tom — disse Coleman, interrompendo. Sua voz acalmou um pouco a sala e Tom se virou.

Coleman ficou olhando para a caixa como se estivesse tentando entender o que estava vendo. Ele se aproximou de Tony e sentou-se na borda da mesa.

— Por que você trouxe isso agora?

Tony engoliu em seco.

— Porque eu precisava confessar o que fiz. E pedir seu perdão.

— Perdão, ah, isso é ridículo — disse Tom, rindo. — Há quanto tempo você vem fazendo isso? Quanto dinheiro você ganhou?

— Cerca de dezenove mil.

— Dezenove mil — disse Tom, obviamente não acreditando nele. — Isso é tudo? Sério?

— Tom — disse Coleman, interrompendo as ameaças novamente. Ele olhou para Tony com um pouco de pena e incredulidade. — Tony, não faz sentido fazer isso depois de você já ter sido demitido.

— Eu sei disso, Coleman, mas precisei de um despertar. Eu tinha o trabalho, tinha a renda, mas estava perdendo todas as outras coisas. Estou procurando agir corretamente com minha família e agir corretamente com Deus. Mas preciso ficar bem com vocês. Então, estou pronto para aceitar qualquer decisão que vocês tomarem.

— Incluindo a prisão? — Coleman perguntou lentamente.

— Qualquer que seja a consequência.

— Bem, isso faz com que seja mais fácil para nós — disse Tom rapidamente.

— Coleman, é hora de chamar as autoridades.

— Ainda não — disse Coleman. Ele analisou o rosto de Tony e fez uma pausa. — Tony, você está disposto a assinar uma declaração?

Ele concordou.

— Estou.

— Então, quero dois dias para pensar sobre isso.

— Dois dias? — Tom perguntou, incrédulo.

— Sim — disse Coleman. Seus olhos ainda analisando Tony. — Você vai ter notícias de mim daqui a dois dias.

Tony olhou para Tom. Ainda não saía vapor de suas narinas, mas provavelmente não iria demorar muito.

— Obrigado — disse Tony e caminhou lentamente para fora do escritório da Brightwell. Ele se perguntou se na próxima vez que veria Coleman ou Tom seria em um tribunal.

Elizabeth orou por Tony enquanto girava a corda de pular para Danielle e Jennifer. Na maior parte do seu casamento nos últimos anos eles estiveram separados. Ele tomou o seu caminho, ela tomou o dela. Ela havia se convencido de que ele não podia mudar, que estava preso a todos aqueles padrões de comportamento. Ela, naturalmente, não enxergava os próprios padrões de comportamento. Você nunca vê o seu próprio rosto até que olhe para algo que o reflita, mas com certeza é fácil ver as falhas em todos os demais.

Elizabeth havia se perguntado ao longo dos anos se estaria casada com o homem errado. Por que ela não tinha visto as maneiras de Tony lidar com os problemas quando era mais jovem? Por que atenuou os sinais de alerta e disse a si mesma que podia mudá-lo?

A verdade era que Deus havia feito em poucas semanas o que ela tentou fazer por dezesseis anos. E Deus tinha feito a mesma coisa nela.

— Quando o papai vai voltar? — Danielle perguntou quando elas fizeram uma pausa.

— Deve ser a qualquer minuto — disse Elizabeth.

— Que bom. Quero que ele venha treinar conosco, para que nós dois possamos saltar.

Não havia qualquer hesitação nela. Danielle havia visto o novo Tony, aceitou-o e acreditou que ele saltaria para dentro de sua vida. Ela não reteve sua confiança nele. Elizabeth queria ter esse mesmo tipo de confiança, não agir sobre o que tinha acontecido no passado e sobre as velhas feridas que ainda doíam, mas acreditar no melhor e tratá-lo como se ele sempre a tivesse tratado gentilmente.

— Danielle, quando ele voltar, provavelmente vamos precisar conversar. Ele tinha uma reunião importante hoje.

— Mas ele vai pular em nossa equipe — disse ela.

— Ele vai? — Elizabeth perguntou.

— Ele também nos disse que pode nos ensinar alguns movimentos que podemos usar na competição — disse Jennifer.

Elizabeth sorriu diante disso. Tony era um bom treinador, um bom motivador, um bom vendedor. Ele vendeu à sua filha e à sua amiga a ideia de que poderiam ganhar um campeonato que, de acordo com a opinião geral, ia ser bastante competitivo.

— Será que ele conseguiu um novo emprego? — Danielle perguntou

— Ele precisa encontrar um novo emprego, mas esta reunião não é sobre isso.

Jennifer pegou a corda e Danielle ficou no meio. Elizabeth e Jennifer giravam enquanto Danielle fazia sua parte da série. Aparentemente, elas tinham uma energia inesgotável e uma graça infinita a oferecer. Talvez fosse essa maneira infantil de olhar para a vida que Elizabeth precisava desenvolver. E se pudesse perdoar o marido e seguir em frente, como Danielle fez, seu relacionamento com Tony seria muito melhor.

Ela orou por ele e viu Deus trabalhar em seu coração, mas ainda havia áreas — palavras que ele dizia, maneiras de ele olhar para ela — que tocavam em velhas feridas. Naqueles momentos, ela tinha de se conscientizar, lembrando a si mesma da verdade e não agir sobre o que via nem sobre os sentimentos despertados, mas sobre o que sabia que estava acontecendo dentro dele, a mudança que estava ocorrendo. Afinal de contas, ela também reagia ainda de algumas das velhas formas. Nada disso era fácil ou rápido. Deus não tinha tocado em seu casamento com uma varinha mágica e feito com que todos se tornassem amorosos, bonzinhos e sentimentais. Na verdade, eles não tinham intimidade há semanas, talvez meses, e parte disso foi em função da história que Tony havia compartilhado sobre Verônica. Embora ele não tivesse realmente tido um caso, Elizabeth sentia pouca confiança nele. Mas ela conseguia perceber um descongelamento de sua relação arrefecida e o aumento da temperatura entre eles. O pastor em sua igreja os havia encorajado a irem devagar, saírem juntos e permitirem que o seu relacionamento reacendesse. Isso fazia bastante sentido para ambos.

Tony chegou no carro de Elizabeth e abriu a garagem. Quando estacionou, ela parou de balançar a corda.

— Ei, meninas, por que não vão para dentro e pegam algo gelado para beber, tudo bem? Podemos começar de novo daqui a pouco.

Ele saiu e caminhou lentamente até elas, abraçando Danielle e cumprimentando Jennifer com o punho. Elizabeth analisou seu rosto, tentando discernir o que poderia ter acontecido. Sempre foi tão difícil para ela interpretá-lo. Pelo menos ele não tinha sido levado algemado.

— Então? — ela indagou.

Ele balançou a cabeça.

— Não sei. Quero dizer, Tom simplesmente queria me colocar na cadeia. Mas Coleman disse que quer dois dias para pensar sobre isso.

— Sério? — ela perguntou, com medidas iguais de incredulidade e cinismo. Ela sabia que para Coleman só os resultados importavam. Você faz uma venda e ele recompensa-o. Você vacila e paga o preço. Tom não tinha gostado de Tony desde o início, pelo menos é assim que Tony acreditava. Mas Coleman tinha sempre parecido neutro. Simpático a ela e Danielle, mas tudo eram só negócios. — Ele parecia zangado?

— Eu não saberia dizer — Tony balançou a cabeça e olhou para as árvores ao redor de sua casa. Verdes, frondosas e cheias de vida. — Liz, esta foi a coisa mais estranha que eu já fiz.

— Sim, mas você fez isso. Ouça, você fez a coisa certa.

Ela se aproximou dele.

— Agora nós apenas temos de orar e esperar.

Orar e esperar. Isso é o que ela tinha feito nas últimas semanas. E na espera surgiu o fortalecimento dos músculos da fé. Foi um exercício total de fé esperar e permitir que Deus assumisse o controle pleno de sua vida. Como Clara disse, estava na hora de simplesmente sair do caminho e deixar Deus agir.

— Por que você não se troca e vai treinar com sua filha?

— Liz, por que eu deveria treinar para uma competição se posso ir para a cadeia?

— Você não tem certeza disso. Aconteça o que acontecer, confiamos em Deus, certo?

Ela estava dizendo aquilo para si mesma tanto quanto estava dizendo para ele. Pareceu um pouco clichê, um pouco banal, mas ela não se importava em como parecia. Importava-se com Tony.

Tony pensou nisso por um momento, remoendo-se em seu interior.

— Certo — ele disse com determinação.

Em seguida virou-se para entrar, então balançou a cabeça e, rindo um pouco, ele disse:

— Isso é loucura. Você sabe disso, certo?

Elizabeth sorriu à medida que eles entravam. Enquanto Tony trocava de roupa, ela ligou para Clara, informando-a sobre o que tinha acontecido na reunião de Tony. A mulher estava ansiosa por informações sobre o progresso que os dois estavam fazendo e o quanto Tony estava mudando, mas nunca deu a impressão a Elizabeth que suas orações dependiam de resultados. Clara se colocara de joelhos por eles sem se importar se iria acontecer algo bom ou ruim.

— Quero que você me ouça — disse Clara, enquanto Tony e as meninas saíam para treinar. — Deus está trabalhando aqui. Ele fez uma grande obra no coração do seu marido. E não importa o que a empresa decidir. Não me importo se eles irão contratá-lo de volta como vice-presidente ou se irão levar uma equipe da S.W.A.T para o seu quintal da frente. A circunstância não importa. É sua reação a ela que importa.

— Bem, tenho esperança de que a equipe da S.W.A.T não seja uma opção.

Clara riu.

— Isso me lembra de José. Você conhece a história do menino que foi vendido como escravo por seus próprios irmãos. Isso é traição. E então ele foi falsamente acusado e jogado na prisão. E o tempo todo Deus estava trabalhando na vida dele. Era o velho José, sendo apenas ele mesmo, apenas interpretando os sonhos como Deus permitiu que ele o fizesse. E quando a história toda é contada, você vê como a mão de Deus estava sobre tudo isso, as coisas boas e ruins. Ele usa tudo isso, Elizabeth.

Ela olhou pela janela para Danielle e Jennifer girando as cordas e Tony pulando, saltando em um pé, depois no outro. O sorriso no rosto de Danielle era inestimável. Havia um brilho nela enquanto olhava para seu pai.

Enquanto Elizabeth observava, ficou claro que o movimento das cordas, todos os saltos e o esforço para ficar no ritmo e não parar o movimento era simplesmente como suas vidas. A corda do casamento balançou e Tony e ela estavam se esforçando para manter os dois pés acima dela à medida que aquela corda passava abaixo deles. A corda das finanças e a corda espiritual também balançaram — havia simplesmente muitas maneiras de tropeçar e ficar enrolado. Ela queria que Deus os levantasse e os suspendesse no ar para que seus pés nunca tocassem a terra, mas ele não quis. Havia algo no salto que os tornava mais fortes, e algo no erro que, com o tempo, tornava mais suave a conservação de seus pés em movimento. Clara estava certa. Deus usava tudo. Ele usou os tempos difíceis para que ela se aproximasse dele. Ele usou a luta para aproximá-los.

Naquela noite, eles se sentaram no *closet* de Elizabeth, em seu quarto de guerra, e oraram pela situação com Coleman e Tom. Ela pediu a Deus que resolvesse as coisas para que Tony não fosse processado. Orou por um novo emprego para Tony e provisão para sua família.

— Ajude-nos a confiar em ti, aconteça o que acontecer — ela orou.

Tony hesitou antes de começar. Orar juntos não era algo que o fazia se sentir bem — e no início ele simplesmente deixou Elizabeth orar e segurou a mão dela, apertando-a às vezes. Ela concedeu-lhe isso, não exigindo que ele estivesse no mesmo ponto que ela estava. Mas logo ele estava orando em voz alta com ela, e sua voz e seu coração despontaram brilhando. Elizabeth não podia acreditar na sensação de unidade que ela estava sentindo enquanto o ouvia falando com Deus.

— Deus, quero um trabalho novo e não quero ir para a cadeia — Tony orou —, mas sei que há consequências para as minhas ações. Sei que o que fiz feriu as pessoas. Magoei minha família e prejudiquei meu empregador. E agradeço-te por me perdoares e por apropriares-te do meu coração e não me deixares mais ir atrás das coisas que me destruiriam. Neste momento oro por Tom. Ele me odeia. Pude ver isso em seu rosto. E posso entender o porquê. Por isso, Senhor, dá-me alguma oportunidade de ser gentil com ele. Alguma chance de mostrar o teu amor para com ele. Não tenho nem ideia de como poderias fazer isso, mas acredito que tu podes fazer com que aconteça. E oro por Coleman, Senhor. Ele sofre muita pressão para ter sucesso. Muita pressão dos acionistas e todas aquelas pessoas que estão trabalhando sob seu comando. Oro para que tu o abençoes. Oro para que abençoes a empresa e usa-a para ajudar as pessoas. Dá sabedoria à equipe de pesquisa à medida que eles trabalham em um novo medicamento. Acima de tudo, oro para que tu atraias Coleman e Tom para ti. Poderias aproveitar esta situação com eles para ajudá-los a ver a necessidade deles de ti? A necessidade de serem perdoados?

Eles ficaram no *closet* por quase uma hora. Quando terminaram a oração, Tony estendeu a mão e ajudou Elizabeth a levantar-se, e ela aproximou-se dele. Ela olhou em seus olhos e ele colocou as mãos em seus ombros. Por um momento ela pensou que ele fosse beijá-la.

Em vez disso, Tony mordeu o lábio e olhou para um versículo na parede.

— Enquanto estávamos orando, tive a impressão de que o Senhor quer que falemos com Danielle. Não acho que é justo colocar um grande fardo sobre ela, mas também não acho que é justo mantê-la de fora dessa situação.

— Confio em você — disse Elizabeth. E as palavras saíram de sua boca antes que ela percebesse que as havia dito.

✦ ✦ ✦

Tony viu o medo no rosto de Danielle quando, após a louça do jantar ter sido guardada, ele pediu à menina para se sentar à mesa com eles.

— Temos algo a lhe dizer.

— Não tenha medo, querida — disse Elizabeth, esfregando as costas da menina.

— Vocês não estão se divorciando, estão? Porque isso está acontecendo com os pais da Cindy. Fizeram com que seu irmão e ela se sentassem à mesa da cozinha exatamente assim.

Tony inclinou-se, chamando a atenção de sua filha.

— Sua mãe e eu nos amamos. Estamos trabalhando em nosso casamento para que possamos ser as pessoas que Deus quer que sejamos. Então, poderemos ser bons pais.

— Você não está saindo de casa, está? — Danielle perguntou. — Isso é o que os pais da Cindy fizeram primeiro. Seu pai se mudou e...

— Não vou a lugar nenhum.

Assim que Tony disse as palavras, ele olhou para Elizabeth e podia ver a dor em seu rosto também. Ele não podia dizer que não ia a lugar nenhum. Essa decisão dependia de Coleman. Bem, na verdade, dependia de Deus.

— Danielle, a razão para eu ter saído do trabalho, a razão de eles terem levado o meu carro, foi porque eu fiz algo errado.

— O que você fez?

— Guardei um pouco de medicamento que não me pertencia. Na ocasião, pensei que tinha razão em fazer isso, pensei que ninguém jamais notaria. E vendi um pouco.

— Você roubou deles.

— É isso mesmo.

— Por que, papai?

— Para ganhar algum dinheiro extra. Pensei que eu merecia mais do que eles estavam me dando. Eles me pegaram. E eu estava errado. Levei de volta as coisas que havia roubado e mostrei a eles.

O rosto de Danielle demonstrava a dor que ela sentia por dentro, e foi um golpe duro perceber isso em seus olhos. Ele a decepcionou e aquele olhar partiu seu coração.

— Deus irá perdoá-lo, papai.

Ele estendeu a sua mão e acariciou a mão dela.

— Ele já o fez. Essa é uma boa lição. Quando cometemos erros, podemos pedir a ele para nos perdoar. E ele irá fazê-lo. Mas os erros também têm consequências.

— O que você quer dizer?

— Quando voltei atrás e pedi desculpas, eles avisaram-me que poderia haver consequências. Estão decidindo se querem me punir pelo que eu fiz.

— Se Deus pode perdoá-los, por que eles não podem?

Tony olhou para Elizabeth e ela lhe lançou um olhar parecido como se dissesse: *você está sozinho nessa.*

— Espero que eles me perdoem, mas mesmo se eles o fizerem, talvez eu seja punido.

— O que isso significa? Punido como?

— Eles poderiam fazer um monte de coisas. Como fazer com que eu lhes pague de volta o que eu não devolvi. Eu vou fazer isso, quer eles peçam quer não.

— O que mais eles poderiam fazer? Levar o seu celular?

Danielle olhou para a mãe, em seguida, voltou-se para Tony. Quando viu a expressão em seu rosto, ela disse:

— Poderiam fazer com que você fosse para a cadeia?

— Não sei, querida. Não acho que vai acontecer, porém vou fazer tudo que puder para ficar bem aqui, ser seu papai, pular nessa competição com você e a equipe, e Deus vai nos levar a superar isso.

— Você tem certeza?

— Deus pode fazer qualquer coisa — disse Tony. — E ele a ama muito. Ele ama todos nós três e quer o melhor para nós. Então continue orando, e nós também vamos continuar orando, e vamos ver o que Deus irá fazer, tudo bem?

Danielle concordou com a cabeça e olhou para a mesa.

Tony pegou a mão dela novamente e Elizabeth pôs a sua sobre a cabeça de Danielle como se a estivesse abençoando.

— Pai, tu és o nosso Papai, e obrigado por nos amares tanto — Tony orou. — Ajuda-nos a não ter medo do que está à frente. Ajuda-nos a confiar em ti, não importa o que possa acontecer...

— E ajuda essas pessoas a perdoarem meu pai — Danielle sussurrou.

— Sim, ajuda-os a me perdoar, Pai. E, quer eles o façam, quer não, eu te agradeço por me perdoares. Em nome de Jesus, amém.

Dona Clara

✦ ✦ ✦

Clara tinha café pronto quando Elizabeth chegou. Ela havia originalmente sugerido que se reunissem uma vez por semana, mas suas conversas tinham se tornado muito mais frequentes. Elizabeth contou-lhe tudo sobre a Brightwell, o que Tony havia feito, o quanto ele se sentia culpado, que tinha confessado e como estavam aguardando o veredicto agora.

— Não será um veredicto que Deus não permita — disse Clara. — Você sabe disso, não sabe?

Elizabeth acenou com a cabeça em concordância.

— O que não torna isso mais fácil.

— Acho que não — disse Clara. Ela pensou por um momento. — Sabe, eu estava pensando no velho Bartimeu hoje.

— Quem?

— Bartimeu, o mendigo. Ele era cego, mas tinha ouvido falar dos milagres que Jesus realizara, por isso, quando o Senhor passou, o velho Bartimeu gritou e não ficou quieto, apesar de terem-lhe dito para se calar. Como você pode ficar quieto quando Aquele que o criou está passando? Como você pode calar a boca quando o Senhor está próximo? Então, Jesus, em sua bondade, disse-lhes para chamarem o velho Bartimeu e deixarem-no passar. Imagino aquele homem andando com pernas rígidas, seus olhos sem vida, a barba por fazer, roupas esfarrapadas. E posso ver a compaixão e o amor na face do Senhor. Jesus lhe fez uma pergunta. Em vez de dar a Bartimeu o que ele precisava, Jesus disse: "Que queres que eu te faça?" Veja, Elizabeth, a oração é Deus fazendo com que nos aproximemos e perguntando o que está em nossos corações. Ora, a maioria das pessoas, se você lhes perguntar, irá pegar a sua lista de pedidos. "Senhor, me dê isto e aquilo." Mas Bartimeu fez algo diferente. Ele pediu ao Senhor uma coisa: ele pediu para ver. Bem aqui nessa história há uma verdade à qual você pode se agarrar. A primeira coisa que Deus quer fazer é ajudá-la a ver. Ver a si mesma. Ver o seu pecado. Ver o quanto você está desamparada sem ele. E depois — ah, isso faz o meu coração acelerar — e depois, ele abre seus olhos e torna tudo compreensível. Invejo Bartimeu. A primeira coisa que seus olhos viram em sua vida foi Deus. Você consegue imaginar isso? Deus olhando no seu rosto. Mas ele não a deixa lá. Ele a ajuda a agir com respeito ao que você acabou de ver. Esse é o trabalho árduo. Esse é o lugar onde Deus atende à sua maior necessidade: a visão. Ele permite que você veja o quanto está totalmente desamparado em sua própria força.

— Essa não é uma mensagem popular nos dias de hoje — Elizabeth afirmou.

— Isso é um fato. A maioria das pessoas pensa que "Deus ajuda a quem se ajuda" está na Bíblia. Ouça, Deus ajuda aqueles que esgotaram seus próprios recursos. E é aí, nesse ponto, que Tony está. Sei que ele se sente terrível, mas isso é uma coisa muito boa.

— Bem, eu fico grata por a senhora estar orando por nós.
— Qual é o nome do homem que irá tomar essa decisão?
— Coleman Young.

Clara fechou os olhos firmemente.

— Senhor Jesus, tu conheces esse Coleman Young. Pai, abre o coração dele para Tony. Não o deixes descansar. Não deixes que essa decisão saia de sua mente. Ajuda-o a ver a verdade de que Tony quer acertar as coisas. Agora mesmo, Senhor, poderias ajudá-lo a mostrar graça e honrá-lo por meio disso de alguma forma?

Clara sentiu uma comoção interior, uma paz que tomou conta dela.

— E, Senhor, vou pedir algo para a vida de Tony e Elizabeth, e de sua filha também, que vai parecer impossível nestas circunstâncias. Mas sei que podes fazê-lo. O Senhor poderia não apenas deixar Tony fora da cadeia, mas poderia trazê-lo para casa? Poderia ajudá-lo a evitar processos e a devolver o dinheiro que ele deve e, Senhor, dar a ele algo para fazer que o mantenha perto de sua família e que satisfaça aos desejos do seu coração? Dê-lhe algo a fazer em sua vida que seja perfeitamente adequado para todos os envolvidos.

Depois que Elizabeth saiu, Clara foi para o seu quarto de guerra e permaneceu ali por horas. Ela ainda estava orando por Tony e por Coleman Young quando adormeceu.

CAPÍTULO 17

✦ ✦ ✦

Após seu encontro com Clara, Elizabeth passou o dia na Imobiliária Doze Pedras tentando se concentrar em seu trabalho, mas percebeu o quanto seria difícil. Ela não conseguia afastar o medo de Tony estar em um tribunal, de vê-lo sendo levado, de vê-lo com algemas e uniforme de prisão. Isso não era realidade, ela sabia — não era assim que iria acontecer, mesmo que Tony fosse condenado e levado embora. Mas o resultado final seria o mesmo. Tony sairia de suas vidas, elas iriam provavelmente perder a casa e teriam de juntar os pedaços e se mudar, pelo menos durante algum tempo. Ela rejeitava a voz em sua cabeça, mas era como o fluxo de uma corrente impetuosa tão forte que era difícil não se deixar levar por ela.

As escolhas dele fizeram-no chegar a este ponto. O que a faz achar que ele não vai fazer isso de novo no futuro? Coleman não vai perdoar Tony. Você e Danielle podem muito bem voltar a morar com sua mãe.

Aquela voz estava forte em sua cabeça, dizendo a Elizabeth que Tony e ela nunca iriam conseguir vencer e que ela deveria simplesmente buscar outra pessoa. Clara havia dito que a maneira de se abafar as vozes era recobrindo-se com a verdade, então Elizabeth voltou-se para as passagens bíblicas que tinha memorizado. Desejou poder colocar um aviso de despejo para os pensamentos a fim de se livrar das vozes negativas, mas não era assim que funcionava.

Ela continuou orando, continuou a pedir a Deus para quebrantar o coração de Coleman na situação, ajudá-lo a entender a mudança em Tony. Mas só porque uma pessoa mudou não significa que ela pode escapar ilesa. Elizabeth sabia disso. Ainda assim, ele era um bom homem. Estava tentando ser um bom marido e pai e um membro produtivo da sociedade. Ela só queria que Coleman enxergasse o verdadeiro Tony, não aquele que tinha cometido aqueles erros.

Na hora do almoço, ela ligou para Clara e falou com a idosa em busca de algum incentivo. O simples fato de ouvir sua voz calma novamente transmitia uma onda de paz a Elizabeth. Enquanto falavam, um pensamento passou por sua mente — já que Clara não vivia mais em sua casa, talvez Elizabeth e Danielle pudessem alugá-la enquanto estivessem passando por aquele processo. Ela não mencionou isso, mas parecia uma ideia que poderia ter vindo de Deus.

Foi nesse ponto que a mente de Elizabeth passou o dia todo tentando descobrir o futuro, tentando acalmar-se com ideias para fazer as coisas funcionarem. A vida era uma negociação após outra com Deus. Ah, se ele simplesmente fizesse as coisas acontecerem do jeito que ela queria! Elizabeth lutava uma batalha incessante contra si mesma sobre o que Coleman decidiria e se Tom iria influenciá-lo, ou as pessoas da equipe jurídica. Isso era como prever o resultado de algum evento esportivo, mas não era uma competição para ganhar um grande troféu, aquilo era a vida de sua família.

Na parte da tarde, Mandy levou Elizabeth ao seu escritório para conversar sobre uma questão com outro corretor de imóveis, um homem que tinha a reputação na cidade de ser difícil de trabalhar. Ele tinha letreiros e colocava propagandas na TV e no rádio, além disso era alguém conhecido, ao menos pelo público em geral, como o homem que venderia a sua casa mais rapidamente e conseguiria mais dinheiro. Tudo isso sorrindo e sendo o seu melhor amigo. Cada corretor de imóveis que havia trabalhado com o homem conhecia uma história diferente. Mentiras, táticas e contratações sujas que deixaram as pessoas em lágrimas. Corretores de imóveis veteranos, pessoas que tinham visto todas as trapaças do negócio por décadas, esmoreciam quando ficavam sabendo que uma propriedade fazia parte da agência daquele homem.

— Não deixe que esse cara derrube você — disse Mandy. — Ele rosna, chateia e quer que tudo seja do seu jeito. Mas você tem algo poderoso e os compradores também o têm. Seus clientes têm o que ele mais quer — o dinheiro para comprar aquela casa. Não se esqueça disso.

Elizabeth concordou, preparada para as questões sobre a venda com o bom conselho de Mandy. Então, recostou-se.

— Isso não é a única coisa que está me derrubando.

A expressão no rosto de Mandy demonstrava uma compaixão que mexeu com Elizabeth. Ela era uma empresária muito bem qualificada que raramente baixava a guarda, mas de vez em quando surpreendia Elizabeth. Ela mostrava-lhe sua humanidade de pequenas formas, e este foi um desses momentos.

— Não sei de tudo o que está acontecendo com você e Tony. Você tem sido reservada ultimamente, depois de falar muito sobre a briga por dinheiro com sua irmã. Entendo isso e respeito. Mas posso ver que houve uma mudança em você.

— Sério?

— Sim, Lisa e eu estávamos falando outro dia. Você sempre fez bem o seu trabalho. Você é profissional, cortês, meticulosa com todos os seus contratos. Mas ultimamente parece que está vivendo em um nível diferente.

Elizabeth sorriu. Ela havia orado sobre uma oportunidade para falar com Mandy e Lisa a respeito do que tinha acontecido com ela espiritualmente. Seria a situação com Tony a entrada para os seus corações?

— Um dos meus clientes realmente desafiou-me a chegar mais perto de Deus e começar a orar por Tony — disse Elizabeth. — Em vez de fazer tudo para Tony mudar e ser o homem que desejo que ele seja, ela me incentivou a permitir que Deus me mudasse.

Mandy franziu o rosto pensando, tentando adivinhar quem era o cliente. Depois de duas suposições, Elizabeth revelou que era Clara Williams.

— Aquela doce velhinha fez você orar?

Elizabeth afirmou com a cabeça. Ela contou a Mandy sobre o *closet* — o quarto de guerra — e como ela tinha por fim se rendido e decidido deixar Deus assumir as rédeas da situação.

— Eu colocava a culpa de todos os meus problemas em Tony. Pensava que se eu pudesse levá-lo a viver como eu queria, poderíamos nos entender. Mas Deus queria fazer algo maior do que mudar Tony ou a minha situação. Ele queria me mostrar o meu próprio coração. E isso foi um processo doloroso.

— Mas Tony foi cruel com você, sua irmã, o dinheiro — disse Mandy. — Você vai se tornar uma daquelas mulheres que simplesmente rangem os dentes com raiva e aceitam o abuso?

Elizabeth sorriu.

— Não, e essa é a ironia da situação. No início, pensei exatamente do modo como você está dizendo. Pensei que Clara queria dizer que eu tinha de deixar Tony tomar todas as decisões. Ele tem dez votos e eu tenho um. Esse tipo de coisa. Mas nós deveríamos trabalhar juntos. Ele deveria me amar como Jesus amou a Igreja. E ele não estava fazendo isso.

— Não chegou nem perto disso.

— O conselheiro que temos visto nos deu permissão para chamar a atenção um do outro por qualquer tipo de discordância. Isso é parte do que é o amor. Não quero resmungar ou ser arrogante, e ele não quer que eu me sinta como se ele fosse um rolo compressor. Mas a verdade é que Tony e eu precisávamos mudar. Eu simplesmente vi isso primeiro.

Mandy deu-lhe um olhar curioso.

— Bem, estou feliz por você, Elizabeth. Realmente estou. Mas não entendo. Se você der a um homem esse tipo de poder, ele irá atropelá-la — O telefone dela tocou e ela olhou para baixo. — Preciso atender a esta ligação.

Elizabeth balançou a cabeça e voltou para sua mesa e para o contrato que estava preparando. A breve conversa com Mandy mostrou-lhe que mesmo em meio às perguntas, dúvidas e dor, Deus poderia usá-la para talvez plantar uma semente no coração de alguém. Essa foi a coisa mais louca de tudo isso: ela pensou que tinha de estar tudo limpo e arrumado em sua vida para que pudesse ser usada por Deus. Mas aqui estava ela, mais frágil e mais vulnerável do que nunca, com todas as perguntas não respondidas e no meio de suas lutas. Esse era o momento em que Deus poderia triunfar e mostrar-se poderoso. Mesmo com todas as vozes rodando em seu cérebro em relação ao futuro, Deus podia se revelar. Isso era motivo para dar graças.

Clara gostava de usar os antigos hinos às vezes em suas orações e Elizabeth tinha encontrado um hinário em uma loja de livros usados. "Sou feliz com Jesus" era um dos favoritos de Clara, e ela havia contado a Elizabeth a história do escritor do hino, todos os problemas e perdas que o homem havia enfrentado. As palavras do hino tomaram conta de Elizabeth no escritório, enquanto pegava seus registros e examinava o que havia escrito. Frases e trechos do hino passaram por sua mente, e ela identificou-se com a "dor a mais forte sofrer".

Quando Elizabeth prestou atenção a alguns dos versos *"Embora me assalte o cruel Satanás e ataque com mil tentações"* imaginou que o escritor estava referindo-se às pancadas e golpes do inimigo que ela estava sentindo — tudo o que o Diabo estava fazendo com seu casamento, família e coração.

Se paz a mais doce me deres gozar,
Se dor a mais forte sofrer,
Oh, seja o que for, tu me fazes saber
Que feliz com Jesus sempre sou!
Sou feliz com Jesus, sou feliz com Jesus, meu Senhor!
Embora me assalte o cruel Satanás
E ataque com mil tentações,
Oh, certo eu estou, apesar de aflições,
Que feliz eu serei com Jesus!

✦ ✦ ✦

Ela podia entender por que Clara se apegara àquelas palavras. Não importa o que viesse a acontecer com ela e Tony, não importa quão agitadas as águas se tornaram por causa da influência do maligno, ela tinha uma escolha. Poderia optar por ser sacudida e feita em pedaços ou poderia ser controlada pelo amor de Deus. Poderia optar por ver o quão longe Deus tinha ido para lhe mostrar amor, entregando à morte seu único Filho. Poderia optar por ver o plano de salvação que Deus criou para sua alma, o quanto ele se importava, o quanto ele queria abençoá-la. Ela podia tanto olhar para as circunstâncias em que se encontrava, que eram bem desoladoras, ou poderia ver o panorama geral, que Deus estava decididamente no controle e andaria com ela não importa o que acontecesse.

Essa verdade de que Deus estava com ela era como uma âncora que afundou nas ondas da vida de Elizabeth, mantendo-a firme em um só lugar. Não importava o quanto ela fosse sacudida por todos os problemas, sua alma estava ancorada na graça de Deus.

Tony levou Danielle para o centro comunitário à tarde e participou de um aquecimento com a equipe. Suar fazia com que ele se sentisse melhor. Soltar os seus músculos e o corpo iria ajudá-lo a se concentrar em outra coisa. Mas a nuvem que pairava sobre ele era escura demais para ser completamente afastada. Era como o valentão na escola, quando ele estava no terceiro ano. O simples pensamento de caminhar para o recreio o deixava paralisado de medo. Ele tinha que empurrar a si mesmo para o recreio em vez de se deixar intimidar. A decisão de Coleman agora era parecida com isso, juntamente com a influência que Tom certamente tinha sobre ele. Cada vez que pensava naquele homem de gravata borboleta, o estômago de Tony apertava e tudo o que ele conseguia ver era a caixa de comprimidos roubados que colocou sobre a mesa. Toda a culpa e vergonha ali expostas para todos verem.

Ele afastou o pensamento novamente, alongou um pouco mais e se juntou ao grupo. Trish, a treinadora de Danielle, havia feito um ótimo trabalho com a equipe, instruindo-as a fazer diferentes movimentos que iriam marcar pontos com os juízes, mantendo-as no ritmo. Em uma competição como aquela, com todos os espectadores e distrações, a repetição era o segredo. Era preciso fazer os músculos se lembrarem da sensação do ritmo das cordas e do movimento do corpo. Trish tinha tentado fazer com que as meninas chegassem a ponto de nem sequer terem de pensar sobre sua série de repetições, elas simplesmente a faziam. E para surpresa dele, Trish não parecia ameaçada pelo envolvimento de Tony. Ela poderia ter ficado aborrecida e recusar-se a tê-lo junto com elas depois de ter trabalhado por tanto tempo, mas, em vez disso, ela o encorajou a assumir o papel de treinador auxiliar.

— Posso ver que você sabe o que está fazendo com as meninas — disse Trish. — Você já treinou antes?

— Não muito — disse ele. — Mas tive muitos bons treinadores quando era mais jovem.

As meninas estavam prontas para começar o treino e Trish havia lhes dado algumas instruções finais. Ela olhou para Tony e estendeu a mão como se estivesse dizendo *"Vá em frente"*.

Tony olhou para Danielle e para as outras e algo nasceu em seu interior. Talvez tenha sido a emoção de saber que talvez não conseguisse competir com elas por causa de seu futuro incerto, algo que estava fora de seu controle. Mas, naquele momento, uma verdade se apossou dele, tirando seu fôlego.

A maneira como via sua filha e seus amigos devia ser a maneira como Deus o via. Tony não via falhas na equipe nem no fato de que eles deixavam a desejar em pequenas partes da série de repetições. Ele via o que elas eram capazes de fazer com um pouco de incentivo. E se essa fosse a maneira como Deus o via, como alguém a quem ele podia capacitar, quem era Tony para discordar de Deus?

Ele se inclinou, apoiando as mãos nos joelhos.

— Isto é o que vejo quando olho para vocês. Vocês têm um potencial ilimitado. Podem fazer qualquer coisa que decidirem. A única coisa que pode impedi-las é não serem capazes de ver isso e não se dedicarem a fazê-lo. Quando cometerem um erro, quando deixarem de fazer a série do jeito que gostariam, vocês podem optar por se martirizar e dizer coisas desagradáveis sobre o seu desempenho. Podem se concentrar nos erros e tentar acertar cada salto, ficar em forma e seguir todas as direções. Mas nunca vão chegar lá tentando *não* cometer um erro. Vocês não podem alcançar o seu melhor desempenho se colocarem o foco nas coisas que *não* querem fazer. Isso faz sentido?

Jennifer levantou a mão e Tony acenou com a cabeça para ela, permitindo que falasse.

— É como quando eu toco piano. Toda vez que tento não cometer um erro, cometo um.

— Exatamente. Ótimo exemplo. Com a sintonia, vocês ouvem a música, olham para a página e simplesmente tocam. Simplesmente deixam suas mãos trabalhar com ela. E com a nossa série, é a mesma coisa. Vocês pulam com tenacidade no meio dessas duas cordas girando ao seu redor. Vocês saltam lá no meio, sabendo que quando aterrissarem no chão, vão acertar e se levantar em seguida como se existissem molas na sola dos seus pés.

Danielle, Jennifer e o restante da equipe sorriam de orelha a orelha. Estavam bebendo suas palavras e apoderando-se dessa nova forma de pensar.

— Acontece assim com o giro das cordas, também — disse Joy, um dos membros da equipe.

— Com certeza — disse Tony. — E nunca pense que o seu trabalho é menos importante. Cada membro da equipe contribui com uma parte igual no resultado.

Havia sorrisos por todos os lados, e Tony engasgou, lembrando-se de um treinador que teve de dizer a mesma coisa a um time de futebol do qual tinha participado no Ensino Médio. O responsável pelos equipamentos era um garoto deficiente que amava futebol, mas não tinha habilidades. Ele pegava as roupas sujas e fazia todo o trabalho braçal que o treinador pedia, e esse treinador apontou para ele a fim de enfatizar que todos os que contribuíam tinham um papel no sucesso da equipe.

— Aqui está outra coisa — disse Tony. — Às vezes você se concentra tanto, coloca o foco no trabalho dos pés, ou no tempo, ou em vencer e esquece que está se divertindo. Gente, o que estamos fazendo aqui é muito divertido, certo? Então, sorriam. Os juízes vão notar. Eles não marcam a pontuação com base em quantos dentes podem ver, mas isso irá influenciá-los, eu garanto. Uma pessoa que está feliz com o que está fazendo atrai a atenção porque todos nós queremos viver dessa maneira. Se eles virem que vocês estão plenamente empenhadas nisso e sorrindo, tudo muda. Não basta executar uma série, vamos executá-la de dentro para fora. E vamos mostrar ao público algo que nunca eles viram antes.

Quando ele terminou, cada membro da equipe colocou a mão dentro do círculo e gritou o nome da equipe: "Cometas!" Elas tinham sido cativadas por cada palavra. Até Trish sorriu diante do encorajamento e do desafio.

Tony deu uma olhada para o relógio na parede para ver quanto tempo tinham na prática. O que havia sido um ponto alto neste dia abateu-se sobre ele. Quanto tempo ele teria com sua filha antes de a decisão ser tomada sobre o restante de sua vida? A nuvem estava de volta.

Naquela noite, Elizabeth assistiu a Tony tirar os restos da louça que estava na pia, enquanto ela a colocava na máquina de lavar. Eles tinham posto Danielle na cama antes de lavar os pratos e Elizabeth tinha certeza, com todas as atividades do dia, de que agora ela estava dormindo.

No passado, a regra não escrita era que Tony cuidava do gramado, do lixo, da manutenção dos carros — de toda a parte externa — e Elizabeth cuidava da parte de dentro. Porém, ultimamente ele tinha assumido um papel mais ativo em tudo, desde cuidar da louça até passar o aspirador. Ele até sugeriu que já que era ela quem tinha um emprego, ele devia fazer o jantar.

— E lavar roupa? — Ela perguntou, brincando. — Já que você está assumindo as tarefas domésticas...

— Você sabe como me sinto sobre lavar roupa — disse ele. — Era a primeira vez que ele sorria em toda a noite.

Quando ele voltou a esfregar os pratos, ela analisou-o.

— Você está nervoso.

— Estou tentando não pensar nisso.

A verdade era que ambos estavam nervosos. Ela só estava tentando não demonstrar isso.

— Que horas você precisa estar lá? — ela perguntou.

Ele olhou para a janela de trás, como se estivesse calculando sua liberdade pela vista.

— Nove horas.

Tony havia lhe dito que pensou que nunca mais colocaria os pés dentro do edifício do Brightwell novamente. Mas parecia que ele tinha mais uma viagem naquele elevador.

A campainha tocou. Elizabeth olhou para o relógio e então de volta para Tony. Estranho. Já era tarde e eles não esperavam ninguém.

Ela acompanhou enquanto Tony abria a porta e ali estava Coleman Young, de pé na sua varanda da frente. Usava um blazer e tinha um olhar sério em seu rosto.

— Coleman?

— Olá, Tony — ele olhou para ela. — Oi, Elizabeth.

— Oi, Coleman, como você está?

— Estou bem, obrigado — havia algo em sua voz que não soava muito bem. Ele olhou diretamente para Tony. — Sei que isso é inesperado, mas queria saber se você pode me dar alguns minutos para conversar?

— Sim, claro — disse Tony. — Vamos entrar.

Elizabeth sentou-se perto de Tony e ambos ficaram diante de Coleman, a última pessoa no mundo que qualquer um deles poderia imaginar que estaria sentada em sua sala de estar. Ela puxou o cabelo para trás e respirou fundo, orando silenciosamente enquanto fazia isso. *Senhor Jesus, ajuda-me a aceitar seja o que for que Coleman tem a dizer.*

✦ ✦ ✦

Tony se perguntou se eles deveriam oferecer algo para Coleman beber. Talvez chá ou café descafeinado. Um copo de água com algum tipo de pó nele que fizesse o homem ver a situação de Tony.

Coleman falou antes que ele pudesse oferecer qualquer coisa.

— Tony, estive pensando sobre a sua visita. Na verdade, é provavelmente tudo em que tenho pensando nos últimos dois dias — ele apertou as mãos na frente dele e falou com uma voz moderada. — O que você fez foi errado. E eu fiquei decepcionado. Mas nós demitimos vendedores antes e a vida continua. Então, você voltou. E eu nunca vi ninguém fazer o que você fez. Nunca vi um homem assumir a responsabilidade total por seu erro, independentemente das consequências.

À medida que continuava, a voz de Coleman parecia ficar mais suave, seus olhos mostrando preocupação e também um desejo de entender.

— Fiquei me perguntando o porquê. Por que você faria aquilo?

A pergunta ficou pairando entre os três. Tony queria gritar, pular e explicar de novo, mas seu coração estava batendo tão rapidamente que ele mal conseguia controlar sua própria respiração. Ele sentia Elizabeth ao lado dele, apegando-se a cada palavra que Coleman falava.

— A única resposta que me veio à mente é que você está sendo sincero em seu desejo de fazer o que é certo. E que você realmente se arrepende do que fez. Então, decidi acreditar em você. Não posso lhe dar o seu emprego de volta. Mas decidi não processá-lo.

Tony mal conseguia respirar, mal conseguia pensar sobre o que Coleman tinha acabado de dizer. Sua alma estava entorpecida, e ao mesmo tempo, alegre e agradecida. Lágrimas se formaram em seus olhos e ele tentou controlá-las, combatê-las, mas não havia nenhuma luta agora, somente alegria, uma alegria indizível e inexprimível que transbordava de cada parte dele.

Ele olhou para baixo, tentando formar algum tipo de resposta. Olhou para Elizabeth, que parecia estar em um estado de choque de olhos arregalados.

— Eu realmente acho que seria mais apropriado devolver os dezenove mil para a empresa.

Tony acenou com a cabeça em concordância, sendo capaz de falar pela primeira vez.

— Nós já decidimos fazer isso.

Um sorriso surgiu no rosto do homem.

— Bem, se você estiver disposto a assinar um acordo formalizando essa decisão, acho que deveríamos todos seguir em frente.

A tensão na sala tinha sido suspensa, e Tony sentiu Elizabeth pegar seu braço.

— Então, se você não se importar, vou lhe deixar à vontade para aproveitar a noite.

Tony e Elizabeth apertaram a mão do homem e sussurraram seus agradecimentos, incapazes de dizer muito mais que isso. Coleman caminhou pelo corredor, saindo pela porta da frente.

Depois de fechada a porta, Elizabeth virou-se para Tony, incapaz de conter a emoção.

— Tony, isso foi a graça — disse ela, seu rosto já banhado de lágrimas. — Isso foi a graça de Deus para conosco.

Tony olhou para ela, com as lágrimas de ambos fluindo em uma sinfonia. Ele ergueu os olhos para o alto e além, para algum outro Reino que ele sabia que estava lá.

— Obrigado, Jesus.

Alguns momentos depois, ele ouviu um movimento no quarto de Danielle. Enquanto Elizabeth foi ligar para Clara, Tony subiu silenciosamente até o andar de cima e encontrou Danielle na porta, escutando.

— Alguém esteve aqui? — ela perguntou.

— Sim, querida. Vamos voltar para a cama.

Ela bocejou e se arrastou para debaixo das cobertas, e Tony acomodou-a novamente. Então, um olhar de preocupação tomou conta dela.

— Foi a polícia? Eles vão levá-lo embora?

Ele sorriu e a emoção ainda estava lá.

— Era um homem da empresa, o senhor Young. Ele queria que soubéssemos que aceitou o meu pedido de desculpas.

— Aceitou?

— Sim, ele aceitou. Ele disse que não vai haver nenhum policial e não vai haver nenhuma cadeia.

— Ah, papai — Danielle sentou-se e abraçou-o, e ele sentiu como se o próprio Deus tivesse lhe dado um abraço.

Elizabeth encontrou Tony sentado na cama depois que ela terminou de falar com dona Clara ao telefone. Ela lhe perguntou sobre Danielle e ele explicou a conversa que tiveram, com as lágrimas brotando de seus olhos.

Ela cobriu sua boca, tentando novamente se controlar e acreditar no que lhes tinha acontecido.

— Dona Clara deve ter despertado toda a vizinhança. Nunca ouvi uma mulher da idade dela falar tanto sobre chutar o traseiro de Satanás.

Tony riu.

— Ela não está apenas falando disso, está fazendo.

Elizabeth se sentou na cama e olhou para o seu *closet*.

— Vai levar algum tempo para eu me acostumar a isso.

— Isso o quê?

— Perdão. Graça. Quero dizer, uma coisa é ouvir de Coleman. Outra coisa é acreditar e agir assim também.

— O que acontece com Coleman é o mesmo que se passa entre nós — Tony disse.

— O que você quer dizer?

— Eu continuo esperando que você salte em cima de mim por causa de algo que eu me esqueci de fazer; ainda ouço as velhas vozes, os velhos padrões. O perdão é uma via de mão dupla, sabe?

Ela assentiu com a cabeça.

— Temos um longo caminho a percorrer, Tony. Mas estamos na direção certa, você não acha?

Ele balançou a cabeça e a maneira de olhar para ela fez surgir sentimentos que ela não experimentava fazia muito tempo. Ele estendeu uma mão e ela pegou-a, descendo-a sob as cobertas. Estendeu a mão para apagar a luz e o quarto ficou escuro.

Tony se aproximou e sussurrou:

— Você quer orar?

Elizabeth riu.

— Sim, podemos começar com uma oração.

Tony colocou seus braços em volta dela e puxou-a. Em seguida, orou em voz baixa, louvando e agradecendo a Deus por sua misericórdia, perdão e a intervenção em suas vidas. Também agradeceu a Deus por uma mulher que estava disposta a lutar por ele. Elizabeth apertou seu abraço, concordando com cada palavra. Quando terminou, Tony beijou-a. Devagar e com ternura. E ela retribuiu-lhe o beijo.

Pela primeira vez, desde muito tempo, a ligação que havia estado ausente entre eles retornou. Eles desfrutaram de uma proximidade que estava perdida por tempo demais. Apaixonada e gratificante. Deus os uniu novamente. E foi lindo.

Dona Clara

✦ ✦ ✦

Clara acreditava que louvar a Deus não era uma atividade de meio período. Era uma ocupação de tempo integral com todos os benefícios. O louvor fazia parte da memória muscular de sua vida espiritual. Ela louvava a Deus pelas coisas boas que cruzavam o seu caminho e agradecia-lhe pelas coisas que não entendia, porque sabia por experiência própria que ele estava trabalhando em ambos os casos. Deus estava sempre trabalhando e sempre merecia ser louvado.

Obviamente, algumas pessoas viam isso como um excesso de otimismo ou falta de realismo, e deixavam Deus de fora da equação, mas Clara tinha lido sobre algumas pessoas que tinham sofrido uma grande injustiça e ainda davam glória a Deus. As pessoas que amavam Jesus e tinham-no seguido ficavam em uma colina fora de Jerusalém. Quando os relâmpagos brilharam e o sangue do Filho de Deus sem pecado foi derramado, não podiam acreditar no que estavam vendo. Nesse lugar do planeta, nesse dia na História, Deus encerrou a questão de se ele era ou não digno de louvor pelo bem e pelo mal, porque ele pegou a pior coisa que já aconteceu e transformou-a na melhor coisa. Ele arrancou a vitória do inimigo e proporcionou a salvação para qualquer um que invocasse o nome do Senhor.

Dar graças em todas as circunstâncias, para Clara, significava dizer a Deus que ela estava disposta a olhar as coisas a partir da perspectiva dele. Dar louvor era libertá-la de ter de entender tudo. Ela podia entregar tudo a ele.

Quando ela recebeu a ligação de Elizabeth sobre a decisão de Coleman Young acerca de Tony, sentiu como se pudesse voar até a lua. Não haveria prisão, nenhuma mancha na ficha de Tony e ele poderia continuar a viver com sua família, crescer na graça e devolver o dinheiro de sua dívida.

Clara ergueu as mãos e agradeceu a Deus com um grito de alegria que deve ter despertado do sono algum anjo a um trilhão de quilômetros. Ela não sabia se os anjos dormiam, mas sabia que os anjos se alegravam quando um pecador se arrependia. Ela caminhou até o seu quarto de guerra e marcou como "respondido" esse pedido, deu outro grito de alegria e louvou a Deus novamente.

Louvar a Deus produzia algo em seu coração que nada mais o fazia. Ela tinha lido o Salmo 22, que falava que Deus é "o louvor de Israel". Ela acreditava que Deus recebia os seus louvores e gostava muito de seus gritos de alegria. Mas os benefícios não eram apenas para ele — eram estendidos a ela. Quando ela louvava a Deus, concordava com ele que só ele era digno e ela não era. Só ele estava no controle e ela não estava. Só ele merecia o crédito e só ele era santo. Então, louvar era um ato de humildade. E quanto mais ela se humilhasse, mais a paz tomava conta de seu ser. Ela não se preocupava nem se afligia quando dizia a Deus a verdade sobre ele mesmo. Quando lembrava a Deus quem ele era, ela estava lembrando a si mesma da verdade. E quando fazia isso, não ficava mais enrolada e amarrada aos nós com os quais o inimigo queria prendê-la.

"Vamos juntos exaltar o seu nome." Essas palavras eram uma receita para a alegria. Ela queria que essa alegria se derramasse de sua vida sobre todos com quem ela se relacionava.

— Senhor, eu te agradeço porque esse tipo de louvor nunca terá fim. Louvá-lo é algo que estaremos fazendo para sempre! Isso é o que eu quero fazer. Quero louvar-te com cada fôlego, cada oração e cada batida do coração até que eu te veja face a face. Quero louvar-te por estar me mudando de dentro para fora e pela maneira que estás mudando Elizabeth e Tony. E por todas as coisas ruins que estão acontecendo no mundo, as guerras, assassinatos e injustiças, eu vou louvar o teu nome.

— Ninguém pode fracassar quando te louva, Senhor. Aleluia!

CAPÍTULO 18

✦ ✦ ✦

Tony sentou-se com Michael em uma mesa de canto na cafeteria do centro comunitário. O lugar estava cheio de atividades. As mães seguravam seus cafés com leite e conversavam, enquanto esperavam as crianças serem liberadas dos programas matinais.

O olhar no rosto de Michael era impagável. Sua cabeça raspada tinha ainda mais rugas sobre as rugas existentes por causa do jeito como ele franzia a testa.

— Cara, eu não sabia que você estava passando por tudo isso no trabalho e em casa. Por que você não me contou?

Tony encolheu os ombros.

— Orgulho, eu acho. Queria manter tudo isso escondido.

— Irmão, devemos estar disponíveis uns para os outros, sabe? É para isso que servem os amigos.

— Vejo isso agora. E é por isso que eu queria contar tudo a você.

Michael tomou um gole de café e sorriu.

— Isso é incrível, considerando tudo o que aconteceu em seu casamento e sua fé em Deus. Tenho de ser honesto. Dava para dizer que algo estava acontecendo, por causa de sua raiva quando você estava jogando bola. Você era como o Diabo da Tasmânia lá fora, rodopiando. Você se lembra daquela noite?

Tony afirmou com a cabeça.

— Sim, havia muita coisa acontecendo naquela noite.

— Comecei a orar por você desde então. De vez em quando, você sabe.

— De vez em quando?

— Eu passava por sua casa ou via Danielle e Elizabeth aqui e pensava em você. Pedia a Deus para fazer algo com o seu coraçãozinho tão pesado.

Tony riu.

— Bem — ele respondeu —, estou falando sério agora. Não vou mais à igreja só por uma questão de aparência ou porque minha esposa quer que eu vá. Deus se manifestou. Ele revelou o que é mais importante.

Tony contou a Michael mais detalhes sobre por que ele tinha sido demitido do trabalho. Ele estava com medo de que Michael pudesse julgá-lo e repreendê-lo por pegar as amostras, mas ele ouviu a história sem comentários. Quando Tony terminou, Michael disse:

— Essa é uma dura lição.

— Foi ainda mais difícil voltar atrás e confessar, mas eu sabia que tinha de fazer isso.

— Que bom que você agiu do modo certo. Mas se tivesse sido eu com aquele tal de Tom, no entanto, eu teria tido vontade de dar um tapa atrás da cabeça dele.

Tony riu.

— Acredite em mim, tive vontade. Ainda tenho. E se eu tiver a chance, não sei o que vou fazer.

— A vingança é um poderoso motivador — disse Michael. — Mas eu odiaria vê-lo fazer algo de que se arrependeria. Você sabe, Jesus disse que deveríamos orar por nossos inimigos. Talvez você deva tentar isso. É difícil odiar alguém por quem você está orando.

Tony sorriu.

— Tenho orado por ele, acredite ou não.

— Você quer dizer, algo como: "Senhor, quebre os dentes dele"?

Tony riu.

— Não, só estou orando para que um dia eu possa ter uma chance de estender a mão para ele de alguma forma.

— Isso é bom, irmão. Porque esse tal de Tom só estava gritando com você pelo que você fez. Você admitiu que estava errado, certo?

— Sim claro.

— Certo. Então, quando você olha para isso da perspectiva dele, e estou supondo que ele não é cristão, ele só quer fazer com que você pague pelas coisas erradas que fez.

Tony assentiu com a cabeça.

— Então, eu deveria simplesmente aceitar a perversidade dele?

— Não, estou dizendo para você olhar para ele da perspectiva de uma terceira pessoa. Às vezes a maneira mais difícil de pensar sobre as pessoas que o magoaram é como Deus as vê. E cada vez que você tiver vontade de dar um tapa na cabeça delas, lembre-se de que Deus quer que elas se voltem para ele, assim como você o fez.

— Não posso vê-lo dessa forma *e* dar um tapa na cabeça dele também? — Tony perguntou.

— Deixe-me colocar desta forma. Vamos dizer que você faça alguma coisa má para mim. Eu não o perdoo, então, se houver uma ligação informando que você está tendo um ataque cardíaco, eu digo: "Não, eu não quero ajudar esse cara". Você acha que isso é uma boa ideia?

— Não.

— Por que não?

— Você irá perder o seu emprego.

— É verdade, mas há uma razão maior. Dei a minha palavra de ajudar a quem quer que esteja deitado no chão, sem perguntas.

— Entendi. Então eu preciso perdoá-lo mesmo que ele não me peça ou pense que precisa fazer isso.

Michael acenou com a cabeça, concordando.

— Você vai ter uma chance de fazer isso.

— Eu nunca mais vou voltar lá. Não haverá nenhuma chance.

— Então, escreva-lhe uma carta. Contrate um avião para escrever isso no céu — ele pensou por um momento e sentou-se um pouco mais para a frente. — Temos um estudo bíblico de homens todas as manhãs de terça-feira. Fazemos o café da manhã juntos. Oramos. Falamos sobre nossas lutas. Conversamos sobre o que é o perdão. Nós fazemos isso em uma sala da comunidade, porque alguns dos outros caras se opõem. Eles nos chamam de Esquadrão de Deus. Ou algo assim. Adoraríamos que se juntasse a nós, se você tiver tempo.

— Cara, tempo é tudo que tenho agora — disse Tony.

— Certo, tem alguma perspectiva de emprego? Você deve estar com uma tonelada sobre os ombros com o pagamento da casa.

Tony afirmou com a cabeça.

— E estamos só com um carro. Liz pegou mais algumas casas e ela precisa dele para mostrá-las. Vou lhe dizer a verdade, adoraria encontrar algo perto, sabe, que não envolva viajar o tempo todo.

— Então, estou olhando para a morte de um vendedor? Pensei que você amasse viajar.

— Eu amava. Amava o dinheiro ainda mais. Amava fazer as vendas e receber os bônus. Mas quando suas prioridades mudam, tudo fica claro, sabe?

Michael acenou com a cabeça. Ele começou a responder, em seguida, parou, percebendo alguém atrás de Tony.

— Ei, Ernie!

Ernie Timms, o diretor do centro comunitário, passou com seu habitual olhar desnorteado. Ele estava carregando uma grande caixa e indo para o seu escritório.

— Michael — disse Ernie com um olhar espantado. Ele balançou a cabeça cumprimentando Tony.

— Onde você vai com essa caixa? — Michael perguntou.

— Estou esvaziando meu escritório. Você ouviu falar da mudança, não?

— Que mudança? — Michael perguntou.

— Estão me demitindo. O conselho tomou a decisão ontem. Estou esvaziando o escritório.

Michael se levantou, com a preocupação impressa em seu rosto, e colocou uma mão no ombro de Ernie.

— Eu não fazia ideia. Sinto muito, cara.

— É só uma daquelas coisas, eu acho — disse Ernie, como se não estivesse dando importância e lidando com a desventura sem reclamar.

— Sei como você se sente — disse Tony. — Fui demitido do meu trabalho na Brightwell.

— Lamento ouvir isso — disse Ernie.

— Sente-se. Vou comprar uma xícara de café para você — disse Michael.

Ernie olhou para a caixa, em seguida, para o corredor que levava ao seu escritório.

— Vamos. Isso irá ajudá-lo a falar, não acha? — Tony perguntou.

— Sim. Provavelmente.

Michael saiu para pegar uma xícara de café e Ernie se sentou.

— Foi tudo de repente? — Tony perguntou.

— Eu sabia que aconteceria em algum momento. Realmente não fui feito para isso. É como girar muitos pratos administrativos, todos ao mesmo tempo. O principal trabalho do diretor aqui é conseguir que todo mundo trabalhe junto, como uma equipe, sabe? Nunca fui bom em organizar. Realmente não sou uma pessoa que sabe lidar com gente. Isso é o que eles me disseram quando me despediram. Mas eles me deram uma boa indenização, então não posso reclamar. Isso me dá algum tempo para procurar algo.

Tony escutou. Algumas semanas atrás ele não teria se importado com o problema de outra pessoa. Teria ficado contente por Ernie ter sido despedido, porque isso significaria menos confusão no ginásio sobre o tempo na quadra. Ele somente considerava as coisas com base no quanto afetavam sua própria vida. Agora, ele via um cara que estava sofrendo, uma pessoa de verdade, de carne e osso com uma família, esperanças e sonhos que chegavam ao fim, e seu coração ficou comovido com a luta do homem.

Michael voltou com o café e os dois ouviram a narrativa de Ernie. Depois que o homem lhes contou tudo, sentou-se com o café em suas mãos, olhando para o vazio.

— Sabe, a perda de emprego que Tony enfrentou tem sido um divisor de águas para ele — disse Michael.

Ernie olhou para Tony.

— É mesmo?

— Posso dizer honestamente que estou em paz agora — disse Tony.

— Você encontrou um trabalho assim tão depressa? — Ernie perguntou.

— Não, não encontrei outro emprego. Não tenho nem ideia do que devo fazer a seguir.

— Então, como você pode estar em paz? — Ernie questionou.

Tony hesitou. Ele não sabia qual era a condição espiritual daquele homem, e a última coisa que ele queria fazer era encher sua cabeça com religião. Mas parecia muito natural simplesmente lhe contar o que Deus havia feito em sua vida.

Michael levantou uma sobrancelha para Tony, dando-lhe o olhar de um colega que tinha acabado de passar a bola para ele sob o cesto.

— Acho que você poderia dizer que Deus se aproximou de mim quando atingi o fundo do poço — disse Tony. — Eu estava correndo atrás de realização, sucesso e dinheiro. Mas Deus me despertou para o que é importante. E quando corri nessa direção, ele me deu paz. Um contentamento real. Mesmo que eu não saiba realmente o que me espera à frente.

— Isso é ótimo — disse Ernie. — Para você. Quer dizer, estou feliz por você.

— E você? — Tony perguntou. — Você tem um relacionamento com Deus?

Ernie franziu a testa.

— Eu vou à igreja. De vez em quando. Minha esposa vai.

— Ela ora por você? — Michael perguntou. — Porque a esposa de Tony levantou uma tempestade de orações e toda a vida dele endireitou.

— Sua esposa orou e você perdeu seu emprego, e está feliz com isso? — Ernie questionou.

— Não estou feliz por perder meu emprego — disse Tony. — E minha esposa não orou para que coisas ruins acontecessem. Ela orou pelo nosso casamento. Orou para que eu despertasse para Deus. Mas eu estava indo por um caminho errado, sabe? Estava confiando em mim mesmo e em minhas próprias habilidades. E isso acabou. Não estou mais apoiado no meu próprio entendimento.

Ernie tomou um gole de café e olhou para a mesa.

— Isso é muita coisa para assimilar, não é? — Michael perguntou.

Ernie acenou com a cabeça.

— Você se importaria se eu orasse por você? — Michael perguntou. — Não olhe para mim desse jeito. Não vamos lançar cobras por aí nem rolar no chão.

Ernie levantou-se.

— Agradeço, mas preciso ir embora.

Michael acenou com a cabeça.

— Está bem. Vamos nos encontrar numa outra ocasião. Mas saiba que vamos orar por você e sua família.

— Eu agradeço — disse Ernie, saindo com a caixa e o café.

— É triste... — disse Tony — É uma pena ele não tenha ouvido.

— Ele ouviu — disse Michael. — Simplesmente não está pronto para escutar. E tudo bem. Penetrar no coração das pessoas não é trabalho seu. Isso é trabalho de Deus. Você apenas é fiel ao compartilhar o que Deus fez. Foi incrível o modo como você abordou o assunto contando-lhe o que aconteceu com você.

— Sim, mas ele foi embora. Isso foi um fracasso.

— Eu me lembro de alguém que fez a mesma coisa comigo — disse Michael. — E ele está sentado aí agora olhando para mim.

Tony sorriu.

— Acho que tenho um novo nome para a minha lista de oração.

✦ ✦ ✦

Elizabeth mexia em seu celular, tentando acalmar seus nervos, rolando as páginas de seu Facebook. Tony estava levando-as de carro para a competição de corda dupla. Ela olhou para suas notificações e viu a foto que tinha tirado de Tony abraçando Danielle, ambos vestindo suas camisetas da equipe Cometas. A foto tinha dez comentários de pessoas, todos eles incentivando a equipe a se sair bem.

— Será que dona Clara vai estar lá hoje? — Danielle perguntou.
— Ela disse que não perderia — Elizabeth respondeu.
— Você trouxe o meu lanche?

"Lanches" era o nome do meio de sua filha. Embora tenham conversado sobre não serem supersticiosas, Danielle estava convencida de que quando comia manteiga de amendoim, jujubas e talos de aipo, saltava melhor.

— Sim, querida, está bem aqui.
— Danielle, você está nervosa? — Tony perguntou, olhando-a pelo espelho retrovisor.
— Muito — afirmou Danielle.
— Você está nervoso? — Elizabeth perguntou a Tony.

Um largo sorriso se espalhou pelo rosto dele.

— Ah, sim. Mas vou ficar bem se simplesmente não cair de cara no chão.
— Você realmente ainda vai fazer aquele salto? — Elizabeth perguntou. Tony esteve lhe falando sobre alguns dos movimentos que eles estavam treinando, e ela não tinha total certeza de que Tony poderia combinar suas habilidades de ginástica com a competição de pular corda.
— Se eu vou fazer o salto? Sim, nós vamos fazer o salto.

Tony falou em voz alta e isso fez Danielle dar uma risadinha. Para Elizabeth era uma prova de que Deus estava trabalhando. Antes da mudança em seu relacionamento, Tony e ela não eram capazes de andar no carro por dez minutos sem discutir. Agora o clima no carro era divertido.

— E isso não é tudo, hein, Danielle? — Tony perguntou à filha.

Elizabeth virou-se e viu a filha com um sorriso tão grande quanto o de Tony.

— Você não viu nada ainda, Liz — acrescentou Tony.

— Está bem, agora eu estou nervosa — disse ela.

Eles se dirigiram para o local, um ginásio no lado norte de Charlotte. Tony queria chegar lá cedo a fim de que a equipe tivesse uma ideia do ambiente e da atmosfera. O edifício não ficava muito longe dos escritórios Brightwell, e enquanto olhavam para o imponente prédio a distância, Elizabeth colocou a mão no ombro de Tony.

— Você sente falta de ir lá? — ela perguntou. — Os pisos polidos e o escritório refinado?

— Sinto falta do salário. E do desafio todos os dias. Mas não trocaria pelo que aprendi. Não há como voltar atrás agora.

— Acho que Deus tem algo bom reservado para você — Elizabeth disse. — E Danielle está orando por algumas áreas específicas em relação ao seu próximo trabalho.

— É mesmo? — Tony perguntou, olhando no espelho novamente.

— Sim. Estou orando para que Deus lhe dê um trabalho que seja perto de casa a fim de que não tenha de viajar e que nos dê dinheiro suficiente para não precisarmos mudar. Ah, e um trabalho que permita que você fique na nossa equipe de corda dupla.

Tony riu.

— Isso é ser específico.

— Bem, dona Clara disse que Deus gosta de responder aos pedidos específicos — disse Danielle.

— Ela disse isso, é? — ele perguntou.

Eles pararam no sinal vermelho em uma área residencial e Elizabeth avistou um carro, parado de modo estranho em um estacionamento nas proximidades. A porta estava aberta e o porta-malas também, e um homem de suspensórios e calça social falava em um telefone celular. Quando o homem virou um pouco, ela viu sua gravata borboleta. Ele gesticulava descontroladamente enquanto gritava em seu telefone.

— Esse não é o Tom? — ela perguntou.

— Sim, é — disse Tony, demorando-se no sinal. — Parece um pneu furado.

Elizabeth olhou para o homem, imaginando a conversa que ele estava tendo com quem estava do outro lado do telefone. É bem feito para ele estar aborrecido daquela maneira. Uma pequena parte dela estava feliz por ele estar passando por algo desagradável.

Tony arrancou, virando à esquerda, em seguida, em direção ao estacionamento, e atrás de Tom.

— Papai, vamos chegar atrasados?

— Não, querida. Isso não vai demorar muito.

— O que você está fazendo? — Elizabeth perguntou.

— Algo que estou precisando fazer há algum tempo.

Tony estacionou e puxou o freio, lançando um olhar para Elizabeth que tentava dizer tudo. Ela, porém, não conseguia entender.

— Eu já volto — disse ele.

Elizabeth queria advertir Tony, lembrá-lo de não fazer nada precipitado. Se ele tentasse ferir Tom de alguma forma, Coleman poderia reconsiderar sua decisão de não apresentar queixa. Mas ela não disse nada. Não adiantava mais falar nada, porque Tony já havia se decidido. Dava para saber pelo jeito que ele bateu a porta e caminhou de forma decidida em direção ao carro parado, até o homem cujo nome ele não era capaz de falar sem estremecer um pouco.

Senhor Jesus, tu poderias ajudar Tony agora? Poderias lhe dar o teu coração e a tua mente, ó Senhor?

— O que ele vai fazer, mamãe? — Danielle perguntou. Ela havia desafivelado o cinto de segurança e estava sentada na frente agora.

Elizabeth queria proteger sua filha no caso de Tony fazer algo precipitado. Não havia ninguém por perto. Ninguém poderia ver.

— Não sei, Danielle.

Clara tinha dito que tudo na vida era um teste sobre se você realmente acredita em Deus. Todos os dias você teria mil opções para mostrar a ele que está falando sério sobre segui-lo e obedecê-lo, e um dos maiores testes seria se você iria buscar vingança contra alguém que lhe fez mal. No passado, Tony tinha permitido que a raiva o derrotasse em algumas ocasiões. Elizabeth estendeu a mão para a janela, pensando em descer o vidro para dizer alguma coisa.

Tom limpou o suor da testa em sua camisa, em seguida, olhou para cima, vendo Tony caminhar em sua direção. Tom deu um passo para trás, com um olhar de medo em seu rosto. Ele afastou-se do carro enquanto Tony inclinava-se no porta-malas para pegar alguma coisa. Ele apareceu com o macaco.

Tony sempre acreditou em se exercitar e se manter na melhor forma possível. A camiseta acentuava seu bíceps. Ele parecia enorme em comparação a Tom, e à medida que ele avançava, Tom dava mais um passo para trás.

Qualquer um que passasse pela cena ou olhasse pela janela poderia ter visto um homem negro com uma arma mortal avançando em direção a um homem branco. Se conhecessem a história toda, poderiam ter ligado para a emergência, e Elizabeth se perguntava se Tom pegaria o telefone para pedir ajuda a qualquer segundo ou se ele iria simplesmente se virar e correr o mais rápido que pudesse.

Tony chegou perto o suficiente para falar com Tom, mas Elizabeth não ouviu nenhuma palavra. Os dois apenas se entreolharam. Então, Tony agachou-se ao lado do carro e começou a soltar os parafusos da roda.

Elizabeth sorriu e Danielle se esticou para ver.

— O que ele está fazendo, mamãe?

— Está trocando o pneu furado do Tom.

— Quem é Tom?

— Um homem que foi cruel com o seu pai depois que ele confessou o que tinha feito. Ele trabalha na mesma empresa em que seu pai trabalhava. E em vez de ser cruel também, seu pai está lhe mostrando graça.

Danielle analisou enquanto seu pai afrouxava os parafusos e, depois, colocava o macaco embaixo e levantava o carro. Ele pôs o pneu sobressalente, apertou os parafusos, em seguida, abaixou o carro e apertou-os novamente.

Quando ele pegou o pneu, colocou-o na parte de trás juntamente com as ferramentas, limpou as mãos e caminhou em direção a Tom novamente. A expressão no rosto do homem parecia ter suavizado — ou talvez ele estivesse fazendo as perguntas que ela e Danielle tinham feito. Por que Tony fez isso? Ele poderia ter simplesmente passado direto e nunca pensar no assunto.

Tony estendeu a mão suja e Tom hesitou. Então, ele pegou a mão de Tony e apertou-a. Sem agradecimento. Sem perguntas. Ele simplesmente apertou-a e Tony voltou para o carro.

— Por que você fez isso? — Danielle perguntou.

— Porque é assim que eu gostaria de ser tratado, Danielle.

Elizabeth sorriu e agradeceu a Deus pelas mudanças no coração de Tony. Quando passaram por Tom, ele estava olhando para o pneu traseiro do carro como se nunca tivesse visto um em sua vida. Como se tivesse acabado de presenciar algum tipo de milagre. Elizabeth sabia que era exatamente o que havia acontecido.

Dona Clara

✦ ✦ ✦

Clara pediu a Clyde para levá-la à competição de corda dupla e ele disse que tinha uma reunião em Charlotte naquela manhã e não seria nenhum problema. Ele balançou a cabeça diante do pedido de sua mãe.

— Você vai ser espectadora ou participante? — Clyde sorriu para ela e lhe lançou um olhar que aqueceu seu coração.

No caminho, conversaram sobre as notícias mais recentes, o que estava acontecendo no trabalho de Clyde e em algum momento a conversa voltou-se para a neta, Hallie.

— Outro dia ela perambulava pelo quintal depois da escola — disse Clara — enquanto eu estava fazendo a coisa mais poderosa que posso fazer.

— Você estava orando.

— Pode acreditar. Ouço as pessoas dizerem: "Bem, tudo o que podemos fazer agora é orar". Ora, essa é a melhor coisa que você pode fazer. Então, eu orava enquanto estava sentada perto da janela e vi Hallie andando lá fora no quintal. Ela não olhou para mim. Ficou de costas. Mas estive orando por uma semana ininterruptamente para que ela viesse à minha porta, que ela simplesmente passasse por aqui sem que eu a chamasse novamente, e lá estava ela.

Clyde parou em um semáforo e virou-se para ela.

— Você foi lá conversar?

Ela balançou o dedo para ele.

— Não, senhor. Não mandei beijinhos pela janela. Não gritei pela porta. Eu só esperei. E orei.

— O que aconteceu?

Alguém buzinou atrás deles quando o semáforo ficou verde.

— Ela andou por lá um pouco como se estivesse esperando que eu fizesse algo. E quando não fiz, ela foi até a janela e olhou para dentro, como se estivesse preocupada comigo. Eu acenei e apontei para a porta. E ela, por fim, entrou.

— Você daria uma boa pescadora.

Clara riu.

— Talvez seja a idade e a experiência que me tornaram tão paciente. Simplesmente ficar lá sentada e esperar que ela resolvesse entrar.

— Vocês tiveram uma boa conversa?

— Eu diria que tivemos um bom início de conversa. Você pode derrubar uma parede com uma escavadeira, mas geralmente é melhor ir tijolo por tijolo.

— Estou feliz por você estar morando com a gente, mamãe. Realmente estou.

Clara apontou para o ginásio, apesar de o GPS de Clyde estar lhe dizendo para onde virar. Ele estacionou na frente e abriu a porta para ela.

— Ligue para mim quando acabar e eu virei buscá-la, está bem?

Ela encontrou Elizabeth na parte de dentro do ginásio e a primeira coisa que falaram foi sobre o que Tony havia feito pelo homem que o tratara de forma tão rude no trabalho. Clara quase deu um grito de aleluia bem ali naquele ginásio. Alguns minutos depois ela encontrou Tony, que estava se alongando e se preparando, e perguntou se ele lhe daria um minuto.

— Claro, dona Clara — disse Tony. — O que houve?

— Elizabeth me contou sobre o pneu furado que você trocou. Agora, de onde você tirou a força para fazer isso? E eu não estou falando de força física.

Tony sorriu.

— Bem, se quiser saber a verdade, eu tenho orado por Tom. Um amigo meu me encorajou a fazer isso, e depois encontrei a passagem de Mateus a respeito de amar meus inimigos e orar por eles. Já estava tudo decidido e preparado àquela altura, a troca do pneu foi apenas a oportunidade certa.

Clara riu e balançou a cabeça.

— Esse é um bom caminho. Mas é difícil.

Os olhos de Tony brilharam como estrelas.

— Sabe, quando vi Tom naquele estacionamento, sabia que não era apenas uma casualidade estarmos passando por ele. Ele estava gritando com alguém no telefone — provavelmente atrasado para uma reunião, frustrado, furioso e suado.

— Esse homem não consegue trocar o próprio pneu?

— Tom não é o tipo de homem que troca um pneu, se a senhora entende o que quero dizer.

— Então, quando você o viu, sabia que era o Senhor lhe dizendo para fazer alguma coisa?

Tony afirmou com a cabeça.

— Uma coisa é orar por seu inimigo, pedir a Deus para se mover na vida dele e abençoá-lo. Esse é um bom começo. Mas é outra coisa completamente diferente quando você recebe a oportunidade de se tornar a resposta à sua própria oração. Eu não poderia ter orquestrado aquela situação. E não disse a Tom porque estava fazendo aquilo. Eu não lhe falei do evangelho. Não preguei um sermão. Eu só troquei o pneu para ele, apertei sua mão e segui em frente.

— Você pode não ter pregado, mas mostrou a ele o evangelho em ação. Mostrou-lhe o que significa viver com um coração perdoador.

Tony sorriu.

— Acho que lhe mostrei, não?

— Deus fez isso por seu intermédio. E eu amo o que ele está fazendo. Meu palpite é que, daqui a algum tempo, você terá uma chance de falar com aquele homem sobre a razão da esperança que há em você. Vou orar para que isso aconteça.

— Seremos dois, dona Clara. Obrigado pelo que a senhora tem significado para a nossa família.

Ela mordeu os lábios.

— Você não sabe o que sua família tem significado para mim, meu jovem. Agora vá para lá e dê alguns saltos para Jesus.

Tony voltou para sua equipe e preparou-se para a competição. Clara louvou a Deus novamente pelo modo como ele estava trabalhando.

Enquanto o ginásio começava a encher, ela se encontrou com Elizabeth.

— Muitas pessoas querem fazer grandes coisas para Deus. Muitas pessoas querem mudar o mundo. Eu apenas balanço minha cabeça quando ouço isso. Deus é o único que pode mudar o mundo, porque ele é o único que pode mudar corações e mentes. Tony não saiu correndo e tentou fazer algo bom para Tom a fim de mostrar-lhe amor e perdão. Ele orou e pediu a Deus para fazer algo na vida de Tom. E quando teve a chance, aproveitou. Mas isso só ocorreu depois de aproximar seu coração do Pai celestial. Às vezes um milagre se parece com uma troca de pneus.

— Foi o que aconteceu comigo — disse Elizabeth. — Não fiz nada para transformar Tony. Eu só me aproximei de Deus e lhe pedi que trabalhasse.

Clara olhou para as equipes e encontrou Danielle e Tony.

— Aquela sua garotinha provavelmente vai fazer a mesma coisa por você.

— O quê? — Elizabeth questionou.

— Em algum momento no futuro, ela vai fazer com que você caia de joelhos. Todas as crianças fazem isso com seus pais. E quando isso acontecer, você irá se lembrar do que eu disse. Não pense que o problema com Danielle é algo para você resolver. É o modo de Deus atraí-la para si e ajudá-la a confiar nele, em vez de em sua própria sabedoria.

— Vou tentar me lembrar disso — disse Elizabeth, sorrindo. Em seguida, seu rosto ficou sério. — Estou preocupada com a sua casa. Tive algumas ofertas, mas...

Clara balançou a cabeça.

— Deus vai trazer a família certa. No tempo dele. Não se preocupe.

Isso pareceu acalmar Elizabeth. Em seguida, ela virou a cabeça.

— Dona Clara, Deus se preocupa com eventos esportivos? Quando oramos para que uma equipe ganhe e alguém ora pela outra, como é que ele lida com isso?

— Você está me perguntando sobre a natureza de Deus. E isso é um assunto profundo. Há algumas pessoas que não oram porque dizem que não querem preocupar Deus com pequenas coisas. Chaves de carro perdidas. Uma vaga de estacionamento. Algum jogo que você queira ganhar. Eu acredito que Deus se preocupa com tudo. Se ele conta os fios de cabelo em sua cabeça e vê cada pardal que cai, então ele se preocupa com as coisas pequenas. Porque as coisas pequenas influenciam as grandes. Quando as pessoas dizem que não vão orar sobre isso e aquilo, estão realmente dizendo a Deus para não se meter nessa área, pois elas podem resolver sozinhas. E isso é perigoso. Não estou dizendo que precisamos orar e jejuar durante dez semanas sobre qual creme dental comprar, mas, por outro lado, Deus cuida tanto do câncer quanto da cárie do mesmo modo. Agora, acredito que Deus está mais interessado em quem cresce com a situação do que em quem ganha o jogo. Deus quer que sejamos atraídos a ele nas vitórias e nas derrotas. Ele usa as nossas habilidades e inabilidades para glorificá-lo. Assim, um jogador pode fazer uma fantástica jogada e louvar a Deus na entrevista depois. Mas outro jogador pode ser humilhado por ter sido derrotado naquele jogo. Ele é menos capaz de louvar a Deus? Seu louvor em circunstâncias difíceis é de algum modo ainda melhor, porque ele está confiando em Deus.

— Então, não é errado orar para que a equipe de Danielle ganhe?

— Não, eu estava orando pela mesma coisa na vinda para cá. Mas também estava orando para que Deus continue a trabalhar no coração de Tony e em sua família a fim de uni-los. Essa é uma vitória "dupla", na minha opinião.

CAPÍTULO 19

✦ ✦ ✦

Quando Tony entrou no ginásio com sua família e os outros membros de sua equipe, a visão daquele cenário deixou-o sem fôlego. Ele sabia que os organizadores iriam planejar bem as coisas, mas não esperava aquilo. As arquibancadas foram montadas em todos os quatro lados, deixando um espaço no meio para a competição. Um letreiro na parte de cima dizia *Campeonato municipal de corda dupla*.

— Este lugar é enorme — disse Jennifer.

Os olhos de Danielle ficaram arregalados de admiração.

— Uau — foi tudo o que ela pôde dizer.

— É por isso que eu queria chegar aqui um pouco mais cedo — disse Tony a Elizabeth antes que ela se dirigisse para as arquibancadas. — Para lhes dar tempo a fim de que se sentissem à vontade com o ambiente.

— Você ainda vai fazer o salto? — ela perguntou sussurrando.

— Querida, não se preocupe com o salto.

Tony fez alongamento e ajudou a equipe a fazer o mesmo. Dona Clara foi até ele e falou-lhe algo, e seus olhos se encheram de lágrimas enquanto ela se afastava, estendendo os braços para os lados e balançando-se como se estivesse fazendo alguma dança de alegria. Talvez estivesse. Ela tinha boas razões para estar alegre.

Trish chamou todas juntas em um canto do ginásio para algumas palavras de última hora. Enquanto ela falava, Tony foi até os juízes para ver em que ordem as equipes iriam competir. Então, ele correu de volta para o grupo.

— Estou tão orgulhosa de vocês por tudo que fizeram, mal posso esperar para ver o que irão fazer — disse Trish. Então ela se virou. — Você quer dizer alguma coisa para elas, Tony?

— Sim, obrigado, treinadora. Ouçam. Acabei de falar com os juízes. Eles concordaram em nos deixar fazer a apresentação por último.

— Isso! — Danielle exclamou, incapaz de conter seu entusiasmo.

— Lembrem-se do que falamos — Tony continuou.

— Queremos que a última coisa que eles vejam seja impressionante. Tudo bem? Sei que vocês estão nervosas. Acreditem em mim, eu também estou. Mas vamos pegar esse nervosismo e transformá-lo em combustível de foguete. Tudo certo? Vocês estão comigo?

As garotas assentiram com a cabeça e concordaram.

Ele colocou a mão no meio e elas colocaram suas mãos em cima da dele.

— Tudo bem, vamos derrotá-las. "Cometas" no três. Um... dois... três, Cometas!

Elizabeth sentou-se ao lado de Clara no ginásio lotado. Ela havia trazido uma camiseta oficial dos Cometas para a amiga, que a colocou por cima da camisa de gola verde. Não havia uma gota sequer de constrangimento em Clara, e era divertido vê-la em ação em um grupo de estranhos. Ela falava com pessoas que não conhecia como se fossem amigas que não via há muito tempo. Fazia perguntas sobre as crianças que estavam se apresentando e na realidade encontrou três pessoas que iria adicionar à sua lista de oração antes de a competição começar. Esta era a vida de uma guerreira de oração — sempre de plantão, sempre disposta a entrar na batalha.

— Então, elas têm duas cordas girando ao mesmo tempo? — Clara perguntou.

— Duas cordas indo em direções opostas — disse Elizabeth.

Clara observou as equipes aquecerem e balançou a cabeça.

— Huuum, isso requer uma considerável coordenação "olho-mão".

Os familiares das equipes agitavam-se no saguão e nas arquibancadas, falando sobre o tempo. Elizabeth ouviu por acaso uma mãe falando de uma filha que tinha torcido um tornozelo e estava competindo mesmo assim.

Elizabeth não tinha certeza de como Clara reagiria à competição, se ela iria se sentar e observar ou realmente torcer, mas todas as suas noções preconcebidas de quão puritana e apropriada a mulher poderia ser caíram por terra quando as equipes foram anunciadas. Ela ficou sentada até os Cometas serem apresentados, depois, levantou-se e gritou para Danielle, Tony e os demais.

— Gosto de apoiar a minha equipe quando posso — disse ela, notando a boca aberta de Elizabeth. — Paulo diz que tudo o que formos fazer, devemos fazer de todo o coração, então não me importo com o que é. Cozinhar vagem, lavar pratos ou torcer para minha equipe favorita de corda dupla. Tento me dedicar totalmente a isso.

Elizabeth balançou a cabeça e agradeceu a Deus por trazer essa força da natureza à sua vida.

— Ah, sim, finalmente — o locutor disse. — Quem está pronto para o Campeonato municipal de corda dupla?

A multidão gritou e Clara levantou e aplaudiu.

O locutor passou as regras para aqueles que eram novos na competição e deu instruções aos participantes. Então, era hora de começar.

— Nossas equipes estão irrequietas e prontas para entrar. Estamos começando com a rodada de velocidade. Aqui vamos nós!

— Então, a rodada velocidade é quando eles apenas chegam lá e saltam como loucos, certo? — Clara perguntou.

— Certo. A equipe coloca os seus saltadores mais rápidos no meio e eles são cronometrados e é atribuída uma pontuação. Depois disso é o estilo livre, no qual eles fazem todos os movimentos criativos.

— E Tony vai fazer um salto mortal?

— Como a senhora soube disso?

— Danielle me disse para ficar atenta a isso.

Três equipes competiram ao mesmo tempo, e um árbitro acompanhou quantos saltos foram concluídos no período de tempo obrigatório. Elizabeth ficou surpresa com o movimento ágil dos concorrentes e como os saltadores e aqueles que giram as cordas trabalhavam em conjunto. Era fácil olhar apenas para as meninas e os meninos que pulavam e se esquecer dos dois concorrentes que giravam as cordas. Todo mundo tinha de estar focado e cronometrado na ação.

— Você viu isso? — Clara perguntou. — Não posso acreditar no quão rápido eles o fazem. É como se estivessem apenas girando as mãos — nem consigo mais ver a corda. Como podem os árbitros, ou como você queira chamá-los, contar quantos saltos eles fazem?

Clara estava certa. À medida que os participantes saltavam, pareciam entrar em um ritmo e trabalhar em conjunto, como se fossem uma só pessoa em vez de três. Elizabeth comparou a velocidade de algumas equipes à dos Cometas. O árbitro tinha um contador para pressionar a cada salto, e enquanto ela observava, concluiu que os Cometas não tinham marcado pontos tão altos nesta rodada quanto algumas das outras equipes. Teriam de superar isso na rodada de estilo livre.

— Tempo! — gritou um árbitro.

Com as palmas das mãos suadas, Elizabeth olhou para Clara.

— Acho que estou muito nervosa para olhar.

Clara jogou a cabeça para trás e riu.

— Você sabe que agora já é público cativo! Vamos lá, Cometas!

Até certo ponto, muitos esportes segregam homens e mulheres, mas a competição de corda dupla contava com ambos os sexos. Havia mais meninas do que meninos, mas não muitas mais. O som das cordas girando e dos pés pulando no chão de madeira misturava-se com o incentivo da multidão e dos companheiros de equipe.

— Não entendo como funcionam as pontuações para o trabalho desta rodada e da próxima — disse Clara.

— É como na patinação artística — disse Elizabeth. — A rodada da velocidade é como a rodada técnica, em que os patinadores fazem saltos específicos. O estilo livre é como a série longa. As equipes tentam impressionar os juízes com pontos de estilo.

— Então, após a rodada de velocidade, tudo fica a critério dos juízes e sua determinação — disse Clara.

— Exatamente. Tony disse que ele estava realmente feliz por eles irem por último para que pudessem deixar os juízes com uma impressão final.

— Hum-hum — Clara concordou.

Quando a competição de velocidade terminou, houve um breve intervalo. Danielle veio, sem fôlego e suando.

Clara deu-lhe um grande abraço.

— Eu vi você lá pulando tão rápido quanto podia! O que você achou?

— É divertido! — exclamou Danielle. — Mas ainda estou um pouco nervosa com o estilo livre.

— Você e seus treinadores se prepararam bem, posso lhe dizer isso. E vou orar por você.

— Isso parece uma vantagem injusta — disse Elizabeth, sorrindo.

Clara riu.

— Só poderia ser, mas estou bem com isso.

O apresentador chamou as equipes de volta para a pista e os sete juízes tomaram suas posições na mesa de pontuação.

Elizabeth abraçou Tony antes que ele voltasse para a equipe.

— Será que Deus irá ajudá-lo a fazer aquele salto?

— Fique só vendo — disse Tony.

✦ ✦ ✦

Tony se reuniu com seus companheiros de equipe enquanto observavam o primeiro movimento da equipe no centro da quadra. O locutor disse:

— Tudo bem, as pontuações de velocidade serão adicionadas às pontuações do estilo livre. Então, vamos começar a competição de estilo livre. A primeira equipe é a Saltadores da Lua.

A multidão foi à loucura pela equipe em amarelo. Eles tinham alguns movimentos muito impressionantes e Tony pôde ver Danielle e as outras observando com receio. Ele as reuniu enquanto a equipe Mustangue era apresentada.

— Posso ver que vocês estão se comparando. Vocês estão vendo-os fazer aquele lance de ponta-cabeça e observando sua velocidade, certo?

— Não somos tão bons quanto eles são — disse Jennifer.

— Não somos tão rápidos, também — disse Danielle.

— Você viu o que aquela menina fez? — Joy perguntou.

— Ei, nós somos os Cometas — disse Tony. — E o que os Cometas fazem? Eles se levantam e disparam à frente da terra e deixam todos ofegantes, certo? Bem, isso é o que nós vamos fazer. Essas equipes são boas, e são rápidas. Vocês gostam de ver o que eles fazem, mas se concentrem em sua série. Deixem a comparação com os juízes, certo?

Trish deu-lhes algum incentivo também, e a equipe parecia um pouco mais relaxada.

Tony levou Trish para um canto.

— Eu me pergunto se deveríamos ter pedido para ir primeiro, em vez de em último lugar. Isso está me matando.

Trish sorriu e balançou a cabeça.

— Vocês vão ser incríveis!

A equipe Tigres era a seguinte e um dos concorrentes tentou dar uma cambalhota que não teve sucesso. Tony olhou para os juízes, que escreveram algo em seus cartões de pontuação. Se eles fizessem uma série perfeita, será que ele deveria tentar o salto mortal? Uma pequena dúvida se instalou. Estaria ele fazendo o salto mortal por causa de seu próprio ego? A competição tinha a ver com a equipe, e não com a sua capacidade pessoal.

Você está tentando se exibir, disse a voz em sua cabeça. *Você está apenas tentando chamar a atenção para si mesmo. Isto não tem a ver com você. Tem a ver com as meninas.*

Tony sacudiu a cabeça espantando a voz e disse a si mesmo a verdade. Ele não ia deixar que nada o detivesse. Ele foi criado para estar lá com sua família, para ser o melhor que pudesse ser e ele iria fazer isso por sua filha, esposa e equipe.

Quando uma equipe fez um movimento de dança de rua, no qual ambos os saltadores estavam totalmente deitados no chão do ginásio, em seguida, pularam a partir dessa posição, ele não pôde deixar de sacudir a cabeça com admiração. Ele nunca sequer pensou que alguém poderia fazer algo assim, e pela maneira de os juízes olharem para seus cartões de pontuação, ele sabia que a equipe tinha marcado um gol olímpico. Com cada equipe, os truques e movimentos pareciam ficar mais complexos. A equipe dos Anjos da Velocidade tinha quatro caras fazendo alguns truques alucinantes, rotações e saltos. Eles erraram um salto difícil, mas o desempenho deixou a multidão e, presumivelmente, os juízes, perplexos. Tony viu um juiz se virar para o outro e dizer: "Uau". Ele começou a se perguntar se sua equipe tinha algum "uau" em sua série.

A tensão aumentava à medida que sua vez se aproximava. Tony reuniu as meninas para uma conversa de incentivo final.

— Muito bem. Vamos fazer um esforço acima do normal na quadra, certo? Vamos para lá e mostrar a eles o que podemos fazer!

— E agora, como a equipe final na nossa competição de estilo livre, vamos aplaudir os Cometas! — disse o locutor.

A multidão aplaudiu e os Cometas tomaram seus lugares. Tony olhou para Elizabeth, e ela lhe deu um sorriso tenso. Ele afastou-se dos outros, bem na extremidade da pista, e fechou os olhos. *Senhor, eu entrego a ti este desempenho e agradeço pela energia, pelos amigos aqui e pela minha família.*

A música começou, as cordas balançaram e Tony respirou fundo. Ele viu a sua deixa e saiu correndo. O que aconteceu nos minutos seguintes foi pura magia. Ele deu uma cambalhota nas cordas, deu um salto mortal para trás e aterrissou firmemente, pulando imediatamente no devido tempo com as cordas girando.

A multidão foi à loucura e Tony aproveitou a energia. Ele realmente não conseguia ouvir as vozes individuais, mas ouvia um rugido em sua cabeça e manteve um ritmo interno enquanto suas companheiras de equipe se preparavam.

Em seguida, Jennifer saltou e tomou seu lugar, fazendo alguns movimentos surpreendentes dentro das cordas. Então, Tony saltou no meio e foi acompanhado por Danielle. Eles pularam em um pé, depois o outro, tocando os pés no ar — um movimento incrivelmente difícil que tinham praticado na calçada por horas. Danielle saiu e Tony ficou sozinho de novo, fazendo um salto mortal que levantou a multidão.

Elizabeth tinha assistido ao treino da equipe, tinha visto Tony e Danielle na calçada e, quando chovia, na garagem. Mas ela não estava preparada para a cena que se desenrolou na sua frente. Era como se todo o seu trabalho, toda a dor, suor e nervosismo tivessem se fundido em um incrível desempenho.

O auge para ela foi quando Tony levantou Danielle, girou-a atrás das costas dele, continuou pulando, e foi acompanhado por Jennifer no meio. No final, as cordas caíram no momento perfeito do corte da música, e eles se posicionaram, recebendo aplausos entusiasmados.

— Isso foi bom! — Clara gritou apesar do barulho. — Isso foi realmente bom!

Elizabeth não conseguiu conter a emoção. Esta foi apenas mais uma prova de que Deus estava trabalhando na vida de Tony e em sua família. Ela sabia que haveria alguns caminhos tortuosos à frente.

Mas queria engarrafar esse sentimento e conservá-lo por perto para derramá-lo de vez em quando.

Tony levantou Danielle e girou-a em torno da quadra, como se estivessem fazendo uma dança da vitória. Não demoraria muito para que Danielle estivesse andando pelo corredor da igreja com ele, seguindo em frente com sua vida. Elizabeth podia ver isso brilhar diante de seus olhos. Ela não queria perder nada com sua família. Nem um momento.

Tony colocou Danielle em seus ombros e ela não conseguia conter o sorriso.

— Esse é o meu pai! — ela gritava. — Esse é o meu pai!

Sim, é, pensou Elizabeth. *Esse é o seu pai.*

Ela olhou para Clara, que estava observando todos os sons e imagens.

— O que você achou?

Clara deu-lhe um grande sorriso.

— Acho que você e eu deveríamos estar na equipe no próximo ano.

Tony ouviu o locutor dar os detalhes da pontuação e ficou com sua equipe enquanto o vencedor do terceiro lugar era anunciado. Seu coração murchou um pouco quando ele ouviu que não era a equipe Cometas. Não havia nenhuma maneira de eles terem pontuado mais do que os outros.

— E, em segundo lugar, os Cometas! — disse o locutor.

Danielle se virou para ele com a boca e os olhos muito abertos e eles pularam para o centro da quadra juntos. Tomaram seu lugar como uma equipe e receberam o troféu com aplausos frenéticos.

— Vocês foram incríveis lá — disse Trish apesar do barulho.

Cada membro da equipe recebeu uma medalha e se revezou segurando o troféu, que seria levado para o centro comunitário. Os pais tiraram muitas fotos, Tony pensou que sorrir deveria ser um esporte olímpico. Elizabeth desceu da arquibancada e tirou uma foto da família.

— Dona Clara, entre aqui — Danielle chamou.

— Não, eu não pertenço ao grupo — ela afirmou.

Tony estendeu a mão.

— Você pertence ao grupo tanto quanto nós.

Tony reuniu muitas fotos de eventos esportivos ao longo dos anos. Jogos de futebol memoráveis e fotos tiradas com celebridades. Nenhuma delas se comparava com os sentimentos por trás da foto com sua família e Clara. Ele pretendia conservar esse retrato em sua mesa no trabalho por um longo tempo. Então, ele se lembrou de que não tinha um emprego. Decidiu que iria pôr uma moldura no retrato em uma atitude de fé, crendo que Deus ia prover algum trabalho para ele.

No caminho de casa, Tony perguntou a Elizabeth se Clara havia chegado em casa bem.

— Nós poderíamos ter lhe dado uma carona.

— Ela pediu ao filho para buscá-la e saiu enquanto estávamos tirando fotos — disse Elizabeth. — Eu esperava conhecer o Clyde, ouvi falar tanto dele.

— Tenho certeza de que você irá conhecê-lo — disse Tony.

— Ei, que tal um pouco de música para comemorar? — Danielle perguntou no banco traseiro.

— Tenho algo perfeito — disse Tony.

Ele colocou uma música e os três dançaram no ritmo, mexendo-se de um lado para o outro em uma sincronia perfeita, sorrindo.

O telefone de Elizabeth tocou e ela bateu no ombro de Tony.

— Espere aí. Espere, pessoal. Pode ser um comprador. — Ela fez uma cara de boba para ele. — É hora da minha voz profissional.

Pelo que Tony podia ouvir, era alguém chamado reverendo Jones, que queria olhar uma casa na manhã de segunda-feira. Exatamente quando a vida profissional de Tony tinha desmoronado, a de Elizabeth tinha melhorado. Em vez de ver isso como uma ameaça ou sentir-se mal por não ser o provedor do lar, ele agradeceu a Deus porque Elizabeth poderia compensar a diminuição de sua renda.

— Eu tenho alguém que vai olhar a casa de dona Clara — Elizabeth disse quando terminou a conversa.

— Isso é incrível, querida. Você deveria ligar para ela agora mesmo e dizer isso.

— Não, não quero que ela fique esperançosa ainda. Simplesmente quero ver como vai ser.

— Posso ir com você? — Danielle perguntou do banco traseiro.

— Você realmente quer ir? — Elizabeth perguntou.

— Eu nunca vou ao trabalho com você.

— Bem, tudo bem — disse Elizabeth, sorrindo.

Quando o carro ficou em silêncio, Tony olhou no espelho retrovisor.

— Ei, Danielle, você está bem com o segundo lugar?

O rosto dela estava tão brilhante quanto o de um anjo.

— Eu *meio* que sinto como se tivesse ganhado o primeiro lugar, porque gosto de que estejamos juntos.

Tony sorriu e olhou para sua esposa. Danielle tinha respondido a isso de forma perfeita. Eles estavam juntos. Deu muito trabalho, muitas lágrimas. Foi preciso ele se afastar de seu antigo modo de viver e pular muita corda, mas eles estavam juntos.

Tony sempre havia medido o sucesso com base na quantidade de dinheiro que ele ganhava ou no quão rápido ele poderia correr em comparação com todos os outros. Sempre havia medido o sucesso com base em números ou por atropelar um adversário e sair por cima. Pela primeira vez em sua vida, ele sentia que estarem juntos era melhor do que qualquer outro sentimento na terra. O sucesso não tinha a ver com números porque esses números poderiam ser levados pelo vento. E o fato de que ele era parte da equipe, e eles estavam avançando lado a lado, era melhor do que qualquer quantidade de dinheiro, qualquer medalha, troféu ou qualquer elogio que ele já recebera.

O sucesso não tinha a ver com qualquer coisa que alguém pudesse lhe dar ou que ele pudesse ganhar. Tinha a ver com permitir que Deus trabalhasse em nossa vida e por meio dela. E isso significava que as coisas boas e as más poderiam ser usadas para a sua glória.

Tony colocou a música e os três dançaram e cantaram no restante do caminho de casa. Juntos.

Dona Clara

✦ ✦ ✦

Clara estacionou no cemitério e fez uma longa caminhada até a sepultura de Leo. Ela pensou no pastor que havia dito: "Muitas pessoas não oram porque não acreditam que funciona. E infelizmente não funciona, porque nós realmente não oramos".

Ela sabia que ele estava certo. E estava sempre surpresa com o que aprendia a respeito de sabedoria e entendimento quando passava um tempo orando.

— Leo, o Senhor está se movendo. Na vida de Elizabeth e de Tony. Na vida de Hallie. Gostaria que você pudesse ter ouvido o que ela me disse outro dia sobre como você ficava bonito em seu uniforme. Ela está certa, você era bonito.

Ela passou a mão sobre a pedra lisa e pensou em sua vida espiritual e como ela nunca tinha chegado a um destino final. Assim que ela ficava à vontade em algum ponto, o Senhor a sacudia e a aproximava dele. Isso era, sem dúvida, a fim de torná-la mais parecida com Jesus e moldá-la à sua imagem. E a circunstância antes dessa sacudida fora a venda de sua casa.

— Leo, já que decidi me mudar, pedi a Deus para fazer a transição sem problemas. Ora, Elizabeth tem se preocupado e eu disse a ela que Deus iria resolver as coisas, mas vou admitir que estou um pouco desanimada. Mesmo assim, percebo que o Senhor trouxe Elizabeth para a minha vida por meio dessa experiência toda. Agradeci a ele por isso. Mas não entendo por que ninguém parece pensar que a nossa casa vale o investimento. Temos cuidado bem do lugar. Elizabeth diz que a casa tem uma boa localização, seja lá o que isso for. Ainda hasteio a bandeira do meu país na frente da varanda — você ficaria orgulhoso dela. Nesse ponto, no entanto, nos últimos dias, mudei um pouco a minha oração. Estava pedindo a Deus para trazer as pessoas certas. Mas agora estou orando para que Deus traga alguém para a casa a fim de que ele possa abençoá-lo. Outro dia eu estava lendo o Salmo 87, examinando diferentes versões bíblicas da mesma passagem, e bem no final eu li: *Toda a minha fonte de alegria está em ti*. Comecei a meditar sobre esse versículo. O escritor desse texto estava falando sobre Sião, sobre a Cidade de Deus. Mas não acho que prejudica muito dizer que o próprio Deus é a nossa fonte de alegria. Você sabe quantas vezes eu li a Bíblia de capa a capa. E acredito que não há alegria duradoura fora da bondade de Deus. Mas quando li esse versículo, vi algo diferente. Estava tão concentrada na minha casa, em sua venda e em ajudar Elizabeth e sua família com a comissão que ela iria receber que me esqueci de orar pelas *pessoas* que iriam habitar na minha nova casa. Então, bem ali, eu disse a Deus que ele era a minha alegria, ele era a minha esperança, ele era a minha herança e que eu queria esperar nele e no tempo dele. E, logo, comecei a orar pela família que iria aparecer um dia e olhar a casa. Orei: "Senhor, quero que haja uma luz neste bairro que venha para cá e more aqui. Peço a ti que tragas algum cristão para esta casa, Senhor. Peço que seja alguém que tenha entusiasmo por ti. O Senhor atrairia para cá um seguidor teu cheio do Espírito para que possas abençoá-lo com esta casa?" Comecei a orar por essa família como um pai oraria por um homem temente a Deus para sua filha. E eu revelei alguns detalhes a ele. Você sabe que acredito que Deus ama responder às orações específicas, não as vagas. Então, orei para que as pessoas que viessem fossem tementes a Deus e fortes no Senhor. Orei para que tivessem algum tipo de conexão militar, que viesse a morar na casa alguém que tivesse amor pelos homens e mulheres que servem ao nosso país. Pedi que eles tenham filhos pequenos ou netos que poderiam aproveitar o grande quintal que está lá esperando que crianças pequenas apareçam. E orei para que Deus os trouxesse nesta semana, se fosse a sua vontade, e que eles a vissem e se apaixonassem por ela assim como aconteceu comigo. Leo, às vezes eu me levanto do meu tempo de oração e tenho essa sensação ardente como se Deus estivesse sorrindo, como se ele gostasse do tempo que passamos juntos ainda mais do que eu. Outras vezes não tenho essa sensação e apenas creio com fé que Deus ouviu cada palavra que orei e que ele está me orientando e me conduzindo. Mas nesse dia — que foi ontem — tive a sensação de que tinha rompido algo... ou que ele havia me usado para operar algum tipo de rompimento. E agora cabe a ele trabalhar, e a mim esperar nele.

CAPÍTULO 20

✦ ✦ ✦

Elizabeth nunca tinha levado Danielle a uma exposição de casa e sabia que não era uma prática comum ou "profissional". Mas, já que o cliente era um pastor, sentia que o homem iria compreender. Ela deu à filha instruções sobre o que fazer e o que não fazer enquanto andasse pela casa.

— Simplesmente fique sentada calmamente na sala de estar da dona Clara enquanto eu lhes mostro a casa.

Na segunda-feira pela manhã, Danielle acordou cedo, tomou seu café, tomou banho, vestiu-se e arrumou o cabelo por volta das oito horas. Elizabeth passou pelo escritório antes de ir conhecer seu cliente, e Danielle falou com Mandy e Lisa.

— Como foi a competição de corda dupla? — Mandy perguntou.

— Ficamos em segundo lugar — disse Danielle. — E você deveria ter visto o meu pai. Ele fez saltos mortais e me girou atrás das costas dele.

Mandy aplaudiu.

— Eu gostaria de poder ter estado lá — ela olhou para Elizabeth. — Parece que as coisas com Tony estão melhores?

— Melhor do que melhores — disse Elizabeth com um sorriso. Normalmente, Elizabeth gostava de levar um cliente em seu próprio carro e conduzi-lo de uma exibição a outra, mas já que o reverendo só queria olhar uma casa, eles se encontraram na casa de Clara. Ele dirigia um carro velho que ela imaginou que tivesse muitos quilômetros rodados, dado o desgaste dos pneus. Ele estacionou um pouco perto demais do hidrante, mas ela decidiu não dizer nada.

Ela supôs que o reverendo Jones estivesse na casa dos sessenta e sua esposa tivesse mais ou menos a mesma idade. Era bonita e cumprimentou Elizabeth calorosamente. Ela fez uma festa em torno de Danielle e o reverendo Jones ajoelhou-se e falou com a menina, fazendo perguntas sobre a escola. Ele tinha de ouvir tudo sobre a competição de corda dupla.

— Eu tenho uma neta com a sua idade — disse ele. — Temos de levá-la para essa coisa de corda dupla de vocês.

— Talvez ela possa ficar no meu time! — Danielle exclamou.

O reverendo Jones andou pela calçada e espiou pela cerca.

— Este quintal seria um ótimo lugar para os netos. Poderíamos fazer piqueniques todo domingo à tarde.

Eles entraram e Danielle saltou à frente, correndo para as escadas. Elizabeth deu-lhe um olhar e ela obedientemente foi para a sala de estar e sentou-se.

— Como souberam da casa? — Elizabeth perguntou.

A senhora Jones mostrou um olhar astuto em seu rosto e olhou para o seu marido.

— Ele estava fazendo um de seus passeios de oração.

— Passeios de oração?

— Eu falo com o Senhor enquanto estamos dirigindo por um bairro, orando pelas pessoas que conhecemos, as necessidades que estão por toda parte. E já que estava procurando um lugar para morar, pensei em passear por algumas áreas e ver se alguma coisa chamava nossa atenção. A bandeira na frente foi a primeira coisa que eu vi.

— Bem, deixe-me mostrar-lhes a casa. Gostaria de começar aqui embaixo? Ou lá em cima?

— Indique o caminho — disse o reverendo Jones.

— Esta é uma propriedade única — disse Elizabeth. — Foi construída em 1905, mas modernizada várias vezes. A viúva que acabou de se mudar morou aqui por cinquenta anos. E deixe-me dizer-lhe: ela é uma mulher incrível.

— Não se vê mais esse tipo de trabalho em madeira — disse o reverendo Jones, andando pela entrada. Ele passou a mão pela grade de madeira, admirando o trabalho de entalhe, em seguida, olhou para cima. — Agora lá em cima, parece que fizeram algum trabalho. Algum tipo de remendo no teto.

Elizabeth sorriu.

— Minha cliente tem um filho que era evidentemente indisciplinado. Nunca descobri o que aconteceu, mas Clyde foi quem fez o buraco e eles tiveram de consertá-lo. Isso pode ser retocado, é claro, se for um problema.

— Nosso próprio filho era assim — disse a senhora Jones, rindo. — Ele foi feito para destruir as coisas, acho. O lado bom foi que ele entrou para o serviço militar. Agora ele faz isso como um trabalho de tempo integral.

— Em que base ele está?

— Está no Afeganistão — disse o reverendo Jones com orgulho.

— Oramos por ele todos os dias.

— A dona da casa... O marido dela era militar também.

— Imaginei quando vi a bandeira na frente — o homem disse. — Isso com certeza chamou nossa atenção.

— Bem, deixe-me levá-los lá em cima — disse Elizabeth. Ela e a senhora Jones caminharam à frente enquanto o reverendo acompanhava tudo lentamente. Elizabeth sabia que um dos bons sinais de qualquer comprador de imóvel residencial era quando ele começava a se imaginar na casa, onde seus pertences ficariam e quem dormiria e onde. Ela queria dar o máximo de informações de que necessitassem, sem sobrecarregá-los. Simplesmente deixá-los respirar e sentir a casa.

— Eu adoro essas casas antigas — disse a senhora Jones. — Elas têm muita personalidade.

— Ah, eu concordo. Vou lhe mostrar o quarto principal.

Eles entraram no quarto e o reverendo Jones manteve-se reservado, pensando, olhando ao redor. Elizabeth se perguntou se ele era assim tranquilo no púlpito.

Ela levou a senhora Jones até o banheiro.

— Bem, o banheiro principal foi modernizado recentemente, mas ela manteve a banheira original e todos os ladrilhos são totalmente novos. Sabe, acho que o melhor de tudo é o piso de madeira original.

— Amo pisos de madeira — disse a senhora Jones.

— O que é ótimo também é que o bairro é desenvolvido, organizado, por isso transmite essa sensação de tranquilidade — Elizabeth olhou para trás e viu o reverendo Jones no *closet* de Clara. Todos os papéis tinham sido retirados das paredes. A pequena janela dava para o quintal, mas ele não parecia interessado na vista. Ela achou muito curioso que o homem estivesse tão atraído pelo *closet*. Ela tinha mostrado muitas casas, mas esta era a primeira vez que isso acontecia.

— Há quanto tempo vocês estão no ministério? — Elizabeth perguntou.

— Charles pastoreou a mesma igreja por trinta e cinco anos — disse a senhora Jones. — Nós amamos isso, mas sabíamos que era hora de uma mudança. E queríamos estar perto dos nossos filhos e netos, para ajudar a orientá-los.

O reverendo Jones voltou para o *closet*. A senhora Jones olhou para ele. Por fim, ela não conseguiu mais se conter.

— Charles, o que você está fazendo?

O homem saiu do *closet* como se tivesse estado no Lugar Santíssimo, em seguida, virou-se para elas e apontou para trás de si.

— Alguém esteve orando neste *closet*.

Elizabeth não havia lhes dito nada sobre o quarto de guerra de Clara. Ela olhou para o homem.

— É verdade. Esse era o quarto de oração dela. Como o senhor sabia disso?

O homem pensou por um momento.

— É quase como se estivesse em brasas.

O reverendo Jones olhou para sua esposa e algo ocorreu com os dois. Algo que só anos juntos e um casamento sólido poderia criar, esse vínculo que os ajudava a conhecer o coração um do outro. A senhora Jones sorriu e acenou afirmativamente com a cabeça. Eles não comunicaram palavras com aqueles olhares, mas frases, parágrafos.

— Minha senhora — disse o reverendo Jones — vamos ficar com a casa.

Elizabeth olhou para a senhora Jones e ambas sorriram. Nunca havia acontecido uma situação como aquela. Normalmente ela levava vários dias mostrando casa após casa, depois tinha de voltar e mostrar uma segunda ou terceira vez até uma delas ocupar o primeiro lugar. Aquilo foi sem precedentes. Dez minutos depois de entrar pela porta da frente, eles estavam prontos para fazer uma oferta.

Ficaram na sala de jantar de Clara, onde Elizabeth tinha derramado seu coração tantas vezes. Essa sala tinha lágrimas incrustadas nela. Danielle entrou e a senhora Jones a abraçou.

— Nós vamos comprar uma casa da sua mãe — a mulher disse.

Os olhos de Danielle ficaram arregalados.

— Mas, mamãe, você disse que as pessoas nunca compram casas no primeiro dia em que elas olham.

Elizabeth olhou timidamente para seus clientes.

— Bem, eu nunca encontrei um casal como este.

Eles foram para a imobiliária e o casal assinou o contrato. Quando terminaram, Elizabeth disse que iria apresentar a oferta pessoalmente e reencontrá-los tão logo tivesse uma resposta.

O reverendo Jones pegou a mão de Elizabeth antes de saírem.

— É possível dizer que esta cliente causou um grande impacto em sua vida.

— Mais do que jamais saberá — disse Elizabeth.

Ela correu para a casa do filho de Clara a fim de contar à mulher as boas notícias. Um homem usando óculos abriu a porta.

— Olá, entre — disse ele com um leve sotaque.

— Você deve ser Elizabeth.

— Sim, obrigada — disse ela. Havia algo familiar em seu rosto, e não era apenas as fotos que tinha visto na lareira de Clara. Ela tentou ligar os pontos, mas teve dificuldade.

— Ei, você aí, mocinha — disse o homem a Danielle, sorrindo.

Então, Elizabeth teve um *estalo*. A voz dele. Ela tinha ouvido aquela voz em um boletim de notícias nas últimas semanas. Algo sobre a aprovação de uma lei na cidade e a controvérsia que havia levantado. Facções opostas do conselho tinham se aproximado do prefeito...

— Você é C. W. Williams — disse Elizabeth. — Você é o prefeito.

Ele assentiu com a cabeça.

— Sou eu.

As histórias que Clara havia lhe contado sobre seu filho, os problemas que ele tinha tido, as maneiras de ele contrariá-la, deixando-a de joelhos... tudo isso veio à tona.

— Você é o Clyde? — ela perguntou, incrédula.

Ele riu.

— Sou o Clyde.

— Você só pode estar brincando comigo.

Atrás dela veio uma voz familiar.

— Olá, Elizabeth!

Clara caminhou da cozinha para a entrada, com o olhar de uma rainha.

— Oi, Danielle!

— Prazer em conhecê-la — disse Clyde. — Vou deixar vocês colocarem a conversa em dia.

Elizabeth apertou a mão de Clyde e em seguida caminhou em direção à sua amiga.

— Você nunca me disse que seu filho era o prefeito da cidade.

— Não?

Elizabeth balançou a cabeça.

— O meu filho é o prefeito da cidade — Clara afirmou com naturalidade.

Elizabeth não conseguia abafar o riso. Clara era cheia de surpresas e Elizabeth se perguntava quando ela chegaria ao fim delas.

— Pois bem, tenho algumas boas notícias para você — disse Elizabeth.

Clara ergueu a mão para detê-la e fechou os olhos, como se estivesse pensando.

— Aposto que você vai me dizer — ela abriu os olhos e olhou para o teto, como se estivesse lendo um roteiro no céu — que um pastor aposentado do Texas e sua esposa querem comprar a minha casa — ela tinha um brilho em seus olhos quando olhou para Elizabeth novamente.

— Agora percebo — Elizabeth disse — que esse é o tipo de relacionamento com Deus que eu quero. Quero que ele fale comigo assim. O que ele disse?

— Bem, na verdade, foi sua filha. Ela mandou uma mensagem de texto para o meu novo smartphone no caminho para cá.

Elizabeth deu uma olhada para Danielle.

— Não fique brava, mamãe. Eu quase nunca envio mensagens de texto para ninguém.

— E essa coisa é muito útil — disse Clara, segurando seu celular. — Eu já baixei um aplicativo de oração e algumas músicas evangélicas.

Elizabeth balançou a cabeça. Ela mostrou a papelada a Clara com a oferta, mas tudo o que Clara queria saber era quem era o pastor e por que eles gostaram de sua casa. Quando ela ouviu que o filho do homem servia nas forças armadas, Clara fechou um punho e apertou-o como se tivesse acabado de ouvir a melhor notícia do mundo.

— Eles falaram sobre fazer piqueniques no quintal e orientar seus netos naquela casa — disse Elizabeth.

Clara fechou os olhos.

— Deus é simplesmente fantástico. Eu havia orado por algumas coisas específicas e ele fez ainda mais do que eu poderia imaginar.

Elizabeth foi para a sala de estar, enquanto Clara terminava de fazer café. Ela passou por uma placa na parede que dizia: "*Que o Senhor te abençoe e te guarde. O Senhor faça resplandecer o seu rosto sobre ti e te conceda graça.*"

Ele certamente está fazendo isso, pensou Elizabeth.

A filha de Clyde era alguns anos mais velha do que Danielle. Ele abriu o freezer, pegou dois picolés e desembrulhou-os. As meninas se dirigiram para o deck, dando risadinhas juntas.

Logo, Clara lentamente caminhou em direção a Elizabeth, equilibrando as duas xícaras fumegantes como se fossem uma oferta.

— Aqui vamos nós. Duas xícaras de café *quente*.

— Bem, se está quente, então, eu vou beber — disse Elizabeth.

Clara colocou as xícaras em uma mesa de canto e acomodou-se em seu assento. Havia algo em seus olhos, algo em seu coração que estava pronto para sair. Ou talvez fosse a tristeza de encerrar um capítulo de seu relacionamento.

— Agora, ainda vamos nos reunir para as nossas conversas, certo? — Elizabeth perguntou, tranquilizando a mulher e a si mesma.

— Ah, sim. Mas não pode ser só nós duas.

— O que você quer dizer?

— Ah, você precisa encontrar uma jovem e investir nela. E eu vou fazer o mesmo. Todos nós precisamos de ajuda de vez em quando.

Elizabeth ponderou sobre a mudança na dinâmica. Ela não sabia se conseguiria compartilhar Clara com outra pessoa. Ela a queria para si mesma.

E com a mesma rapidez, pensou em Cynthia, sua irmã. Ela não vivia longe e precisava de um relacionamento mais profundo com Deus.

— Dona Clara, eu realmente não consigo lhe dizer o quanto a sua amizade significa para mim.

— Isso vale para nós duas.

— Não mesmo. Eu não estava disposta a admitir o quanto eu necessitava de ajuda. E precisava de alguém para me despertar da insanidade de fazer a mesma coisa repetidamente. Você tem sido um presente de Deus para mim.

Clara sorriu afetuosamente.

— Não pense que isso é unilateral. Você significou mais para mim do que imagina.

— Bom, tudo bem. Não faço ideia do quanto suas orações e sua paixão por Deus devem ter significado para o seu marido. Gostaria de tê-lo conhecido.

Após um momento, Clara olhou para baixo. Seus olhos começaram a se encher de lágrimas e Elizabeth percebeu que havia tocado em algum ponto sensível no coração da senhora. Ela queria pedir desculpas ou voltar atrás nas palavras, mas antes que pudesse dizer qualquer coisa, Clara falou.

— Não. Não, você não faz ideia.

Clara estava falando sério agora, com os lábios franzidos. Elizabeth pensou que aquele seria um momento de celebração, não de lágrimas. Mas ela deixou Clara conduzi-las às memórias guardadas e escondidas em uma sala secreta.

— Veja, eu não era a mesma mulher naquela época — disse Clara com pesar. — Quando Leo morreu, nós não estávamos nos dando bem. Eu sempre me senti empurrada para segundo plano. E eu era amarga. Eu era tão amarga... — ela apertou um punho e acentuou o sentimento como se ele estivesse inundando sua alma novamente. — Mas, mesmo assim, Deus estava me mostrando o que fazer. Ele estava me preparando para lutar por Leo, orar por ele, e eu me recusei. E eu continuei recuando e recuando até que foi tarde demais.

A emoção chegou à voz dela e agora ela engasgava nas palavras que a levavam ao âmago da questão.

— Não há arrependimento tão grande quanto negar a verdade até que seja tarde demais.

Elizabeth sentia-se à beira de uma espécie de abismo emocional. As nuvens estavam se abrindo entre elas, nuvens de tudo o que ela não sabia sobre sua amiga, sobre sua motivação. Elas aproximaram-se tanto nos últimos meses, mas agora se sentiam ainda mais próximas.

Clara fez uma pausa, depois continuou falando lentamente, enfatizando as palavras.

— Foi o meu orgulho, Elizabeth. Foi o meu orgulho egoísta! E eu o confessei e me arrependi e implorei a Deus que me perdoasse. Mas ainda tenho uma cicatriz. E depois comecei a passar mais tempo com o Senhor e a sua Palavra. E aprendi como lutar em oração em primeiro lugar.

Todas as conversas com Elizabeth voltavam a este assunto: a oração. Confiar no poder de Deus. Buscá-lo acima de tudo. Esse era o passado que havia marcado a vida de Clara, e ela deixou que a dor e o pesar fizessem o seu perfeito trabalho a fim de impulsioná-la a seguir adiante.

— Eu sou uma mulher idosa agora. E percebi que não transmiti o que eu tinha aprendido. Quando visitei a sepultura de Leo em uma das últimas vezes, pedi a Deus que me enviasse alguém a quem eu pudesse ajudar. Alguém a quem eu poderia ensinar a lutar da maneira certa. E ele enviou-me Elizabeth Jordan.

Elizabeth não conseguia segurar as lágrimas. Clara apertou as mãos dela, inclinou-se e beijou-as. Em seguida, ela recostou-se e tentou recompor-se, estendendo a mão para tocar com ternura o rosto de Elizabeth.

— Como vê, você foi a resposta à minha oração.

Elizabeth sentou-se em silêncio, com lágrimas correndo livremente por sua face. Clara a havia visto no espelho da vida, um reflexo dela. Elizabeth não era um projeto, mas alguém a quem Clara poderia ajudar a guiar por um caminho diferente do que ela tinha escolhido. Mas Clara não foi a única a se olhar no espelho. Elizabeth também estava olhando para si mesma e para onde algumas boas escolhas na vida poderiam levar. E que maravilhoso espelho era aquele. Que maravilhosa imagem da graça de Deus.

Clara não havia terminado. Ela parecia pronta para atacar outro campo de batalha. E com toda a convicção que pôde reunir, estendeu a mão para Elizabeth mais uma vez com as suas palavras.

— Bem, agora, você tem de ensinar outras jovens a como batalhar.

Elizabeth assentiu com a cabeça, com seu coração clamando.

— Sim, eu irei — ela declarou, como se recebesse o bastão de um corredor cansado. E como uma oração, ela sussurrou novamente.

— Eu irei.

CAPÍTULO 21

✦ ✦ ✦

Após o campeonato de corda dupla, Tony sentiu um desapontamento. Ele tinha estado tão envolvido com Danielle e a equipe que eles praticamente viviam no centro comunitário. Com nenhum trabalho e sem perspectivas no horizonte — embora tivesse enviado currículos para seis empresas em resposta a oportunidades de emprego *on-line* que tinha visto — ainda assim ele se sentia cada vez mais perto de Deus e sua família.

Michael encontrou-o para um café da manhã depois de ter completado um turno da noite.

— Estou de olho em um trabalho de salto duplo em tempo integral, mas não encontrei nada para você ainda.

Tony riu.

— Você ouviu falar disso, hein?

— Ouvi falar disso? É só sobre isso que minha filha tem falado. Ela estava na competição e disse que vocês estavam girando por todo aquele ginásio. Saltando aqui e ali e girando Danielle como um bastão. Ela disse que você arrasou! Essa foi de fato a palavra que ela usou, irmão.

— Foi uma competição muito dura — disse Tony.

— Não, você não está entendendo. Ouça. Minha filha não gosta de esportes. Ela gosta de ler e desenhar figuras e olhar para fora pela janela. Mas ela voltou naquele dia e disse: "Pai, eu quero pular corda como Danielle e o pai dela".

— O que você respondeu?

— Eu comprei uma corda para ela e lhe disse que poderia começar a treinar.

— E você? Você vai pular?

— O que quero dizer é que ela viu o que você estava fazendo e isso fez com que ela quisesse fazer a mesma coisa. Você a motivou — a equipe inteira o fez. Isso é um dom, Tony.

— Bem, se você encontrar um emprego de corda dupla — Michael interrompeu.

— Dê uma olhada neste lugar. Do que se trata tudo isto? Trata-se de motivar as pessoas a entrarem no jogo. Exercício. Cuidar do corpo. Ter condicionamento físico. Esta é a melhor fase de sua vida, sabe?

— O que você está dizendo?

— Minha esposa e eu estávamos orando por você na noite passada. De repente, ela diz: "Por que Tony não se candidata a um emprego no centro comunitário?" Cara, isso nunca havia me ocorrido, mas você se encaixaria perfeitamente.

Tony tinha pensado nisso, pelo menos de passagem, mas tinha estado tão preocupado com Ernie e sua demissão que descartou a ideia.

— Eu diria que eles estão procurando alguém com muita experiência para dirigir um lugar como este. Eu não tenho nenhuma.

— Você tem experiência em unir as pessoas e trabalhar como uma equipe. Isso é o que eles precisam. Eles não precisam de um intelectual com dez doutorados atrás de seu nome. Eles precisam de alguém que possa motivar os outros a serem fortes líderes de suas vidas. Qual mal há em se candidatar?

Tony não teve uma boa resposta para isso. Não fazia nenhum mal, afinal.

— Na verdade — disse Michael — aí vem o Henry Peterson. Ele vai à nossa igreja e é o presidente do Quadro de Diretores deste lugar.

— Sério? Eu nunca o vi.

Michael inclinou sua cabeça e deu-lhe um olhar brincalhão.

— Há um monte de gente na igreja que você nunca viu.

— Mas isso está mudando — disse Tony.

— Amém — disse Michael. Ele se levantou e acenou com a mão para Peterson.

— Michael, pare com isso — disse Tony, repentinamente nervoso. Ele não estava vestido para uma entrevista.

Peterson veio até a mesa e apertou a mão de Michael.

Tony levantou-se quando Michael o apresentou.

— Eu quero indicar alguém para ser diretor aqui do centro — Michael disse. — Um cara que realmente traria um grande benefício para o centro comunitário e que une as pessoas como uma equipe. Meu amigo Tony Jordan.

O homem olhou para Tony.

— Você não estava na competição de corda dupla neste fim de semana passado?

Tony sorriu e acenou com a cabeça.

— Foi uma apresentação incrível.

— Você estava lá?

— Meu neto fazia parte da equipe Anjos da velocidade.

— Eles foram realmente bem — disse Tony.

— Sim, eles foram. Mas pude ver como você ajudou todas as crianças em sua equipe a trabalharem juntas. Você fez um ótimo trabalho com isso.

Tony disse que Trish tinha sido a verdadeira treinadora, e Michael balançou a cabeça.

— Este é o problema do Tony. Estava acostumado a não passar a bola de jeito nenhum. Agora ele a joga para todo mundo na quadra.

— Não entendi... — disse o homem.

Michael riu.

— Tony Jordan é um excelente profissional, senhor. Ele poderia deixar este lugar organizado e funcionando sem problemas em uma semana. E em um mês ele teria um plano adequado para o crescimento do número de membros.

Tony não conseguia acreditar no que estava ouvindo de Michael, mas quanto mais eles falavam, mais sua visão se ampliava com relação ao centro. Era perto de casa — ele poderia andar de bicicleta nos meses de verão. Não teria de viajar, de forma que poderia ficar mais tempo com Elizabeth e Danielle como queria. Em alguns minutos, ele tinha passado de nenhuma perspectiva para uma das grandes, que atraia fortemente seu coração.

— O que acha disso, Tony? — o homem perguntou. — Você estaria interessado na vaga?

— É claro — disse Tony. — Acho que eu poderia colocar o lugar em ordem de muitas maneiras.

O homem pensou por um momento.

— E você está empregado no momento?

— Ele acabou de deixar sua posição na Brightwell Farmacêutica, Michael disse — Era um dos seus melhores vendedores.

— Interessante.

Tony balançou a cabeça.

— Eu não deixei. Fui convidado a sair. Você deveria saber disso.

— Mas você saiu amigavelmente?

Tony acenou positivamente.

— Creio que pode-se dizer que sim.

O homem olhou para o relógio.

— Se você era um ótimo vendedor, provavelmente tinha um bom salário e pacote de benefícios. O salário aqui poderia não corresponder a isso.

— De quanto você está falando? — Michael perguntou.

Tony o olhou como se ele devesse ficar de fora disso.

Michael deu de ombros como se dissesse: *Se você não perguntar, eu pergunto*.

O homem apresentou a faixa salarial e era aproximadamente a metade do que Tony ganhava na Brightwell. Ele rapidamente calculou o que poderia levar para casa todos os meses.

— Eu acho que poderia fazer esse trabalho — disse Tony.

Peterson tirou um cartão de sua carteira e entregou-o a Tony.

— Há um formulário de inscrição *on-line*. Preencha-o hoje e vamos marcar um encontro para conversar sobre isso em meu escritório amanhã. Quero começar isso o mais rapidamente possível.

Tony pegou o cartão e apertou a mão do homem. Quando ele saiu, Michael sorriu.

— Eu sabia que ia encontrar um emprego de corda dupla em tempo integral para você de alguma forma. Parabéns, diretor.

Elizabeth chegou ao escritório cedo. Com dois negócios a serem fechados previstos nesse dia em extremos opostos da cidade, ela precisava calcular seu tempo e ter a certeza de que todos os contratos estivessem assinados e prontos. O seguro do financiamento costumava ser algo que atrasava um fechamento, de modo que ela se certificou de que ambas as companhias hipotecárias tivessem tudo de que necessitassem. Melissa Tabor, sua cliente com os dois meninos indisciplinados e o marido representante de software, já havia ligado para ela três vezes. A casa dela era uma das vendas que seriam concretizadas mais tarde naquela manhã.

Ela havia dirigido durante todo o dia anterior, e além dos fechamentos, teve de mostrar duas propriedades diferentes naquela tarde. Estava feliz pelos negócios e agradecida por Deus estar colocando clientes em seu caminho. Clara já lhe havia encaminhado algumas pessoas. Mas ela se perguntava se haveria tempo para respirar.

Seu celular tocou e ela olhou para a tela. Cynthia. Ela respondeu e perguntou como sua irmã estava indo, como estava indo a procura de emprego para Darren.

— Na verdade, ele tem uma entrevista hoje — disse Cynthia. — Não há nenhuma garantia, mas pelo menos há um pouco de esperança.

— Estou realmente feliz. Vou orar para que isso dê certo para ele. Para todos vocês.

Houve silêncio na linha. Então, Cynthia falou.

— Elizabeth, você teria tempo para almoçar em algum momento?

Elizabeth quase rejeitou o pedido imediatamente. Estava tão ocupada, tão atrasada em seu roteiro, além disso Tony e Danielle estavam esperando-a em casa naquela noite. Mas havia um tom de súplica na voz de sua irmã que a comoveu.

— Eu tenho dois fechamentos nesta manhã e ia pular o almoço por causa de algumas casas que precisava mostrar a alguns clientes nesta tarde, mas que tal o jantar? Vou precisar avisar a Tony, mas não será um problema.

Cynthia deixou escapar um suspiro pesado.

— Ah, isso seria ótimo.

Elas concordaram em se reunir em um restaurante às cinco e meia, e Tony deu seu apoio à reunião dela com Cynthia. No momento em que Elizabeth terminou de mostrar a última casa, ela estava atrasada. Cynthia estava esperando em uma mesa, em um restaurante italiano, mastigando palitos de pão.

Elas fizeram o pedido e Cynthia contou a Elizabeth sobre as dificuldades financeiras de sua família, novamente, como era difícil para ela e as crianças, e que tudo isso era um pesado fardo para ela.

— Eu gostaria que pudéssemos fazer mais para ajudar — disse Elizabeth.

Cynthia balançou a cabeça.

— Sei que vocês estão lutando também, com a perda do emprego de Tony e tudo o mais. Não é realmente por isso que pedi esse encontro.

Elizabeth inclinou-se para frente.

— Então por que você queria esse encontro?

— Alguma coisa está diferente. Alguma coisa mudou com você. Posso ver em seu rosto, no que você diz quando telefona. É como se algo tivesse ganhado vida no seu interior e você está derramando isso por todos os cantos.

Elizabeth sorriu.

— Já pensou um pouco mais sobre a minha oferta?

Cynthia acenou com a cabeça.

— Eu não tinha certeza no início, você sabe, sobre o lance de Deus. Quer dizer, eu sei que isso é importante para você e é uma grande parte de sua reviravolta...

— Não é apenas uma parte dela — disse Elizabeth. — É tudo. Não posso explicar as mudanças em minha vida, meu casamento, simplesmente a maneira de eu me sentir quando acordo de manhã. Tudo isso está ligado ao "lance de Deus", como você diz.

O garçom trouxe a salada delas e Cynthia pegou as azeitonas e os pimentões. Elizabeth sorriu. Elas sempre brigavam pela comida quando crianças e lá estavam elas todos esses anos depois, com algumas das mesmas questões. Cynthia comeu avidamente até terminar a salada e elas pediram outra tigela. Elizabeth sabia que a sua irmã iria gostar de tantas saladas.

— O que a assusta na minha oferta?

Cynthia limpou a boca com o grosso guardanapo verde.

— Eu não sei. Que você vá me empurrar para algo que eu não quero.

Elizabeth assentiu com a cabeça.

— Isso é um medo racional, especialmente com nossa história.

— Ou que você vá usar isso para me controlar. Você sabe, "Leia a Bíblia e nós vamos ajudá-la com seu financiamento".

— Não quero nunca que você se sinta dessa forma. Isso é algo sem condições. O objetivo é apenas ler a Bíblia, fazer boas perguntas sobre Deus e nossas vidas e aproximar-se dele. Essa é a minha única intenção.

— A outra coisa que me assusta é que isso vai ser como quando éramos crianças. Que você sabe tudo e eu vou me sentir como se não soubesse nada. Eu detestava isso.

— Cynthia, se você quer saber a verdade, acho que vou aprender algumas duras lições sobre mim mesma com essa experiência. Não vou lhe dar lições e tentar fazer com que você ganhe emblemas de escoteira para ganhar o apoio de Deus. Isso é sobre nós duas avançando em direção a Deus, uma e outra em direção à verdade. E o fato de você estar sendo honesta para comigo e falando algumas coisas duras, agora me diz que isso realmente vai ser bom. Para nós duas.

— Você acha?

— Eu sei isso. Conheci essa incrível mulher mais velha que me ensinou muito sobre a Bíblia e a oração. E ao longo de todo o processo pensei que eu era a única a crescer — mas ela estava crescendo também. Deus a estava desenvolvendo de maneiras que eu jamais poderia imaginar. Assim, você estaria me fazendo um favor espiritual se fosse se encontrar comigo.

O prato de massa de Cynthia chegou e Elizabeth comeu sua sopa e salada. Conversaram e riram como irmãs que se amavam. Elas eram diferentes, estavam a quilômetros de distância uma da outra de muitas maneiras, mas Elizabeth podia senti-las ficando mais próximas.

Tony tinha tudo pronto por volta das sete horas. Ele jantou e limpou a cozinha — ele sabia o que Elizabeth sentiria ao entrar e ver a louça suja na pia. De jeito nenhum ele iria deixar isso acontecer. Quando viu faróis do carro dela na parede da sala de estar, ele colocou um pouco de água quente em um balde de metal que ela usava como decoração.

Elizabeth entrou vestindo a roupa que usara para trabalhar — um vestido deslumbrante. Seu cabelo ainda parecia ótimo. Dava para dizer pela maneira de ela andar que estava exausta.

— Ei, o que você está fazendo? — ela perguntou.

— Oi — Tony disse suavemente.

— O que está acontecendo?

— Vou lhe dizer em um minuto, está bem? Como foi o jantar?

— Foi bom. Cynthia concordou em se encontrar comigo regularmente. Vamos tentar começar pelas tardes de terça-feira.

— Eles me perdoaram por não os ajudar?

— Ahhh, sim, acho que sim. Você sabe que eles realmente ficaram agradecidos pelos dois mil reais que lhes demos. Eu disse a ela que queríamos fazer mais, mas nós simplesmente não podíamos agora do jeito que as coisas estão apertadas financeiramente. Ela entendeu. Mas nós pulamos a sobremesa.

A voz de Elizabeth parecia mais suave para ele de alguma forma. Talvez por estar cansada. Talvez fosse o resultado de um pouco menos pressão sobre os seus problemas de dinheiro. Ou talvez ela estivesse sendo realmente carinhosa para com ele. Estava confiando nele novamente — especialmente pela maneira de ela lhe agradecer anteriormente, quando ele disse que iria ser ótimo para ela encontrar-se com Cynthia para jantar. Ela realmente parecia estar grata pela sua compreensão.

— Bem, ouça, tenho algo que preciso lhe dizer, está bem? — Tony perguntou. — Mas quero que você pense sobre isso antes de responder. Tudo bem?

Elizabeth questionou com os olhos.

— O que é?

Tony sorriu.

— Eu tive uma entrevista hoje. E ofereceram-me a vaga.

Seu rosto se iluminou.

— Para fazer o quê?

— Para ser o novo diretor do centro comunitário.

Ela desviou o olhar e dava para dizer que estava processando as notícias. Elas chegaram de forma totalmente inesperada, exatamente como havia acontecido com ele no dia anterior.

— Liz, nós conhecemos esse lugar tão bem. Sabe? Estou lhe dizendo que posso fazer este trabalho.

Ela pensou um pouco mais.

— Você estaria mais perto de casa.

— É apenas a metade do salário, mas se formos prudentes, sei que podemos fazer isso.

Ela tinha um olhar em seu rosto que estava tão determinado quanto ele a superar toda a confusão e luta. Ela aproximou-se dele e baixou a voz.

— Ouça, prefiro ter um homem buscando a Jesus a ter uma casa cheia de coisas.

Era exatamente o que Tony queria ouvir, o que ele precisava ouvir. Ele sorriu e disse:

— Certo. Tudo bem então, vou aceitar — ele olhou para ela. — Sabe de uma coisa? Eu estou *meio* que feliz por você não ter comido a sobremesa esta noite.

— Por quê?

— Você vai ver. Apenas vá para o sofá.

— O quê?

— Vá em frente. Vá para o sofá. Eu estarei lá em um segundo. Estou bem atrás de você.

Elizabeth obedeceu, embora estivesse claro que ela não tinha ideia do que Tony tinha em mente, o que o deixava tão entusiasmado. Ela sentou-se no sofá e Tony rapidamente pegou o balde de metal cheio de água quente e levou-o para a sala de estar.

— Onde está a Danielle? — ela perguntou.

— Ela está na casa de Jennifer. Estão fazendo uma festa do pijama.

Ele colocou o balde cuidadosamente em seus pés.

— O que é isso? — ela perguntou.

Tony ajoelhou-se e começou a tirar uma de suas sandálias.

— Não, não, não, Tony — protestou ela. — Não toque nos meus pés.

— Ei, simplesmente "deixe rolar", certo? Tudo bem, vamos lá agora.

Ele tirou as sandálias e colocou seus pés na água.

Elizabeth fechou os olhos, extasiada.

— Ah, meu Deus, isso é tão bom.

Tony foi até a geladeira e voltou com uma mistura que ele tinha feito de sorvete, chantilly que ele comprou na loja e um pouco de caramelo e chocolate que havia escondido sem que Elizabeth visse. Ele segurava uma colher em uma mão e uma taça de vidro com o sundae completo, com uma cereja no topo na outra; e parou diante dela.

— Agora é hora de você ter o que merece. Isto é para a mulher... que eu não mereço. Vá em frente, aproveite o sorvete e eu vou começar a fazer a massagem nos pés que você tem pedido.

Elizabeth pegou a taça e a colher em estado de choque. Ela olhou para o sundae como se a galinha dos ovos de ouro tivesse colocado um ninho cheio de ovos. Em seguida, mergulhou a colher na cobertura e experimentou uma pequena quantidade.

— Sério? Você está realmente fazendo isso por mim?

Tony apertou o botão *Play* no controle remoto do aparelho de som e a música favorita dela tocou. Quando se aproximou de seus pés, ela protestou novamente.

— Tony, não quero que você cheire meu pé.

— Querida, olhe. Eu lhe disse, deixe comigo — ele puxou uma máscara branca de pintor, ergueu-a para que ela pudesse ver. — Você precisa confiar em mim, certo?

Elizabeth riu quando ele colocou a máscara sobre a boca e o nariz e em seguida puxou as tiras elásticas, estalando-as contra a parte de trás de sua cabeça.

— Estou pronto para começar — disse ele — levantando as sobrancelhas.

Ele pegou o sabonete perfumado que ela amava e começou a ensaboar seus pés, massageando e lavando o estresse e — ele pensou — todo o passado para trás. Tony se lembrou da passagem que havia lido em um estudo dos homens naquela semana com Michael e os outros. Jesus lavou os pés de seus discípulos, ajoelhando-se diante de cada um deles e fazendo o que um servo faria. Isso foi o que Tony foi chamado para fazer como um marido: servir sua esposa, entregar-se inteiramente a ela. E se ele fizesse isso, como ela poderia resistir a tanto amor?

Elizabeth tomou uma colher de sorvete e Tony olhou para cima a fim de vê-la rindo, mas também uma lágrima escorrendo pelo seu rosto.

— O que aconteceu? — ele perguntou, puxando a máscara para baixo.

— Estou comendo a minha sobremesa favorita, enquanto meu marido está esfregando meus pés. Com certeza há Deus no céu!

Ele riu com ela e ela recostou-se e relaxou, deixando-se levar. Era engraçado como ele podia sentir seus músculos se soltando, como seu espírito. E, enquanto massageava, ele falou com ela.

— Olhe, sei que vai demorar algum tempo. E não espero que tudo seja esclarecido com uma massagem nos pés.

— Você está falando dos meus pés ou de nós?

Ele sorriu.

— Estou falando de tudo. Na riqueza, na pobreza, pés malcheirosos e todas as perguntas que temos sobre o futuro. Sabe, eu estava pensando no outro dia o quão difícil seria mudar daqui, se não pudermos sustentar a casa financeiramente. E então pensei, se tivermos de vender, conheço uma bela corretora de imóveis.

Elizabeth riu e tomou outra colher de sorvete.

— Eu amo você, Elizabeth Jordan. E você só tem de passar o resto de sua vida deixando que eu lhe mostre isso.

Ela se inclinou e o beijou, e ele pôde saborear o creme de chocolate, chantilly e caramelo em seus lábios.

— Será que eu poderia experimentar um pouco desse sundae? — ele perguntou.

Ela estendeu a mão com uma colher de sundae e rapidamente a colocou na própria boca quando ele se inclinou para pegá-la.

— Volte para os pés — ela tomou mais sorvete. — Foi bastante ardiloso você manter Danielle fora de casa à noite. Quando você teve essa ideia?

— Tenho lido o livro de Cântico dos Cânticos no meu devocional — disse ele. Em seguida, piscou e Elizabeth riu aberta e sinceramente, e depois o beijou novamente.

Dona Clara

✦ ✦ ✦

CLARA SEGURAVA UMA CANETA em uma mão enquanto pegava a Bíblia que estava sobre a cama com a outra. Ela deixou-a aberta em uma passagem familiar de 2 Crônicas e leu as palavras, sabendo que foram escritas na Bíblia para a nação de Israel, mas também sabendo que Deus queria fazer o mesmo por ela e pelos outros na atualidade. Ela caminhou lentamente até seu *closet* escuro, orando as palavras que havia memorizado há muito tempo.

— "Se... o meu povo, que se chama pelo meu nome, se humilhar e orar, buscar a minha face e se afastar dos seus maus caminhos, dos céus o ouvirei, perdoarei o seu pecado e curarei a sua terra."

Ela ligou a luz no quarto e ajoelhou-se ao lado da cadeira de madeira cuidadosamente, com seus joelhos rangendo e chiando por causa da idade. Ela trouxe a caneta para marcar como "respondido" o último pedido de oração que faltava, a venda de sua casa. Mas ela sabia que Deus, que tinha cabeças de gado aos milhares nas colinas, poderia fazer muito mais do que isso. Ainda assim, ela agradeceu-lhe.

— Tu o fizeste novamente, Senhor. Tu o fizeste novamente. Tu és bom, poderoso e misericordioso, e continuas cuidando de mim quando não o mereço. Eu te louvo, Jesus. Tu és o Senhor.

Como um pugilista profissional dançando ao redor do ringue, olhando para algum inimigo feroz, ela ergueu a cabeça, os olhos ainda firmemente fechados.

— Senhor, dá-me outra pessoa. Leva-me a quem o Senhor deseja que eu ajude. Levanta mais daqueles que irão clamar o teu nome. Levanta aqueles que te amam, te buscam e confiam em ti. Levanta-os, Senhor, levanta-os!

Em sua mente, ela viu uma família de mãos dadas na mesa de jantar para orar. Um homem em um trator no meio do seu campo. Dois homens com as cabeças curvadas, orando em frente a um mapa-múndi.

— Senhor, precisamos de uma geração de cristãos que não tenha vergonha do evangelho. Precisamos de um exército de cristãos que detestem ser mornos e que permaneçam na tua Palavra acima de tudo mais. Levanta-os, Senhor. Levanta-os!

Clara viu torrentes de jovens que avançavam em direção a um mastro, cercando a área com os olhos fechados. Outros estavam caminhando para uma igreja a distância, carregando crianças pequenas.

— Oro para que haja unidade entre aqueles que te amam. Oro para que abras os seus olhos, a fim de que possam ver a tua verdade. Oro por tua mão de proteção e direção.

Clara pensou nos policiais em sua cidade e em toda a nação. Na divisão entre as raças e nas lutas que ela testemunhara ao longo dos anos.

— Levanta uma geração, Senhor, que levará luz a este mundo. Que não irá ceder à pressão, que não irá se acovardar quando os outros caírem. Levanta-os, Senhor, aqueles que irão proclamar que há salvação no nome de Jesus Cristo. Levanta guerreiros que irão batalhar de joelhos, que irão adorar-te de todo o coração. Senhor, chama-nos para a batalha, para que possamos proclamar que tu és o Rei dos reis e o Senhor dos senhores!

Clara imaginou pais orando por seus filhos recém-nascidos. Imaginou homens e mulheres em posições de alto poder, ajoelhados, orando por direção. Pensou em professores, líderes empresariais, frentistas e mães em reuniões da associação de pais e mestres. Pensou em pastores, obreiros e missionários, e os rostos uniram-se em suas palavras finais da petição.

— Oro por essas coisas com todo o meu coração... Levanta-os, Senhor, Levanta-os!

Agradecimentos

✦ ✦ ✦

Chris Fabry

Agradeço a Alex e Stephen por me permitirem fazer parte do processo que fez com que este livro se tornasse realidade. Que privilégio. E obrigado àqueles que oraram por este projeto e àqueles que foram movidos a orar. Agradeço de todo o coração.

Alex e Stephen Kendrick

Agradecemos a Chris Fabry por um trabalho muito benfeito. Foi um prazer trabalhar com você! Agradecemos à equipe da Tyndale, vocês todos são uma bênção. Agradeço por acreditarem nessas histórias. Agradeço às nossas esposas e filhos; amamos muito vocês. Está na hora de tirarmos umas férias! A nossos pais, Larry e Rhonwyn Kendrick, vocês demonstraram ao longo dos anos que a oração diária é uma prioridade absoluta. Não podemos imaginar a vida sem seu amor, apoio e orações. Vocês nos ensinaram a manter-nos firmes e lutar com as armas certas. Nós amamos vocês! À nossa equipe de ministério, um obrigado nunca seria o suficiente. Vocês trabalharam conosco, oraram conosco e apoiaram-nos. Estamos muito gratos! Que a glória seja de Deus e que o nome de Jesus seja exaltado. Ele é o Senhor!

Sobre os autores

✦ ✦ ✦

CHRIS FABRY formou-se em 1982 em jornalismo na Escola W. Page Pitt na Universidade Marshall e é natural da Virgínia Ocidental. Ele pode ser ouvido no programa *Chris Fabry Live!* (Chris Fabry ao Vivo!) na Moody Radio (Rádio Moody), *Love Worth Finding* (Vale a Pena Encontrar o Amor) e *Building Relationships with Dr. Gary* (Construindo Relacionamentos com o Dr. Gary Chapman). Ele e sua esposa, Andrea, são pais de nove crianças. Chris já publicou mais de setenta livros para adultos e crianças. Seus romances *Dogwood*, *Almost Heaven* e *Not in the Heart* ganharam prêmios cristãos e *Almost Heaven* ganhou o Prêmio de Livro Cristão ECPA de ficção.

Você pode visitar seu *website* em www.chrisfabry.com

ALEX KENDRICK é um talentoso autor premiado por contar histórias de esperança e redenção. Ele é mais conhecido como ator, escritor e diretor de filmes de sucesso como *À prova de fogo*, *Desafiando gigantes* e renomado coautor de *best-sellers* do *The New York Times* dos livros *O desafio de amar*, *A resolução de todo homem*, *À prova de fogo* (o romance) e *Corajosos* (o romance). Alex recebeu mais de vinte prêmios por seu trabalho, incluindo melhor roteiro, melhor produção e melhor filme de longa-metragem. Em 2002, Alex ajudou a fundar a Sherwood Pictures e, em parceria com seu irmão Stephen, a lançar a Kendrick Brothers Productions. Foi apresentado na FOX News, CNN, ABC World News Tonight, *CBS Evening News*, nas revistas *Time* e *The New York Times*, entre outras. É formado pela Kennesaw State University e participou do seminário antes de ser ordenado para o ministério. Alex e sua esposa, Christina, vivem em Albany, Geórgia, com seus seis filhos. Eles são membros ativos da Igreja Sherwood.

STEPHEN KENDRICK é um palestrante, produtor de cinema e autor com paixão pelo ministério de oração e de discipulado. É coautor e produtor dos filmes de sucesso *Corajosos, Desafiando gigantes* e *À prova de Fogo*, e coautor dos *best-sellers* do *The New York Times*, *A resolução de todo homem* e *O desafio de amar*. *O desafio de amar* rapidamente tornou-se um *best-seller* do *The New York Times* e permaneceu na lista por mais de dois anos. Stephen é um ministro ordenado e fala em conferências e eventos para homens. Frequentou o seminário, recebeu um diploma de comunicação pela Kennesaw State University e agora faz parte da direção da Fatherhood CoMission. Foi entrevistado pela Fox & Friends, CNN, *The Washington Post* e *ABC World News Tonight*, entre outras. Stephen e sua Esposa, Jill, vivem em Albany, Geórgia, com seus seis filhos, onde são membros ativos da Igreja Sherwood.